A MORTE DE RACHEL

ANNE CASSIDY

A MORTE DE RACHEL
the MUrDeR noTebookS

Tradução de
VIVIANE DINIZ

JOVENS LEITORES

Título original
KILLING RACHEL

Copyright © Anne Cassidy, 2013

Todos os direitos reservados. Nenhuma parte desta obra
pode ser reproduzida, ou transmitida por qualquer forma ou
meio eletrônico ou mecânico, inclusive fotocópia, gravação ou sistema
de armazenagem e recuperação de informação, sem a permissão escrita do editor.

O direito moral da autora foi assegurado.

Direitos para a língua portuguesa reservados
com exclusividade para o Brasil à
EDITORA ROCCO LTDA.
Av. Presidente Wilson, 231 – 8º andar
20030-021 – Rio de Janeiro – RJ
Tel.: (21) 3525-2000 – Fax: (21) 3525-2001
rocco@rocco.com.br | www.rocco.com.br

Printed in Brazil/Impresso no Brasil

preparação de originais
AMANDA ZAMPIERI

CIP-Brasil. Catalogação na fonte.
Sindicato Nacional dos Editores de Livros, RJ.

Cassidy, Anne
C388m   A morte de Rachel / Anne Cassidy; tradução: Viviane Diniz.
Primeira edição – Rio de Janeiro: Rocco Jovens Leitores, 2015.
(The murder notebooks; 2)

Tradução de: Killing Rachel
ISBN 978-85-7980-228-7

1. Ficção infantojuvenil inglesa. I. Diniz, Viviane. II. Título. III. Série.

14-17115   CDD: 028.5
                                                       CDU: 087.5

O texto deste livro obedece às normas do
Acordo Ortográfico da Língua Portuguesa.

*Para Alice Morey e Josie Morey,
minhas adolescentes preferidas*

I

Rose se escondia. Estava escuro e frio e ela olhava da entrada de uma loja para duas pessoas do outro lado da rua. O lugar estava movimentado e as pessoas passavam sem notá-la, completamente agasalhadas para se protegerem do frio da noite. Ela via nuvens brancas de ar saindo de suas bocas e ouvia suas conversas animadas enquanto faziam planos para a noite.

Manteve os olhos no casal.

O rapaz era seu irmão adotivo, Joshua. Ele estava de pé em frente a uma porta, ao lado do restaurante Alface e Companhia. Diante dele, uma garota que ela nunca tinha visto antes. Era mais baixa do que Joshua e usava um casaco grosso de lã com o capuz abaixado. Seu cabelo claro caía sobre os ombros e ela não tirava os olhos dele, parecendo extasiada. Ao ver aquilo, Rose sentiu um nó na garganta.

Passava um pouco das sete e ela estava a caminho do apartamento de Joshua. Tinha combinado de jantar com o irmão adotivo e Skeggsie, que dividia o apartamento com ele. Estava tão ansiosa para o compromisso que tinha corrido a fim de chegar na hora. Acabou chegando cedo, na verdade, mas sabia que não havia problema. Joshua e Skeggsie não ligariam para a hora que chegasse. Ela se sentaria à mesa da cozinha enquanto cozinhavam e conversavam. Quando Joshua a convidou, disse que deviam evitar um assunto: Os Cadernos. A experiência com os cadernos vinha sendo muito intensa e desgastante, mas agora era hora de suas vidas voltarem ao normal após algumas semanas dramáticas.

Ao caminhar pela Camden High Street, ela ficou feliz em ver Joshua na calçada em frente ao apartamento. Era como se ele pressentisse que ela estava chegando. Já estava pronta para sorrir e apressar o passo quando uma estranha saiu pela porta de Joshua.

Uma garota.

Rose parou na hora e viu quando, segundos depois, a garota foi falar com Joshua. Rose atravessou a rua e caminhou até ver o recesso da entrada de uma loja. Então, ficou ali observando os dois conversarem.

Cinco minutos se passaram e eles ainda estavam conversando.

Ficou irritada consigo mesma por não ter ido direto até Joshua e dizer *Oi, Josh* e *Olá* para a garota, e depois subir para falar com Skeggsie. Agora, ficaria com vergonha. Deu uma olhada na direção do apartamento, que ficava em cima do restaurante, e meio que esperava encontrar o rosto de Skeggsie em uma das janelas, olhando para ela. Mas não viu nada, apenas a cálida luz amarela da cozinha. Já era para ela estar lá àquela hora.

Enfiou as mãos nos bolsos, de mau humor. Em um deles, sentiu a ponta de um envelope. Era uma carta que estivera carregando o dia inteiro. Sua avó, Anna, havia lhe entregado quando saíra para a escola. Quando vira que era uma carta de seu antigo internato, o Colégio Mary Linton, ficara imediatamente apreensiva. Tinha enfiado a carta no bolso do casaco, pensando em abrir mais tarde quando tivesse tempo, quando se sentisse disposta a isso. Mas deixara a carta ali o dia todo. Não tinha exatamente se *esquecido* dela. Aquele assunto rondou seus pensamentos o dia todo, uma presença persistente e irritante. Só quando saiu para se encontrar com Joshua foi que a carta sumiu de sua mente.

E agora a carta repousava ali em seu bolso, fechada, silenciosa e portando uma mensagem da qual ela não queria saber. Havia reconhecido a caligrafia, então sabia exatamente quem tinha enviado.

Deixou os dedos correrem pela carta e sentiu o papel de linho que o Colégio Mary Linton usava. Aquilo a fez se lembrar de repente da secretaria do colégio, o lugar aonde você vai quando tem uma pergunta sobre a visita de seus pais ou se eles vão buscá-la para um passeio fora dos terrenos da escola. As mesas da sala de espera tinham mata-borrões grossos e pequenos porta-cartas de madeira com envelopes e papéis de carta timbrados. O papel era azul-claro e muito requintado. Os envelopes eram finos e compridos, e se abriam no alto de uma das pontas. Para fechá-los era preciso lamber a cola. O papel das cartas e do envelope era como o internato: antiquado e caro.

Rose percebeu que a garota que conversava com Joshua tinha se aproximado dele. Na verdade, não havia espaço algum entre os dois. Parecia que ela ia *beijá-lo*. Só levaria um segundo para ficar na ponta dos pés e inclinar o rosto em direção ao dele. Rose prendeu a respiração. O tráfego tinha parado e, embora as pessoas continuassem passando, pareciam apenas um borrão para ela de tão concentrada que estava nas duas pessoas do outro lado da rua.

Sentiu um aperto no peito. Eles iam se beijar?

Não se beijaram. Segundos depois, a garota se afastou e saiu, e Rose ficou zonza de alívio. Seus olhos seguiram a garota enquanto ela costurava caminho por entre os pedestres até finalmente desaparecer. Do outro lado da rua, a porta para o apartamento de Joshua e Skeggsie se fechava. Ela girou os ombros, relaxando os músculos tensos.

Rose, Rose, pensou ela, *qual é o seu problema?*

Joshua abriu a porta e sorriu para ela.

– Bem na hora – disse ele.

Rose entrou e sentiu o calor do apartamento. À sua frente havia uma escada íngreme e ela seguiu Joshua até chegar a um pequeno patamar. O cheiro de comida impregnava o ar à sua volta.

Skeggsie apareceu. Ele usava um avental sobre sua blusa, gravata e calça. Seus óculos de armação preta o deixavam parecido com um cientista, embora ele estudasse artes e fosse diferente de qualquer outro artista que já tivesse imaginado. O rosto de Skeggsie estava vermelho e ele trazia um inalador de asma em uma das mãos e uma espátula na outra. Não a cumprimentou, nem a chamou pelo nome, simplesmente disse:

– A comida está pronta.

Assim que Rose e Joshua entraram, Skeggsie usou o inalador.

– Melhor não confundir os dois, Skeggs – disse Joshua.

Skeggsie esboçou um sorriso. Rose olhou para Joshua. Ela não costumava ver Skeggsie se divertir com uma piada.

Eles comeram vorazmente. Ninguém mencionou os cadernos. Era a primeira vez em semanas que aquele não era o assunto principal da conversa entre o trio. A cozinha estreita estava quente, então Rose tirou o casaco e o colocou sobre o encosto da cadeira. A tatuagem de borboleta em seu braço se destacava e ela parou um instante para observá-la. Já tinha cicatrizado totalmente, parecia que sempre estivera ali. Uma Morpho azul. Algo que a fazia se lembrar de sua mãe, que ela não via há cinco anos.

Skeggsie contava sobre o curso de animação que estava fazendo na faculdade e seus planos para produzir um curta. Joshua assentia enquanto comia um pedaço do frango, que segurava com a mão. Suas mangas estavam enroladas, e a blusa, desabotoada, mostrando uma camisa cinza por baixo. Rose olhou para o peito de Joshua. Ali, por baixo da camisa, no lado esquerdo das suas costelas, ficava a tatuagem de borboleta *dele*. Na primeira vez em que ele lhe mostrara, ela passou o dedo sobre a imagem, sentindo seu contorno. Ela se perguntou se ele se sentava às vezes em frente a um espelho e olhava para a delicada figura gravada em sua pele, maior e mais impactante que a dela. Rose imaginou-o olhando para a tatuagem e pensando no pai dele, Brendan, que não via há cinco anos.

A voz de Skeggsie interrompeu seus pensamentos:

– E um cara lá da faculdade vai me ajudar com o filme! – disse ele.

Rose e Joshua imediatamente se entreolharam. Skeggsie tinha um *amigo*. Alguém na faculdade de quem gostava e em quem confiava o bastante para trabalhar junto. Joshua viu a surpresa no rosto de Rose e ergueu ligeiramente os ombros como se dissesse: É a primeira vez que ele toca nesse assunto, enquanto Skeggsie continuava a falar sobre a Pixar, os clássicos da Disney e as técnicas de animação francesas.

Mais tarde, enquanto comiam cheesecake, parecia que a conversa tinha se esgotado. Naquela hora, podiam ter voltado a falar sobre os meandros da história dos cadernos, como tinham feito durante semanas. Mas, em vez disso, ficaram sentados em silêncio. Rose comeu seu cheesecake, uma colher após outra.

– Quem era a garota que eu vi mais cedo saindo pela porta da frente?

Ela se *odiava* por perguntar.

– Era a Clara, lá da facul.

Ela é sua namorada?

– Ela faz o mesmo curso que você?

Joshua assentiu.

– Clara de quê? – perguntou Rose em tom casual.

– Não sei – respondeu Joshua, recostando-se e colocando as mãos sobre a barriga como se estivesse cheio.

Quando a refeição terminou, ela ajudou Skeggsie a lavar os pratos e guardá-los no lugar. Depois, resolveu voltar para a casa da avó.

– A comida estava ótima, Skeggsie – elogiou ela, pegando a bolsa e o casaco.

– Vou acompanhar você até a estação – disse Joshua.

– Não precisa.

– Não é trabalho algum.

– Já sou crescidinha. Posso andar pelas ruas de Londres sozinha!

Ela falou de forma um pouco mais ríspida do que pretendia, e Joshua ergueu as mãos na defensiva.

– Me desculpe – disse ela, descendo a escada.

A porta da frente não estava fechada com os ferrolhos. Rose ainda não tinha se acostumado com aquilo. Skeggsie, que costumava ser paranoico com a mania de fechar a porta toda vez que alguém entrava, tinha começado a relaxar um pouco.

– Skeggsie ainda está tranquilo com essa história da porta? – perguntou ela falando um pouco mais baixo para ele não escutar.

Joshua assentiu.

– E agora veio com essa história do colega novo da faculdade. Parece que finalmente está saindo da concha.

– Hum...

Rose tinha levado um tempo para se entender com Skeggsie e ainda não tinha certeza do que pensar sobre ele. Mas era amigo de Joshua e precisava aceitá-lo do jeito que era.

– Vai a algum lugar no fim de semana? – perguntou Joshua.

– Estou cheia de trabalhos atrasados. E você?

– Vai ter um lance na facul e talvez eu apareça por lá.

Será que ele vai com a Clara?

– Mando um e-mail para você. De repente eu apareço aqui no domingo.

Ela esperou um tempo e depois disse:

– Conseguimos não falar sobre os cadernos.

Ele concordou.

– O que não quer dizer que não estávamos pensando sobre isso.

– Não – disse ela.

Joshua pegou sua mão e apertou. Rose sorriu, saiu para a calçada e acenou para ele. Enquanto caminhava pela rua, ela fechou a mão e pensou como seria ter apertado a mão dele também. Ela sacudiu a cabeça, irritada com sua estupidez, e seguiu para a estação.

★ ★ ★

Rose abriu a porta da casa da avó e entrou. Gritou avisando que tinha chegado, sem esperar uma resposta. Anna andava saindo muito nas últimas semanas e isso significava que Rose tinha a casa só para ela. Subiu para o quarto e tirou o casaco, deixando-o sobre uma cadeira. Então, lembrou-se da carta do Colégio Mary Linton, que ainda não tinha aberto.

Levou a mão ao bolso do casaco e a pegou.

Era de Rachel Bliss.

Querida Rose,
Você vai ficar surpresa em receber esta carta, mas não tenho ninguém mais a quem recorrer. Tivemos nossos momentos difíceis no passado, mas eu mudei e queria que você soubesse que sinto muito por qualquer sofrimento que tenha lhe causado. Escrevo porque estou passando por algo terrível. É difícil de explicar. Nem eu mesma consigo entender. Você é a única pessoa que posso procurar, a única em que posso confiar.
Não estou querendo só chamar atenção, eu juro. Tenho a terrível sensação de que alguma coisa ruim vai acontecer. Por favor, ligue para meu celular.
Você já gostou de mim um dia. Por favor, não me deixe na mão.
Rachel

Rose leu a carta três vezes.

Franziu as sobrancelhas e amassou o papel com força.

II

Rose passou a manhã de sábado no laptop. Tentava colocar os trabalhos em dia. Algumas semanas antes, ela havia deixado de ir à aula por um tempo e não tinha entregado algumas tarefas. Era importante que ela conseguisse voltar aos trilhos. Tinha deveres de Inglês e Artes para terminar. Além disso, precisava ler alguns textos de História e Direito, e fazer anotações. Tinha deixado tudo isso de lado e, em vez de ser uma das melhores alunas, estava sendo cobrada pelos deveres atrasados.

Quando ouviu o som da porta da frente, foi até o patamar da escada. Sua avó estava no corredor, corada e parecendo feliz. Ela sorriu para Rose.

– Quer um café?

– OK – respondeu Rose.

Rose foi até o quarto e fechou o arquivo em que estava trabalhando. Deu uma rápida olhada nos e-mails, mas não havia nada novo. Então, desceu e seguiu para a cozinha. Na verdade, não queria tomar café. Tinha aceitado a oferta porque nas últimas semanas sua avó havia mudado e isso envolvia fazer café para Rose três ou quatro vezes por semana. Tudo tinha começado de forma estranha, uma noite, quando Rose estava trabalhando no pequeno cômodo anexo a seu quarto que ela fazia de escritório. Anna tinha batido à porta e entrado com uma pequena bandeja com uma caneca branca e um pacote de biscoitos. A caneca brilhava e sua alça era angular. Fazia parte de um jogo de Anna que estava exposto na cozinha. Rose tomara o café espumante, mergulhara os biscoitos e se perguntara por que sua avó estava sendo tão mais sociável. Nos dias que se seguiram, Anna a chamara até a cozinha várias vezes, tinha preparado bebidas e se sentara com ela. As duas conversavam e ficou claro para Rose que Anna estava *se esforçando*.

– Pode ser puro? – perguntou a avó.

Rose assentiu.

No passado, as coisas haviam sido diferentes. Elas discutiam muito e Anna dissera coisas ruins sobre sua mãe e Brendan, o pai de Joshua. Houve dias em que Rose sentiu vontade de sair da casa de Anna e nunca mais voltar.

Agora, parecia que Anna começava a conhecer Rose, mesmo que ela, na verdade, já vivesse sob seus cuidados há cinco anos. Quando a mãe de Rose e o pai de Joshua desapareceram, Rose viu sua avó pela primeira vez e foi morar com ela. Depois, estudou no Colégio Mary Linton em sistema de internato e passou pouco tempo com a avó. Elas ainda não eram íntimas, mas agora parecia que sua avó tentava ser diferente. Então, embora Rose nem sempre sentisse vontade de tomar café, ela se sentava e bebia.

– Eu devo ficar fora por uns dias – contou a avó, depois de conversarem sobre as aulas de Rose.

– Hã?

– Eu queria assistir a uns concertos em Snape Maltings. Pensei em ir na sexta de manhã e emendar o fim de semana com um amigo.

– Está bem – disse Rose, assentindo encorajadoramente.

Sua avó demorou um pouco para conseguir abrir o pacote de biscoitos de chocolate amargo. Rose observou as unhas perfeitamente pintadas da avó, cada uma com um semicírculo de glitter na ponta. As unhas dela estavam sempre assim. Suas roupas eram conservadoras, compradas na Bond Street, mas as unhas podiam ter sido feitas no Camden Market e não ficavam nada a dever às de muitas garotas metidas e espalhafatosas de seu colégio.

– Eu costumava viajar muito nos fins de semana quando você estava no Mary Linton, mas, desde que você voltou, não tenho mais feito isso.

– Você deveria ir – reforçou Rose.

As duas ficaram em silêncio por um segundo, e sua avó comprimiu os lábios como se hesitasse para lhe dizer alguma coisa.

– Estava pensando... – disse ela lentamente, escolhendo cada palavra com cuidado – quando eu estiver fora, se você não se importasse, preferiria que aquele garoto, o *Joshua Johnson*, não viesse aqui nesta casa.

Rose ficou séria.

– Ele é meu irmão adotivo...

– Não é seu *irmão adotivo* de fato...

– Nós moramos juntos como uma família...

– Mas sua mãe não se casou com o pai dele, então vocês não são parentes. Nem pela lei, nem por laços sanguíneos.

– Penso nele como minha família.

– Sei disso. E sei que você o vê e que ele a visita em seu estúdio, e tenho que aceitar isso, mas não quero ele aqui na minha casa. Não me parece certo.

Rose afastou a caneca.

– Não fique irritada, Rose – pediu a avó. – Você disse há algumas semanas que precisávamos ser honestas uma com a outra e só estou tentando lhe dizer como me sinto.

– Minha irritação sou eu sendo honesta – disse Rose.

– Então, nós duas estamos dizendo como nos sentimos. Não é uma coisa boa? Eu e você sendo honestas? Não é o que você queria?

Mais tarde, em seu quarto, Rose pensou no que Anna dissera. A postura de sua avó sobre Joshua já a aborrecia há semanas. Anna sempre fora hostil com relação a ele. Rose sabia que Anna tinha uma opinião muito ruim sobre o pai de Joshua e isso influenciava sua visão daquele garoto que ela nunca conhecera. Rose queria que Anna pudesse ver como Joshua era incrível. Como era carinhoso e atencioso. Como se empenhava em descobrir o que tinha acontecido com a mãe dela e Brendan. Rose queria que Anna pudesse ver Joshua da mesma maneira que ela.

Mas esses pensamentos não a fizeram se sentir melhor.

Nos últimos tempos, os próprios sentimentos de Rose com relação a Joshua tinham se transformado em algo que a deixava extremamente desconfortável. Quando tivera notícias dele seis meses antes, fora tomada pela alegria de ter uma parte de sua família de volta. Quando se encontrara com ele pela primeira vez em cinco anos, tudo parecera tão natural, como se tivesse mesmo que ser assim. Ele estivera longe de sua vida e então tinha voltado, e juntos eles eram um time. Irmãos de criação à procura dos pais.

Mas Anna estava certa. Ele não era irmão dela.

Ele era o Joshua, e seus sentimentos por ele tinham ficado confusos. Passara a sentir uma falta incontrolável dele. Tudo havia começado algumas semanas antes, quando tinham vivido alguns momentos emocionalmente difíceis. Eles tinham se apoiado e Rose passara a contar com Joshua. No entanto, um dia, percebera que seus sentimentos entravam em um terreno perigoso. Houvera até um momento em que chegara a sentir o impulso de beijá-lo. Mas conseguira se conter bem a tempo, recuando novamente para um lugar seguro.

Eles eram uma família.

Ela não tinha o direito de sentir qualquer outro tipo de ligação emocional com Joshua. Quando estava perto dele na fila do café ou no cinema, podia sentir o calor que emanava de seu corpo, o cheiro de chiclete de menta e xampu e, às vezes, só queria enterrar o rosto na pele dele. Nessas horas, ela se pegava pensando cada vez mais sobre o fato de não serem realmente *parentes*.

Mas aquilo era impensável e ela precisava afastar aqueles sentimentos.

Por isso, era melhor se manter ocupada, colocar os trabalhos do colégio em dia. Abriu um arquivo no laptop e olhou as anotações que tinha feito mais cedo. Depois de algum tempo, ela ouviu passos na escada e uma batida suave na porta.

– Correio – disse a avó.

Rose respirou profundamente. Era outra carta de Rachel Bliss.

– Eu achava que os jovens não se correspondiam mais assim – disse a avó, entregando a carta.

Rose esperou Anna sair para abrir o envelope.

Querida Rose,
Percebi, depois de enviar minha carta ontem, que você pode achar que fiquei maluca. Talvez tenha ficado.

Coisas estranhas estão acontecendo comigo, coisas inexplicáveis.
Tenho pensado muito em Juliet Baker. Não consigo tirá-la da cabeça. Preciso conversar com alguém sobre isso e você é a única pessoa em que sinto que posso confiar.
Por favor, me escreva mandando seu número de celular para que eu possa ligar para você. Eu imploro.
Rachel

Juliet Baker. Fazia muito tempo que aquele nome não lhe vinha à cabeça. Abaixou a carta e ficou quieta, lembrando-se da última vez em que vira Rachel Bliss.

No Colégio Mary Linton, o sinal tocou, anunciando a troca da aula. Rose ouviu sem prestar muita atenção. Agora que estava indo embora, o sinal já não significava mais nada para ela. Ouviu o som de passos que vinham do corredor embaixo de seu quarto. Filas de garotas movendo-se silenciosamente de uma sala para outra. Depois de alguns instantes, o barulho da movimentação diminuiu, e ela continuou a guardar suas coisas em baús de viagem. Já tinha enchido dois e agora estava no terceiro. Muitas das coisas que estava guardando seriam jogadas fora assim que voltasse para a casa da avó: seu uniforme, várias daquelas roupas idiotas – muito delicadas e femininas – que tinha comprado, bichos de pelúcia que tinha acumulado, livros, revistas e pilhas de cartões, cartas e fotografias que tinha juntado ao longo dos anos em que fora aluna do Colégio Mary Linton.

Ouviu a porta se abrir atrás dela. Virou e viu Martha Harewood, sua supervisora, ali parada.

– Terminou de arrumar suas coisas, Rose?
– Quase.
Martha atravessou o quarto e se sentou na beirada da cama de Rose.
– Sinto muito que vá embora. Sei que se aborreceu há alguns meses, mas achei que tudo já tinha se resolvido...
– Estou bem, sério. Só quero voltar para a casa da minha avó. Acho que estou meio cansada de morar em um internato.
– Pelo menos você concluiu o ano.
Rose assentiu. Tinha acabado as provas nas semanas anteriores. Agora não havia mais nada que a prendesse àquela escola.
– Ainda acho que isso tem alguma coisa a ver com Rachel Bliss.
Rose balançou a cabeça.
– Nós costumávamos ser amigas, mas já não éramos tão próximas há um tempo. Isso não tem nada a ver com a minha partida.
Martha se levantou.
– É bom ver você tão madura, tão bem. Não parece mais nada com a garotinha triste que chegou aqui.
Rose passou alguns instantes alisando a ponta de uma blusa dobrada. *Garotinha triste*. Martha se referia aos primeiros meses após a chegada dela ao Mary Linton. Os dias em que a dor pela falta de sua mãe pareciam uma doença. Martha estivera ao seu lado naquela época, sempre com uma caixa de lenços de papel à mão e um chocolate quente, que fazia exclusivamente para as duas nos aposentos dela. Martha sempre tinha um abraço gentil e palavras tranquilizadoras. Sempre estivera ali para apoiá-la.

– Você vem me ver antes de ir embora?
Rose assentiu.

A porta se fechou e Rose ficou sozinha. Terminou de fazer as malas, tirou a roupa de cama, dobrou-a para colocar para lavar e deixou-a em um canto do quarto. Eram 12h15 e seu táxi estava marcado para as 13h. Nas laterais de seus baús havia grandes etiquetas: *Rose Smith, a/c Anna Christie, Andover Avenue, 17, Belsize Park, Londres.* Passaria a morar direto com a avó. No outono, iria para o colégio de ensino médio e ela e Anna se veriam, então, todos os dias. Ela se perguntou como seria, como lidariam uma com a outra.

Sua porta se abriu de repente e lá estava Rachel Bliss. A garota não falou nada, só passou os olhos pelo quarto de Rose, parando em cada baú. Rose olhou para ela. O cabelo de Rachel estava solto, virado para cima na altura dos ombros. Parecia branco e deixava o rosto dela ainda mais pálido do que o de costume. Seus olhos azuis observaram o quarto todo com atenção, como se nunca o tivesse visto antes. Ela usava uma bermuda – feita de uma calça jeans cortada – e chinelos: roupa de fim de semana. Trazia no pescoço um colar com um medalhão em forma de coração. Rose ficou séria. Tinha comprado o cordão de presente para Rachel no ano anterior.

– Está mesmo indo embora? – perguntou Rachel.
– Estou.

Rachel deu um sorrisinho. Ainda estava parada à porta como se não quisesse entrar no quarto de Rose, como se uma barreira invisível a mantivesse fora. Ergueu os braços, levando as mãos à nuca.

– Queria devolver isto – disse ela.

Soltou o cordão e estendeu-o em sua mão.

Rose não se mexeu.

– Não quero.

– Nem eu – disse Rachel, atirando o cordão para dentro do quarto.

Rose viu o colar cair no carpete enquanto Rachel se afastava, fazendo barulho com seus chinelos pelo corredor. Ela o pegou, segurando-o firme em sua mão. Sentiu os olhos arderem, mas não ia chorar. Não mais. Foi até a lixeira e atirou o cordão lá dentro.

Agora, cinco meses depois, parecia que Rachel Bliss estava de pé à porta de seu escritório em Belsize Park, olhando para ela com aqueles olhos azuis e frios. Leu de novo a última linha:

Eu imploro.

Rachel.

Dobrou a carta várias vezes. E, depois de um tempo, dobrou-a mais uma vez.

III

Rose e Joshua estavam no estúdio nos fundos do jardim de Anna. O lugar já tinha sido uma espécie de garagem. Era uma estrutura antiga de tijolos em péssimo estado de conservação; porém, quando Rose decidira deixar de vez o internato, ela o restaurara e fizera do estúdio um lugar especial, só seu. Era lá que ficava seu material de artes, e ainda havia espaço suficiente para um sofá velho, uma cadeira de vime e várias almofadas gigantes. Era domingo à noite, pouco depois das sete. Joshua estava deitado no sofá, as botas pesadas penduradas para fora. Rose estava sentada no chão, apoiando as costas no estofado já gasto. Perto dela, havia dois pratos com restos de macarrão para viagem, uma revista enrolada, uma lata de cerveja e uma garrafa de Coca-Cola. Ao fundo, podia-se ouvir uma música tocando, uma das bandas preferidas de Rose. Depois de comerem e beberem, ela contou a Joshua sobre as cartas que recebera de Rachel Bliss.

– Essa é a tal garota que chateou você em Norfolk?

Rose fez que sim.

– E ela quer que você a ajude?

Rose não disse nada. Não era exatamente uma pergunta. Ela contara algumas coisas sobre Rachel para Joshua nos e-mails que enviara meses antes.

– Bem, eu não vou responder... – começou a falar.

– Ah! Recebi uma carta – disse ele, interrompendo, sentando-se direito e fazendo força para tirar um envelope dobrado do bolso de trás. – Meu tio, Stu, me reenviou. Dos procuradores. Myers e Goodwood, está lembrada?

Os procuradores que representavam seus pais.

– Me deixa ver o que diz aí.

Ele entregou a carta a ela, e Rose leu a curta mensagem:

Querido Joshua,
Envio esta carta para seu tio, já que não tenho seu endereço atual em Londres. Espero que esteja bem e aproveitando seu curso universitário.
Alguns objetos de seu pai foram enviados para nós. Se você me ligar (você tem o número do meu celular) e me der seu endereço em Londres, mando tudo para você.
Atenciosamente,
Robert Myers

– Ah – disse ela.

– Liguei para ele ontem – disse Joshua. – Eles estão com algumas coisas que foram do meu pai quando trabalhava na área de Chelmsford, sete anos atrás. Você se lembra? Ele precisou ir pra lá por três meses. Tinha até que passar a noite fora algumas vezes.

Rose fez que não. Sinceramente, não lembrava. Tanto sua mãe como o pai de Joshua trabalhavam na força policial. Rose sabia disso, mas não fazia ideia de *onde* trabalhavam.

– Ele ficou lotado lá por três meses. Agora, eles estão se reorganizando e os escritórios serão usados para outra coisa.

Precisaram esvaziar o lugar e encontraram uma pasta do meu pai. Então, mandaram para os procuradores.

– Não acharam nada da minha mãe?

Joshua sacudiu a cabeça.

– Não, era só meu pai que ia para Chelmsford. Kathy ainda trabalhava no centro de Londres.

– Não me lembro.

– Você só tinha dez anos.

Aquilo era verdade. Aos dez anos, ela não pensava muito sobre o trabalho da mãe. Sabia que ela era policial, mas que não andava pelas ruas como os policiais que iam até sua escola. Às vezes, ela se sentia meio frustrada com isso. Sua mãe saía para trabalhar com um terninho preto e sapatos altos. Parecia uma mulher de negócios saindo para o trabalho.

– O que será?

– Quem sabe? Dei a eles meu novo endereço e eles ficaram de me mandar. Talvez seja algo que vá nos ajudar a encontrá-los.

Encontrar os pais deles.

Isso tinha se tornado a coisa mais importante para os dois. Sempre fora a obsessão de Joshua, mas Rose passara cinco anos contendo as emoções e tentando seguir em frente com sua vida. Naquela época, tinha certeza de que sua mãe e Brendan estavam mortos, assassinados em razão de alguma investigação sobre um crime antigo em que andavam trabalhando.

Um policial veterano lhe dissera isso semanas após o desaparecimento deles. Ela se lembrava daquela visita como se fosse ontem.

O inspetor-chefe Munroe apareceu semanas depois que Rose tinha ido morar com a avó. Ele era um homem importante e ocupado, mas aquela visita era pessoal, algo que precisava fazer.

– Trabalhei com sua mãe e Brendan. Precisava falar com você pessoalmente.

Ele estava de uniforme e se sentou de frente para ela na sala de estar. Colocou o chapéu na mesa de centro entre eles. Seu rosto estava bronzeado como se tivesse acabado de voltar de um feriado. Puxou o colarinho algumas vezes, abrindo um sorriso encorajador. Parecia desconfortável. Sem dúvida alguma, gostaria de estar de volta na praia. Anna se movia silenciosamente atrás dele, e Rose podia ouvir o retinir de xícaras e pires em uma bandeja. Rose esperava que o inspetor Munroe lhe desse alguma informação, alguma notícia sobre sua mãe desaparecida. Sua avó colocou duas xícaras e pires na mesa. Em cada uma delas havia uma colher de prata.

– Estarei na outra sala, se precisar de mim.

Sua avó falou baixinho, e Rose não tinha certeza se havia se dirigido a ela ou ao policial.

– Quantos anos você tem, Rose? – perguntou ele, instantes depois, a voz suave.

– Doze.

– Você terá que ser uma menina forte e crescida, porque tenho notícias muito ruins para lhe dar.

Rose olhou nos olhos dele. Sua garganta ficou quente como se estivesse pegando fogo. O policial prosseguiu com uma voz baixa e triste:

– Havia quatro investigações em andamento na Divisão Especial de Casos Antigos. Analisamos aqueles em que sua mãe e Brendan Johnson eram os principais agentes e chegamos à conclusão de que eles devem ter mexido em algum ninho de vespas. Acreditamos, após rever todas as evidências, que eles estejam mortos, assassinados por alguém pago pelo crime organizado.

Ele parou e olhou para Rose como se esperasse que ela dissesse alguma coisa.

– Encontraram os corpos deles? – indagou Rose, imaginando o rosto de sua mãe imóvel e pálido, as pálpebras firmemente fechadas.

– Não. E acho que nunca encontraremos.

– Então, como pode ter certeza...?

– Todas as provas apontam nessa direção. Coisas que descobrimos e que ainda não podemos divulgar para não prejudicar outras investigações. Sua mãe era uma excelente policial, Rose. Eu a conhecia. Fomos apresentados anos atrás, quando ela começou a trabalhar para a força. Ela era muito profissional. Teria entendido o caso. Você é uma menina, mas precisa compreender isso agora.

Rose abaixou o rosto e tomou um gole do chá pelando. Manteve os olhos fixos no homem bronzeado à sua frente. Ele remexia os dedos em volta da xícara e não parava quieto no assento. Inspetor-chefe Munroe. Nunca ouvira sua mãe falar dele.

– Qual é o seu primeiro nome? – perguntou Rose.

Ele parecia surpreso.

– Meu nome é James. James Munroe – disse ele, pegando alguma coisa no bolso. – Aqui está meu cartão. Fique à vontade para me ligar quando quiser. E eu gostaria de acrescentar que continuarei essa investigação pelo tempo que for necessário para descobrir o que aconteceu com sua mãe e Brendan Johnson.

Ela pegou o cartão e deu uma olhada enquanto o inspetor-chefe se levantava. Sua avó reapareceu como mágica e as vozes deles pareciam distantes quando Rose se concentrou nas palavras à sua frente. *Inspetor-chefe James Munroe*. Ela pensou se Joshua estava sentado na casa do tio em Newcastle com outro policial gentil perto dele que dizia: *Continuarei essa investigação pelo tempo que for necessário para descobrir o que aconteceu com seu pai e Katherine Smith.*

Rose sabia que não era verdade. O policial se enganara. O passado daquela época era um lugar sombrio, um buraco negro que tinha sugado seus pais. Mas agora começavam a ver alguma luz. Eles tinham descoberto que sua mãe e Brendan estavam *vivos*. Não tinham *visto* os dois nem sabiam onde estavam, mas tinham contado para eles que seus pais estavam seguros, e Rose e Joshua estavam determinados a encontrá-los. De repente, ela ficou emocionada e se virou para falar alguma coisa sobre aquilo com Joshua, mas ele estava de olhos fechados.

Mais tarde, quando estava na hora de Joshua ir embora, ela limpou os pratos e recolheu a lata e a garrafa. Os joelhos de Rose estavam enferrujados, e ela esticou os braços, alongando-os. Parecia já ser bem tarde quando Joshua lhe disse:

– Você não está pensando naquela garota da escola, não é?
– Na Rachel? Não.
– Ela a aborreceu muito, não foi?
Rose assentiu.
– Que bom que agora você tem amigos melhores!
– Amigos? Achei que fôssemos uma família.
– E somos, mas também somos amigos – disse ele, passando o braço pelos ombros dela e lhe dando um abraço rápido.

Joshua saiu pelo portão nos fundos do jardim, e Rose acenou enquanto ele sumia de vista. Eram quinze para as oito. Ela se perguntou se ele iria direto para o apartamento ou se passaria em outro lugar. A garota loura, Clara, lhe veio à mente. Era uma amiga da faculdade, dissera ele. Será que Joshua estava indo visitá-la? Pensar naquilo deixou sua garganta seca.

Ainda havia música tocando no estúdio e ela desabou por um instante no sofá onde Joshua se sentara. No chão, viu o envelope em que a carta dele viera e o pegou. Na frente, havia o nome dele e o endereço do tio. Na parte de baixo, à direita, em itálico, os nomes dos procuradores: *Myers e Goodwood*. Não era exatamente um nome de firma inesquecível, mas Rose ouvira falar dele várias vezes ao longo dos anos. *Myers e Goodwood*. Eles tinham um testamento deixado por sua mãe e o pai de Joshua. Rose ficara sabendo disso nos primeiros dias em que passou a morar com a avó. Cerca de dois anos antes de desaparecerem, sua mãe e Brendan tinham feito um testamento, que dizia que, se alguma coisa acontecesse a eles, as questões financeiras e o bem-estar de seus filhos seriam cuidados por procuradores. Não era incomum, um procurador explicara a Rose, que oficiais envolvidos em trabalhos perigosos procurassem garantir a segurança das suas famílias caso algo inesperado acontecesse.

E algo havia acontecido. Eles tinham desaparecido.

Rose e Joshua ficaram com uma babá naquela noite, Sandy Nicholls, uma garota que morava na mesma rua. Rose tinha permissão para ficar acordada esperando sua mãe voltar e ficara sentada ao lado de Sandy no sofá, o braço enganchado no dela, enquanto assistiam a um programa após o outro. De vez em quando, Sandy apertava o botão *Mudo* e contava a Rose alguma fofoca do seu colégio ou uma história sobre um garoto de quem ela gostava e que a tratava mal. Sandy também passara boa parte da noite digitando mensagens de texto em seu telefone. Quando já era bem tarde, ela ligou para o celular da mãe de Rose, mas a ligação caiu na caixa postal. Rose se lembrava de ela ter deixado uma mensagem: *Oi, sra. Smith! Sou eu, Sandy. Está tudo bem por aqui. Só estava pensando quando vocês devem voltar. É que são 11h15 agora e já passa um pouco da hora que vocês costumam chegar.*

Joshua desceu de seu quarto, onde tinha passado quase a noite toda. Evitou fazer contato visual com Sandy e só perguntou rispidamente:

– Onde eles estão?

Rose observava Sandy ir até a janela e voltar, puxando a cortina e olhando para fora. Joshua ficou sentado em uma cadeira no canto da sala, olhando para seu celular, levantando o rosto de vez em quando, o olhar ansioso em direção à porta.

Quando passou da meia-noite, Sandy ligou para os pais dela. À uma hora da manhã, o pai de Sandy apareceu. O sr. Nicholls tinha uma barriga flácida e falava alto. Ele mandou Sandy para casa e disse para Rose e Joshua irem para a cama. Falou que esperaria acordado pelos pais deles.

Não havia mais nada a fazer, a não ser ir para a cama. Rose entrou embaixo do edredom e chamou Joshua. Ele foi até o quarto dela.

– Você acha que eles estão bem?
– Acho.
– Você não acha que eles sofreram um acidente, não é?
– Não. O carro deve ter tido algum problema.
– Por que eles não ligaram?

— Provavelmente os telefones ficaram sem bateria. Eles sabem que ficaríamos bem. Vá dormir. Quando você acordar, eles estarão aqui.

Ela dormiu quase imediatamente. Quando acordou, era de manhã cedo, ainda estava escuro. O relógio em sua mesa de cabeceira marcava 6h27. Ela ouviu um burburinho que vinha do andar de baixo. Pessoas conversavam em meia-voz na sala. Ela se levantou e foi até a porta do quarto. Quando a abriu, viu Joshua sentado no primeiro degrau lá de cima, usando as mesmas roupas da noite anterior.

— Eles voltaram? — perguntou ela.

Ele não olhou de volta para ela. Só balançou a cabeça.

Rose se viu segurando firme a beirada do velho sofá, os olhos nublados. Não agora, pensou, não choraria agora que eles tinham uma nova esperança. Ela se levantou e respirou fundo algumas vezes. Colocou o lixo em um saco plástico, desligou o aquecedor e a música, saiu do estúdio e fechou a porta. Seguiu ao lado de uma cerca viva de louro em direção à casa. A luz estava acesa na sala de estar de Anna. Ela recebia visitas. Rose cumprimentara educadamente os amigos da avó quando chegaram.

Foi até a cozinha e lavou os pratos. Alguém devia ter aberto a porta da sala de estar, porque o som das pessoas conversando e rindo ficou mais alto. Anna entrou na cozinha.

— Tem uma mensagem para você na secretária eletrônica. De uma de suas amigas do Mary Linton. Parece ser uma boa moça, embora um pouco preocupada com alguma coisa. Foi uma surpresa, devo dizer. Não costumam ligar para você aqui.

Rose franziu as sobrancelhas. Uma ligação do Mary Linton.

Secou ambos os pratos enquanto uma sensação de ansiedade se apoderava dela. Rachel sabia seu número de telefone da época em que tinham sido amigas. Depois que guardou os pratos no armário, foi até o aparelho e apertou o botão. Reconheceu a voz imediatamente.

Rose, espero que tenha recebido minhas cartas. Tomara que eu tenha logo notícias suas. Você não vai me deixar na mão, não é? Estou contando com você.

Rose ficou imóvel por alguns instantes.

Quantas vezes aquela garota iria tentar falar com ela? Apertou o botão de *Apagar* e subiu para o quarto.

IV

Rose só tinha aula no final da manhã, então decidiu ficar em casa fazendo seus trabalhos por algumas horas. Sua avó tinha saído cedo, e a casa estava em silêncio.

Ouviu o som do correio chegando. Foi até o patamar da escada e olhou para o corredor lá embaixo. Havia uma pilha de cartas no tapete. Sentiu uma agitação de ansiedade. Por baixo, era possível ver a ponta de um envelope azul se destacando. Ela desceu e pegou a correspondência. Pôde sentir o papel pesado de linho por baixo da pilha de cartas e, após colocá-las na mesinha do corredor, puxou o fino envelope azul. Irritada, voltou para o quarto e abriu a gaveta de baixo da sua escrivaninha. As outras duas cartas estavam lá. Por alguma razão, ela havia desamassado e guardado as cartas. Atirou o envelope sem abri-lo e fechou a gaveta.

Resolveu dar uma olhada em seu blog, Morpho. Nas últimas semanas não tinha escrito muita coisa, mas, uma vez que os últimos acontecimentos tinham dado a ela e Joshua uma nova esperança sobre seus pais, decidiu usá-lo para registrar o que estava acontecendo. O blog só podia ser acessado por quem ela permitisse e, por enquanto, só ela o via. Pensou que talvez, um dia, pudesse mostrá-lo a Joshua.

No alto do post, ela digitou as palavras **Os Cadernos**. Recostou-se e puxou a manga esquerda da blusa para olhar a tatuagem de borboleta. Havia feito o desenho semanas antes, mentindo sobre sua idade para o tatuador. Tinha doído; várias pequenas agulhadas enquanto ele a desenhava em sua pele. *Tem certeza de que você está bem?*, perguntara o cara alguma vezes, parecendo preocupado. O sangue gotejara em minúsculas bolhas. Ela fizera um sinal para ele seguir em frente, observando fascinada cada movimento dele. Depois, ficara radiante ao descobrir que Joshua tinha uma tatuagem similar no peito, mas, quando soube que Brendan também tinha uma, assim como sua mãe, aquilo tudo pareceu surreal. Havia uma estranha ligação entre eles. Os quatro tinham aceitado sangrar para ter aquela imagem em seus corpos, como uma espécie de ritual secreto.

Ela pensou por um instante antes de começar a escrever. O blog era uma maneira de explicar o que estava acontecendo, talvez até para si mesma. Ela começou a se lembrar dos fatos que ocorreram depois de saber que seus pais tinham desaparecido.

> Quando nossos pais sumiram, perdi contato com Josh. Mesmo morando juntos como uma família por três anos, ele foi mandado para a casa do tio em Newcastle, e eu passei a morar com minha avó em Londres. Então, um dia, há seis meses, recebi um e-mail dele. Foi um momento incrível. Trocamos mensagens por meses e acabamos marcando de nos vermos em Londres. Passamos nossas primeiras semanas juntos tentando descobrir alguma informação sobre minha mãe e Brendan,

> até que encontramos um homem que nos contou algo surpreendente.
> Nossos pais estavam vivos.

Rose se lembrou do homem, Frank Richards, na última vez em que o vira.

Ele era alto e magro. Viajava com pouca bagagem, levando apenas uma mala de rodinhas e uma bolsa. Era também um policial e tinha sido amigo do pai de Joshua, mas havia sido despedido. Nem Rose nem Joshua sabiam por quê. Essa era apenas uma das muitas coisas que não sabiam sobre Frank Richards. Não sabiam nem mesmo se *Richards* era seu sobrenome verdadeiro. Ficar frente a frente com ele tinha sido completamente inesperado. Mais impressionante ainda era o fato de ele também ter uma borboleta tatuada no braço. Quando o interrogaram (de maneira enérgica e desesperada), ele hesitou, recusou-se a responder muita coisa e disse que já tinha falado demais.

E tinha mesmo. Ele contara o que os dois mais queriam saber: Kathy e Brendan estavam vivos. Em uma única frase, tinha ressuscitado a mãe de Rose e o pai de Joshua, e mudado a vida deles para sempre.

Frank Richards ficara ansioso para se livrar deles. Os dois o seguiram até o lado de fora do apartamento, onde ele tentava pegar um táxi para levá-lo ao aeroporto. Ele dera a Rose um número de telefone para ligar em caso de emergência, se ela estivesse em perigo. *Por que eu estaria em perigo?*, quisera perguntar, mas ele entrara depressa em um táxi que passava por ali, arrastando a mala de rodinhas atrás dele e partindo. Ela gravara o número em seu celular, mesmo sem saber muito bem por que um dia iria querer entrar em contato com Frank Richards de novo.

Joshua ficara exultante com aquele encontro.

E empolgadíssimo com os cadernos.

Roubamos uma coisa de Frank Richards. No apartamento dele, havia uma pilha de cadernos perto de sua mala. Eram uns seis, do tipo cadernos de exercícios. Dentro, havia fotos, mapas e diagramas. Havia muita coisa escrita também, mas tudo em código. Outra coisa que vimos no apartamento foi uma cópia meio surrada de um antigo livro de capa dura chamado *O Projeto Borboleta*. Enquanto Frank guardava suas coisas, Josh escondeu dois cadernos no casaco. Não conseguimos entender o código, mas estamos tentando. Nosso amigo, Skeggsie, tentou decifrá-lo, mas chegou à conclusão de que o código está ligado a uma fonte "desconhecida". Talvez um livro que todos os envolvidos com o código tivessem. Imediatamente pensamos em *O Projeto Borboleta*.

Algumas semanas depois que eles se encontraram com Frank Richards, ela fora ao apartamento e encontrara Joshua e Skeggsie completamente eufóricos. Na mesa da cozinha, em frente a eles, estavam os dois cadernos. Ela olhou para os cadernos pela centésima vez, passando os dedos pelas beiradas. Um deles estava fechado, mas o outro estava aberto e mostrava a cópia de uma foto. O rosto no retrato era de um homem de cerca de cinquenta anos. Era magro, tinha o cabelo curto e grisalho, e olhava para a câmera, em vez de posar para ela. Seus olhos eram escuros, e as sobrancelhas, grossas. Usava uma blusa branca, uma gravata escura e o paletó de um terno, como se estivesse a caminho de um evento formal.

Eles não faziam ideia de quem era aquele homem. Skeggsie usara seu computador para acessar sistemas de reconhecimento facial, mas seu hardware não tinha conexão a sites e sistemas maiores, então ele não havia conseguido descobrir nada.

– Conte a ela, Skeggs – disse Joshua, animado.

– Um cara da minha faculdade tem acesso ao hardware de lá. Ele trabalha meio período, blá, blá, blá...

Rose franziu as sobrancelhas. Skeggsie começara a usar as palavras *blá, blá, blá* sempre que não queria explicar alguma coisa.

– Então, perguntei se ele podia verificar a foto no computador da faculdade.

– E?

– Ele achou alguém que combina com a imagem.

– Uau. Quem é? – perguntou ela, olhando para o rosto do homem no caderno.

– O nome dele é Viktor Baranski. Ele é russo – contou Joshua, e continuou: – Procuramos o nome dele no Google. Ele era da Marinha russa. Veio para Londres em 2000 como um homem de negócios. Comprou propriedades em Mayfair e Kensington e se associou a pessoas influentes. Skeggsie fez uma busca nos arquivos de alguns jornais russos da época em que ele veio para a Grã-Bretanha e encontrou algumas indicações de que ele vendeu informações para o governo britânico. Informações sobre a Marinha russa.

– Skeggsie sabe ler russo? – perguntou ela, impressionada.

– Eu mandei traduzir – disse Skeggsie, como quem não dá muita importância.

– A questão é que ele foi assassinado em 2006 – prosseguiu Joshua. – Ele foi encontrado na praia da costa de Norfolk. Skeggsie leu que ele deve ter sido assassinado pelo serviço secreto russo por ter fornecido informações para o Ocidente.

Rose soltou o ar entre os dentes. Era complicado demais.

– O que isso tem a ver com mamãe e Brendan?

– Bem, eles podem estar envolvidos com o serviço secreto? MI5?

– James Bond? Isso é meio absurdo.

– Quase tudo ligado a esse assunto é meio absurdo – disse Joshua, baixando a voz. – Por que isso seria mais improvável?

– Enfim... – disse ela, tentando soar positiva – é ótimo que você tenha descoberto quem é o cara. Já é um começo.

– Eu não. Skeggsie.

Skeggsie olhou para Rose, que abriu um sorriso de má vontade.

– Muito obrigada, sr. Darren Skeggs, blá, blá, blá... – disse ela, usando o nome completo dele pela primeira vez.

– Não há de quê, srta. Rose Smith, também conhecida como pé no saco.

– Assim é que eu gosto de ver – zombou Joshua. – Vocês dois começando a se dar bem.

Joshua agora acha que nossos pais podem estar trabalhando para o governo. Pode parecer estranho, mas ele acredita que eles possam ser espiões ou agentes secretos, ou seja lá como são chamados agora (nada como 007).

Ela parou de digitar porque o telefone da casa estava tocando.

Reclinou-se na cadeira. Devia atender, mas não queria, caso fosse Rachel Bliss novamente. Qualquer um que quisesse entrar em contato com ela usaria seu celular ou e-mail. Devia ser para Anna e quem quer que fosse deixaria uma mensagem. Ela esperou até o telefone parar de tocar e deu uma olhada no que tinha escrito no blog:

> Não acredito que nossos pais sejam espiões. Acho que isso é ridículo, mas não posso dizer ao Josh, porque ele está tão empolgado, tão determinado a descobrir a verdade. Foi graças a ele que descobrimos tantas coisas. Foi graças a ele que encontramos Frank Richards, principalmente. Foi graças a ele que conseguimos os cadernos.

O telefone tocou de novo.

Rose ficou tensa. Ela *sabia* que era Rachel Bliss. Olhou em volta e pensou no que fazer. Se atendesse, poderia lhe dizer para deixá-la em paz e acabar com tudo de uma vez por todas. Por outro lado, Rachel – se é que era Rachel – poderia envolvê-la em alguma coisa, poderia dizer algo que Rose não seria capaz de ignorar. Era melhor deixar o telefone tocar e apagar as mensagens depois, assim que ouvisse a voz de Rachel.

Olhou de novo para o blog, relendo os dois últimos parágrafos, distraída agora, sem se lembrar direito de onde estava na história:

> Joshua acha que os cadernos são tudo. Que eles são a chave para descobrirmos mais coisas. Não tenho tanta certeza. Tenho algumas razões para não acreditar que os cadernos sejam tão importantes.

1. Quem usa cadernos para coisas importantes quando existem laptops, cartões de memória, e-mail e coisas assim?
2. Frank Richards era um homem estranho. Talvez os cadernos sejam importantes somente para ele. Talvez não tenham ligação alguma com minha mãe e Brendan.
3. Quem usa códigos nos dias de hoje?

Talvez os cadernos sejam pistas falsas e estejamos perdendo tempo tentando entender o que significam.

Ao reler o que escrevera, sentiu-se culpada – como se estivesse debochando das coisas que Joshua dissera, das teorias que formulara. Ela devia ser menos pessimista. Se não fosse por Joshua, eles ainda achariam que seus pais estavam mortos, assassinados em razão de um caso antigo em que estavam trabalhando. Ela encerrou o texto do blog:

Temos certeza de que descobriremos mais coisas sobre os cadernos.

Para Joshua, *Os Cadernos* tinham se tornado um atalho para *descobrir informações sobre seus pais*.

O som do telefone tocando de novo a assustou. Parecia mais alto desta vez, como se a pessoa do outro lado da linha estivesse determinada a ser ouvida. Rose cerrou os punhos, se levantou e desceu a escada decidida. Pegou o fone e colocou-o no ouvido. Tinha parado de tocar. O silêncio era suave e envolvente, e ela não falou, só ficou ouvindo. A voz de Rachel Bliss soou estridente, como se tivesse andado chorando:

– Rose? É você, Rose? Ah, Rose, você precisa falar comigo. Acho que vou enlouquecer...

Rose colocou o fone de volta no gancho.

Subiu para o quarto, sentindo-se deprimida. Não tinha ideia de como faria para que aquela garota parasse de incomodá-la. Não fazia a mínima ideia.

V

Na terça de manhã, Rose abriu o armário e deu uma olhada em suas roupas. Uma fileira de roupas pretas pendia à sua frente: calças de tecido, jeans e saias. Embaixo, havia pilhas de roupas brancas: blusas, tops e vários suéteres, cardigãs e casacos brancos dobrados. Depois que deixara o Colégio Mary Linton, adotara aquele visual simples e discreto. Gostava da pureza do monocromático, do aspecto limpo e prático que aquelas duas cores juntas conferiam. Anna odiava aquilo e tentara convencê-la a comprar algumas roupas coloridas. Até mesmo Joshua falava sobre isso de vez em quando, mas ela se mantinha inflexível. Ela se vestia como queria e ninguém tinha o direito de lhe dizer o que devia usar.

De vez em quando, no entanto, ela via alguma coisa em uma loja, um rosa-claro ou turquesa, e se sentia atraída, imaginava-se usando aquela roupa, a cor dela contra sua pele. Uma vez, chegou a pegar uma blusa rosa de seda, mas depois mudou de ideia, colocou-a de volta no lugar e saiu da loja se sentindo uma boba.

Passou os dedos pelos jeans e outras calças, pensando no que vestir. Escolheu uma calça de tecido, uma blusa branca e um cardigã folgado. Pegou as botas do chão, abriu a cômoda e escolheu um par de meias de um roxo bem vivo. Essas podiam ser usadas, mas não vistas.

Talvez algum dia ela usasse as cores à vontade.

Antes de sair para o colégio, Rose abriu a gaveta de sua escrivaninha e pegou a carta fechada de Rachel Bliss. As ligações a haviam perturbado. Já era ruim o bastante ouvir as mensagens deixadas para ela, mas tinha sido ainda pior atender o telefone e ouvir a voz de Rachel. Não falando, mas *implorando*.

Olhou para a carta em sua mão. Devia ser como as outras duas. Palavras desconexas tentando atrair sua atenção, envolvê-la, convencê-la a fazer o que Rachel queria.

Cansada e irritada, abriu a carta.

Querida Rose,
Estão acontecendo coisas estranhas comigo, muito estranhas.
Nas duas últimas semanas, vi Juliet Baker quatro vezes.
Vi mesmo.

Rose parou. Era mais uma das mentiras de Rachel. Suspirou sonoramente e continuou lendo:

Já lhe disse que venho pensando muito nela ultimamente. Bem, era tarde da noite e eu observava a escuridão fora do meu quarto, na direção do lago. De repente, ela estava lá sob as árvores, logo depois do estacionamento. Fiquei chocada. O rosto dela parecia brilhar no escuro. Ela estava lá, de pé. Mantive os olhos nela, com medo de desviar o olhar, e ela ficou ali parada, como uma estátua. O rosto dela parecia branco em contraste com o cabelo, como se não

houvesse sangue algum em seu corpo. Ela me encarava de forma perturbadora e, por fim, tive que desviar os olhos. Quando virei para lá de volta, ela havia desaparecido. Quase morri do coração. Não conseguia dormir.
Ontem eu estava no pátio, tentando ler um livro, e olhei para a janela do meu quarto. Juliet estava lá. E ela olhava para mim. Ela estava em minha janela, Rose! No meu quarto. Fiquei histérica. Corri até lá. Passei em disparada por todo mundo e corri feito louca. Quando cheguei lá, a porta estava trancada.
Abri e o quarto estava vazio.
Agora você vai achar que fiquei maluca.
Agora você sabe por que preciso da sua ajuda.
Por favor, entre em contato comigo, Rose.
Rachel

Rose abaixou o papel, enrugando a testa. *Juliet Baker.* Como Rachel poderia tê-la visto? Juliet Baker estava morta. Tinha morrido bem antes de Rose conhecer Rachel Bliss. O que Rachel estava dizendo?

Que tinha visto um fantasma?

Ridículo.

Rose pegou o laptop da bolsa e o abriu, ligando-o rapidamente. Entrou no Google e escreveu as palavras *Juliet Baker Colégio Mary Linton*. Depois de alguns segundos, apareceram alguns resultados. Ela clicou na *Gazeta de North Norfolk*.

Semi-interna comete suicídio
Uma aluna semi-interna de um internato particular para garotas foi encontrada ontem pelo irmão morta. A garota,

> Juliet Baker, quinze anos, frequentava a escola desde os onze. O pai da menina, Philip Baker, era jardineiro da escola até recentemente. A diretora, sra. Harriet Abbott, disse que os funcionários e as alunas estavam muito tristes e que isso era uma tragédia para a escola e para a família. O corpo da garota foi encontrado na garagem da casa de seus pais.
> Os pais e o irmão estão sendo confortados por parentes.

Rose olhou para a pequena fotografia no canto da página. O retrato mostrava uma garota sorridente, de pele pálida e cabelo preto até os ombros. Ela usava franja, que projetava uma sombra em seus olhos. Os dentes pareciam muito brancos.

Rose não chegou a conhecer a garota. Juliet Baker era da Casa Brontë e, embora pudesse tê-la visto por ali, não devia ter feito aula alguma com ela. Sabia sobre Juliet, é claro. Na época do suicídio, a escola toda ficou abalada. Havia fotos dela por toda parte. Sua pele pálida e o cabelo escuro lhe conferiam um ar melancólico, como se, de alguma forma, ela soubesse que morreria jovem. Toda vez que Rose dobrava uma esquina, parecia ver o rosto da menina olhando para ela. A morte perturbou a todos. Os professores andavam pela escola limpando os olhos, os rostos vermelhos, as vozes falhando. Muitas alunas tiveram surtos de histeria, mas, embora Rose se sentisse triste pelo que havia acontecido, não tinha ligação alguma com a garota e procurou se manter na dela enquanto durou a comoção.

Por fim, as coisas voltaram ao normal.

Então, um pouco depois, Rachel Bliss se mudou da Casa Brontë para a Casa Eliot, e Rose e ela se tornaram amigas. Ela sabia que Rachel tinha sido uma das amigas de Juliet Baker;

chegaram a conversar sobre ela. Era uma história trágica e, ao ouvi-la, Rose sentira confiança para contar a Rachel sobre seu próprio passado. Rachel ficara impassível enquanto Rose lhe explicava sobre o desaparecimento de sua mãe e de Brendan. A princípio, tinha sido bastante compreensiva e solidária, mas depois Rose a vira pesquisando na internet, fascinada por todos os detalhes que encontrasse. Lembrava-se de Rachel chamando-a em seu quarto, os olhos brilhando de empolgação, para lhe mostrar várias matérias de jornal em seu laptop: **Oficiais de polícia desaparecidos; Policiais que investigavam crimes antigos desaparecem; Sumiço misterioso do casal de policiais; Nenhuma pista sobre o desaparecimento dos policiais.** Rose ficara espantada. Era a primeira vez que via aquelas matérias antigas de jornal. Ela nem ficara sabendo, na época, que a imprensa estava cobrindo o caso. Ela e Joshua moraram com pais adotivos durante as primeiras semanas depois do sumiço dos pais, e depois ela fora morar com a avó. Tinha doze anos na época, sofria muito com a perda e não tinha o menor interesse em televisão ou jornais. Ao se deparar com aquilo, anos depois, ficara impressionada e abalada ao ver o nome da mãe, *Inspetora Katherine Smith*, impresso ali. E depois de ver matérias novas dia após dia com Rachel, ela se sentiu oprimida pelas informações.

– Não quero ver mais nada disso – dissera a Rachel um dia.
– É muito perturbador.

– Claro – respondera Rachel, parecendo preocupada. – Não vou procurar mais nada. Não sabia que isso iria transtorná-la. Vou deixar pra lá.

– Obrigada. É coisa do passado. Não queria ficar pensando nisso.

– Eu sei. Foi insensível da minha parte.

– Ei, eu sei que você estava fazendo isso por um bom motivo. Sei mesmo. Só vamos parar por aqui, está bem?
– Sem problemas.
Mas Rachel continuou procurando. Semanas depois, Rose entrou no quarto de Rachel quando ela não estava lá e viu o laptop aberto com uma pesquisa no Google por *Katherine Smith* e *Brendan Johnson*.
– Por que você ainda está procurando sobre o desaparecimento de minha mãe? – perguntou quando Rachel voltou para o quarto.
Rachel ficou tensa; olhou para a tela e depois de volta para Rose. Pegou uma presilha elástica do bolso e tirou o cabelo do rosto, prendendo-o para trás. Então, deu de ombros como se aquilo não tivesse importância, como se fosse irrelevante.
– É a *minha* família...
– Sei, claro. Não vou procurar mais – prometera Rachel, fechando o laptop.
– Você entende, não é? – perguntara Rose.
– Tanto faz – respondera Rachel, saindo do quarto.
Agora Rachel encontrara outros dramas sobre os quais conversar e deixara o passado de Rose em paz.
Rose pegou a carta de novo.
Rachel tinha um novo drama. Estava sendo perseguida pelo fantasma de sua amiga morta.

Mais tarde, no colégio, Rose ligou para a avó, ainda desconfortável com o que queria falar.
– Alô?
– Oi, Anna...
– Rose? Algum problema?

– Não, não, só estou ligando pra saber se você poderia me fazer um favor.

As palavras não saíram facilmente. Rose não estava acostumada a pedir nada para Anna.

– É claro.

– Estou com um problema.

– Um problema?

– Sabe essa garota que costumava ser minha amiga no Mary Linton? Rachel Bliss?

– Sei...

– Bem, ela anda me escrevendo e telefonando. Parece angustiada. Fica pedindo minha ajuda e...

– Foi ela quem enviou as cartas?

– Foi. A questão é que estou um pouco preocupada com ela. Acredito que esteja sofrendo algum tipo de colapso nervoso. Não acho que tenha como ajudá-la daqui.

– Você gostaria que *eu* falasse com ela?

– Não, não. Pensei se você se importaria de ligar pra a escola e falar com a supervisora, Martha Harewood. Você poderia só dizer que estou preocupada que Rachel possa estar com algum problema e perguntar se Martha não conversaria com ela. Não queria ter que fazer isso...

– Entendo perfeitamente. Ligarei agora.

– Obrigada.

Rose desligou. Sua avó resolveria as coisas. Podia imaginá-la fazendo a ligação. *Eu gostaria de falar com a supervisora Martha Harewood. Ah, srta. Harewood, ligo em nome de minha neta, Rose Smith...* Devia estar aliviada, mas, em vez disso, sentia-se envergonhada. Tinha empurrado seus problemas para outra pessoa. Mas o que ela podia fazer? Não queria se envolver com Rachel Bliss de novo.

VI

Rose foi direto para o apartamento de Joshua depois do colégio. Ela havia recebido uma mensagem de texto dele mais cedo, naquela tarde: **As coisas do meu pai chegaram dos procuradores! Venha assim que puder.**

Joshua abriu a porta.

– Venha – disse ele, soando impaciente.

Ela subiu a escada atrás dele, tirando o casaco no caminho.

Estava sobre a mesa da cozinha. Era uma pasta amarelada. Parecia velha e as pontas estavam amassadas. Uma etiqueta tinha sido colada na aba da frente, mas depois fora arrancada, deixando marcas brancas. Em um dos cantos estava escrito à mão: *B. Johnson. Divisão de Casos Antigos do Norte de Londres.*

– Eu já abri e vi as coisas, mas queria que você abrisse também. Vai ter uma grande surpresa.

Ela parecia um pouco cética.

– Vá em frente, dê uma olhada!

Rose colocou a bolsa em uma das cadeiras e pegou a pasta. Era pesada. Levantou a aba e pôde ver a beirada de um livro de capa dura. Quando o tirou de lá, entendeu por que Joshua estava tão animado. Era *O Projeto Borboleta*.

– Minha nossa! – disse ela, surpresa.

Era a mesma edição que eles tinham visto no apartamento de Frank Richards. O livro era antigo, as folhas estavam amassadas pelo uso, algumas dobradas.

– E não é só isso, veja – pediu Joshua, pegando a pasta das mãos dela e tirando outras coisas de dentro, colocando-as em seguida na mesa.

Eram seis coisas. A primeira, o livro, ficou na ponta mais distante. As outras estavam enfileiradas, e os olhos de Rose pousaram em cada uma delas. Havia uma grande fotografia de Joshua e seu pai, do tipo que um dia devia ter estado em uma moldura. Joshua parecia bem novo na foto, cinco ou seis anos, e estava sentado no joelho de Brendan. Dava para ver que era Natal, porque havia uma árvore ao lado e Brendan usava uma coroa de papel. Havia também um chaveiro de couro com a letra "B" e uma chave Chubb. Em seguida, um caderno. No entanto, bem diferente dos outros dois. Tinha a metade do tamanho e coisas escritas por Brendan, nenhum código. Rose viu ali nomes de lugares de North Norfolk, alguns que ela conhecia. Havia ainda na mesa um CD do Bruce Springsteen. O último item era um mapa do Serviço Oficial de Topografia da costa de North Norfolk.

Joshua pegou o mapa.

– Veja só as marcas!

Ele o estendeu para Rose poder ver. Ela esperava encontrar um X aqui e ali, mas não havia nenhum.

– Olha, pequenos pontos, em canetinha. Está vendo, verdes e vermelhos?

Então ela viu. Pontos ao longo da linha costeira, perto de um vilarejo chamado Stiffkey.

– O que isso significa?

– Não sei. Meu pai deixou essas coisas pra trás quando parou de trabalhar em Chelmsford. Alguém provavelmente embalou tudo junto, achando que papai buscaria, mas ele nunca voltou pra pegar.

– Você reconhece alguma dessas coisas?

– Nunca o vi com o livro. Nem com o caderno. Mas conheço o chaveiro. Fui eu que comprei pra ele. E o CD... Meu pai adorava o Bruce Springsteen. Tinha todos os CDs. Ele foi assistir a um show dele. Sabia as letras de todas as músicas de cor e costumava aumentar muito o volume e cantar quando andávamos de carro. Era constrangedor!

– Não me lembro disso!

– Não, ele não fazia isso na frente da Kathy. Ela detestava ouvir rock alto e sempre lhe pedia para abaixar.

– Ah.

Era estranho, mas aquele comentário perturbou Rose. Ela não gostava de pensar que sua mãe e Brendan divergiam sobre alguma coisa. Em sua cabeça, eles eram perfeitos um para o outro. Era assim que se lembrava. Tinha certeza disso. Olhou para Joshua e viu que ele segurava o chaveiro pela corrente de couro, olhando fixamente para ele.

Estava chateado, dava para perceber. Rose se interessava por aquelas coisas, mas, para Joshua, eram ainda mais importantes. Peças da vida de seu pai surgindo do nada, como restos de um naufrágio levados até a praia.

Ela pegou *O Projeto Borboleta* e abriu na primeira página.

– Nunca soube que havia tantas espécies de borboletas.

– Hum.

Joshua estava muito quieto. Segurava o chaveiro na palma da mão e o olhava de maneira estranha.

– Você está bem?

Será que ele ia chorar? Tinha dito que comprara o chaveiro para o pai. Será que estava se lembrando de uma época feliz, quando dera o presente? Ela sabia bem como era isso. Quando mexia nas gavetas em casa, se via por acaso um velho cachecol da mãe, seus olhos se enchiam de lágrimas.

– Josh, você está bem?

Ele se recostou, com o chaveiro preso entre as mãos.

– Estou sentindo uma coisa estranha.

Ela largou o livro e se aproximou dele. Joshua estava curvado e parecia distraído. Ela estendeu a mão, pousando-a levemente no ombro dele, e pôde sentir como estava tenso.

– O que foi?

– Fico sem graça até de falar.

– O que é? Tem algo a ver com isso? – indagou ela, indicando as coisas do pai de Joshua.

– Se eu lhe contar, você vai rir.

– Não vou.

– Comprei isso para o meu pai, certo?

Ela olhou para o chaveiro que ele segurava no ar.

– Um presente de aniversário. Ele já tinha um chaveiro e disse que usaria este para as chaves do trabalho.

Rose esperou para saber o que mais ele tinha a dizer.

– Não sei se ele usou ou não e não é isso que quero lhe falar...

Joshua parecia estranho.

– É melhor começar do início. Venha comigo. Quero lhe mostrar uma coisa.

Ele a levou até seu quarto. O pequeno espaço estava arrumado, mas o edredom estava torto, uma ponta caída no carpete. Algumas das roupas de Joshua estavam jogadas sobre a arara, e não nos cabides. Ele foi direto até uma cômoda ao lado da cama e abriu a gaveta de baixo. Sentou-se na cama e pegou um casaco. Então, ele o estendeu para Rose.

– Era do meu pai. Guardei comigo antes de deixarmos a casa. Está comigo desde então. Eu não uso esse casaco. É grande demais, mas guardo sempre perto de mim, onde quer que eu esteja morando. Anos atrás... e é dessa parte que você vai rir... eu dormi com ele.

Ele desviou o olhar e ela sentiu seu coração amolecer. Rose se aproximou e se sentou na cama ao lado dele. Queria abraçá-lo. Chegou a levantar as mãos por um segundo, mas depois as abaixou. Sofria ao vê-lo chateado, mas seus sentimentos confusos a haviam deixado hesitante e insegura sobre como agir com ele.

Rose pegou o casaco de Brendan que estava no colo de Joshua. Era enorme e ela se lembrou do tamanho de Brendan. Um homem alto, parecia ter que se curvar quando entrava em um cômodo. Tinha a barriga proeminente e costumava parar de lado em frente ao espelho do quarto, dando tapinhas nela. Ela o via subir e descer da balança no banheiro várias vezes só para ter certeza de que estava certa. Lembrou-se de uma coisa que ele costumava dizer-lhe: *Segunda eu começo a dieta, Pétala.* Ele piscava quando dizia isso. Ela ficava constrangida no início, mas acabou se acostumando durante os três anos em que moraram juntos.

O casaco era castanho-avermelhado e tinha uma gola em V. Era velho e parecia já ter sido lavado várias vezes, embora não talvez nos últimos cinco anos. A lã tinha formado umas bolinhas e havia um fio puxado perto da parte de baixo.

– Não há do que se envergonhar – disse ela.
– Mas não é só isso.
– Me conta então.

Joshua ficou sem falar por um minuto. Parecia estar debatendo alguma coisa dentro de sua cabeça.

– Se eu lhe contar, você não pode falar nada pra ninguém. Meu Deus! Isso é ridículo. Eu deveria ser um *homem da ciência*. Acredito em matemática, em lógica. Penso que o mundo é feito de coisas explicáveis. Quero construir pontes. Em vez disso, estou...
– O quê?
– O casaco. Às vezes, quando eu o segurava perto do rosto, deitado na cama ou tirando um cochilo...

Rose olhou para o casaco, confusa. Não tinha a menor ideia de onde Joshua queria chegar.

– Bem, eu vejo um lugar. Não, não é isso. Eu não *vejo* exatamente. Eu meio que sinto o cheiro desse lugar, seu gosto, eu o ouço. Não sempre. Só de vez em quando. Eu sinto esse *lugar* e sei... tenho certeza absoluta de que tem alguma coisa a ver com meu pai.
– Não entendo...
– Eu já não passo por isso há muito tempo, mas quando aconteceu, tive essas sensações. Um cheiro, um gosto. Ouvi coisas. Fechei os olhos e achei que podia ver meu pai ali.
– Onde?
– Não sei. Nesse lugar.

Rose não falou nada. Não entendia. Mas, de repente, achou que sim.

– Você quer dizer como uma percepção extrassensorial? – indagou ela, incrédula.

– Não sei. Nunca falei sobre isso com ninguém e não teria lhe contado nada, mas, quando peguei o chaveiro, tive a mesma sensação. Apenas por alguns segundos.

– Não acredito em *percepção extrassensorial*.

– Nem eu! Sou a última pessoa a acreditar em algo assim. Fiquei sem tocar nesse casaco por muito tempo porque vinha tentando tirar isso da minha cabeça.

– Provavelmente é uma lembrança que está sendo despertada por um cheiro ou algo parecido.

– O chaveiro não tem cheiro.

– Mas você o comprou pra ele, certo? Então, provavelmente, existe algum elo inconsciente entre comprar o chaveiro, o casaco e esse lugar, seja lá onde for.

– Eu não devia ter lhe contado. Você me acha ridículo.

– Não. Só acho que deve haver uma explicação lógica.

Os dois ficaram em silêncio. Era a segunda vez naquele dia que ela precisava confrontar algum tipo de fenômeno sobrenatural. Primeiro, o fantasma de Juliet Baker na carta de Rachel Bliss, e agora aquilo. Era estúpido. Ela não acreditava em nada disso. Devia estar com uma expressão incrédula no rosto, porque Joshua balançou a cabeça e depois se virou. Isso a fez se sentir mal. Ele havia confiado nela, e ela não levara a sério, fizera pouco caso do assunto.

– Esse lugar. Onde fica? O que é? – perguntou ela.

Ele continuou de costas para Rose.

– Vai, me conta. Seja *percepção extrassensorial* ou alguma lembrança antiga, pode valer a pena descobrir mais.

Ele deu de ombros, mas começou a falar:

– Tive a sensação de que era uma velha cabana, ou bangalô. Enfim, era baixa e muito antiga, caindo aos pedaços. Estava sempre frio e dava pra ver um pedaço enorme do céu. Como se o céu estivesse em todo lugar, imenso. E havia esse cheiro de mar, mas o mar não estava lá. Ficava distante. E eu ouvia gaivotas.

– Há gaivotas na Camden High Street – disse Rose.

– Eu sei, mas era como se *ali* fosse o lugar delas. Não eram somente algumas aves carniceiras. O barulho delas era o som predominante. Não havia ruído de tráfego ou sirenes ou mais nada. Somente gaivotas.

– E você estava lá? Com seu pai?

– Não, essa é a questão. Se eu estivesse lá, então seria algum tipo de lembrança. Mas é um lugar em que nunca estive. É por isso que parece um tipo de sinal. Uma pista?

– Você não tem como saber que nunca esteve lá. Eu não me lembro de várias coisas de quando era mais nova.

– Eu sei, eu sei. Só tive essa *sensação* de que era um lugar importante para meu pai. Não é fácil de explicar.

– Não acredito no sobrenatural.

– Nem eu – disse Joshua, triste.

Rose foi até a cozinha e pegou o chaveiro. Era compacto, e a letra "B" era grande e pesada. A chave presa nele era da cor de bronze fosco. Rose a segurou por um instante, sentindo o metal frio. Então ouviu passos vindos de trás.

– Deixe tudo o que eu disse pra lá.

Ele caminhou até a mesa e recolheu os itens da pasta. Rose viu que tinha ferido seus sentimentos. Deu um passo em direção a Joshua, mas ele estava de costas para ela. De qualquer modo, o que ela poderia dizer?

– É melhor eu ir – disse ela. – Mando um e-mail pra você mais tarde?

Ele fez que sim, sem dizer nada. Ela pegou o casaco e saiu.

* * *

Rose foi direto para a casa da avó. O ônibus chegou rápido e ela desceu no ponto, sentindo-se estranha e confusa. A história de Joshua a perturbara. A história em si já era esquisita, mas Rose tinha certeza de que a resposta estava na mente de Joshua, e não em algum fenômeno sobrenatural. Ele lhe confiara seus pensamentos mais secretos e ela devia ter sido menos cética.

Rose pegou as chaves, mas a porta da frente se abriu antes que pudesse alcançar a fechadura.

Sua avó apareceu com o rosto sério.

— Rose — disse ela, dando um passo para trás, segurando a porta aberta.

— Oi — disse Rose.

— Entre.

— Está tudo bem?

— Rose, fiz o que você me pediu...

Rose tirou o casaco, colocando-o sobre o braço. Sua avó fechou a porta.

— Liguei para o Colégio Mary Linton. Bem, tentei mais cedo e de novo um pouco mais tarde. Consegui falar com Martha Harewood há cerca de uma hora.

Rose se lembrou de que havia lhe pedido para falar com a diretora sobre Rachel Bliss. Acabara esquecendo. Pela primeira vez em dias, não tinha pensado naquelas cartas irritantes e nas ligações.

— Ela entendeu? Sabe bem como Rachel é. Rachel já teve vários problemas...

— Falei com ela.

— E o que ela disse?

Sua avó parecia aflita. Será que Martha tinha sido rude com ela? Dissera a ela para ficar fora disso?

– Rose, não sei como lhe contar isso, então vou ser direta. Essa garota, Rachel Bliss, que costumava ser sua amiga, bem... houve um terrível acidente. Ela foi encontrada morta esta manhã.

– O quê?

– Eles a encontraram no lago dos barcos. Afogada.

Rose não disse uma palavra. Ficou só olhando fixamente para a avó.

– Sinto muito. Martha Harewood me disse...

– Não pode ser.

– Imagino como esteja angustiada.

– Mas ela acabou de me escrever. Deve ter havido algum engano.

– Temo que seja ela – disse a avó. – Não houve engano algum.

Rose sentiu seus joelhos bambearem. A avó estendeu a mão para ampará-la. Não podia acreditar.

Rachel Bliss estava morta.

VII

Rose estava sentada de pernas cruzadas no estúdio. Rabiscava furiosamente no bloco à sua frente. Na página, havia três desenhos de um olho. Um visto de frente, o outro, de perfil, e o terceiro estava fechado. Era parte de um trabalho que precisava fazer: *Janelas*. Tinha páginas de esboços de janelas de verdade, câmeras, telas de computador e buracos de fechadura. Estava quase terminando de reunir suas ideias para apresentar o trabalho. Ia terminar naquela semana.

Olhou para o olho de perfil e então fez algumas alterações com o lápis. Estava uma droga. Ela rabiscou o desenho. Depois, fez riscos firmes sobre os outros. Então arrancou a página, amassou-a e jogou-a no chão.

Suas costas estavam doendo e ela queria se recostar em alguma coisa. Mas o sofá estava longe e era preciso muito esforço para se mover dali.

Rachel Bliss morta! Como era possível?

Já eram mais de nove horas. Mais cedo, tinha passado algum tempo com Anna, que lhe dera a notícia sobre Rachel Bliss como se lhe contasse sobre a morte de um parente próximo. Sua avó tinha sido muito compreensiva e preocupada, e lhe pedira para falar sobre sua amizade com Rachel. Rose resumira tudo em poucas frases:

Rachel entrou para nossa casa no meio do período. Ela não tinha amiga alguma, então Martha Harewood pediu a mim e a outras duas garotas para cuidar dela.

O quarto dela era ao lado do meu, então eu a via sempre.

Não éramos muito amigas no início, mas depois de um tempo passamos a andar mais juntas.

Brigamos na última Páscoa. E então deixamos de ser amigas.

Anna fizera um prato de torradas para Rose. Ela falava com uma voz baixa e respeitosa, como se Rose estivesse de luto. Mas ela não estava. Longe disso. Estava somente chocada com a morte de Rachel. Anna, que tinha um compromisso naquela noite, hesitara à porta.

Posso ficar, se você quiser!

Não preciso ir. Não me importo de lhe fazer companhia...

Vou cancelar meu fim de semana fora. Não quero que fique sozinha em uma situação como essa...

Rose disse que ela devia ir.

Agora estava sozinha, tentando fazer um trabalho do colégio. Esticou as pernas e se levantou. Atravessou o quarto e se sentou no sofá, com o corpo bem reto.

Rachel Bliss estava morta.

Era difícil de acreditar.

Por quanto tempo tinham sido amigas? Um ano? Mais?

Houvera algumas vezes, durante aquele ano, em que Rose se perguntara se o relacionamento das duas podia ser chamado mesmo de *amizade*.

Algumas semanas antes da Páscoa, no décimo ano, Martha Harewood mandou um bilhete para Rose ir vê-la. Quando ela chegou, havia duas outras garotas conhecidas lá: Amanda Larkin e Molly Wallace. Aquilo a deprimiu imediatamente. Amanda e Molly eram garotas *legais* que ajudavam os professores, que participavam de clubes e que sempre eram gentis com pessoas que estavam com saudades de casa ou em apuros. Ela esperava que Martha não tentasse fazê-la entrar em algum grupinho com elas.

As garotas estavam sentadas no sofá de Martha. Rose se sentou na poltrona floral, ouvindo as pernas do móvel rangerem como sempre. Martha Harewood apontou para a jarra de suco na mesa de centro, mas Rose fez que não.

Costumava ser ótimo ir ao aposento de Martha. Nos primeiros dias, assim que chegou ao internato, Martha a tratou com toda atenção. Era o mês de janeiro, época de inverno, e sua mãe havia desaparecido havia dois meses e meio. Naqueles dias, quando ainda era do sétimo ano, tivera que dividir o quarto com duas outras garotas, mas não tinha se importado. Martha a chamava para conversar toda semana, para ter certeza de que estava bem. A diretora a deixava se sentar na poltrona floral e falava das coisas que estavam acontecendo na escola. Várias vezes, começava a conversa com *Eu não devia lhe falar isso, mas...* o que fazia Rose se sentir especial, como se elas fossem amigas. Um dia, Martha a surpreendeu ao mostrar a foto de uma garota de uns cinco anos sentada em um aparador. *Essa era minha filha*, disse Martha. *Ela morreu de câncer. Então eu sei como você se sente. Sei como é perder alguém.* Tinha sido um momento surpreendente e Rose percebera que ela não era a única pessoa que carregava uma grande tristeza no peito.

Isso a fizera se sentir mais próxima de Martha e ela não se importara que, com o passar dos meses, as visitas tivessem ficado menos frequentes. Ela se adaptou e começou a se sentir confortável no prédio antigo da escola e a perambular por seus terrenos. Fez amigas; não muito próximas, mas pessoas com quem podia passar o tempo. Já não precisava de um ombro para chorar. Por esse motivo, ficou surpresa quando a diretora a chamou para conversar.

Martha se sentou e se serviu de um copo de suco.

– Meninas, chamei vocês aqui com a esperança de que possam me ajudar. Temos uma garota nova vindo para a Casa Eliot. O nome dela é Rachel Bliss. Ela está na Casa Brontë desde setembro passado e era amiga da pobre Juliet Baker. Ela não conseguiu se restabelecer completamente desde a tragédia, então foi decidido que ela devia se mudar de casa e se juntar à nossa pequena família.

Martha olhou para cada uma delas de uma vez. Rose não reconheceu o nome Rachel Bliss. Não fazia nenhuma matéria com ela.

– Eu gostaria que vocês três cuidassem da Rachel. Mostrem a ela onde ficam as coisas, cuidem para que ela saiba dos horários das refeições, das regras para o banho, das aulas preparatórias e tudo o mais. Vocês podiam apresentá-la a seus grupos de amigos.

Amanda e Molly estavam com um largo sorriso no rosto.

– Eu a coloquei no quarto Campânula.

Rose levantou o rosto. Campânula era o quarto ao lado do seu. Tinha sido usado durante um tempo por uma garota chinesa que voltara para casa pouco antes do Natal.

– Tudo bem?

– Sim – disse Molly. – Não é trabalho algum. Vamos ajudá-la, não é, Amanda?

Amanda assentiu alegremente.

– Rose?

Ela não respondeu de imediato. Detestava aquele tipo de situação. Lembrou-se de quando entrara no Mary Linton e de que havia duas garotas que eram claramente responsáveis por cuidar dela. Pareciam estar sempre por perto, na sala de aula, no corredor, na sala de lazer, na fila da comida. Eram garotas legais, mas Rose não se ligara a elas de forma alguma. Ficou feliz quando elas finalmente a deixaram em paz.

– Rose?

Mas Martha era amiga de Rose e lhe pedira um favor.

– Claro, vou ajudá-la.

– Que bom. Excelente – disse Martha.

Rachel Bliss chegou tarde naquela noite. Rose deixara a sala de lazer com dor de cabeça e tinha se deitado em sua cama para ler. Ouviu barulhos no quarto ao lado pouco depois das dez. A porta se abriu e se fechou várias vezes, e ela pôde ouvir a voz de Martha, abafada. Houve silêncio depois de um tempo e Rose ficou escutando perto da parede. Conseguiu ouvir o som de uma música tocando baixinho. Era permitido ouvir música até às onze. Depois disso, recomendava-se que as meninas fossem para a cama, mas ainda podiam continuar escutando por meio de fones de ouvido. De vez em quando, Rose dormia ao som de sua banda preferida tocando só para ela.

Na manhã seguinte, deixou seu quarto, o Margarida, no exato momento em que Rachel Bliss saía do Campânula.

– Oi! – disse Rose. – Meu nome é Rose Smith. Se quiser alguma informação, é só me perguntar.

Rachel Bliss parecia sonolenta. Tinha cabelo louro na altura dos ombros e pele pálida. Seus olhos pareciam um pouco inchados, como se não tivesse tido uma boa noite de sono.

– Certo, obrigada – disse Rachel.

Bem nessa hora, Amanda e Molly apareceram no fim do corredor. Molly deu um gritinho e correu até Rachel. Rose aproveitou para escapar, feliz por estar fora do caminho delas. Depois disso, ela via Rachel Bliss nas aulas e nos horários das refeições. Ela estava invariavelmente com Amanda ou Molly ou com as amigas delas.

Uma noite, algumas semanas depois que Rachel chegara, Rose ouviu uma batida na porta. Abriu e encontrou Rachel lá, parada.

– Você se importa de eu entrar por uns cinco minutos?

Rose franziu as sobrancelhas. Ninguém ia ao quarto dela. Era seu cantinho particular, onde podia escapar do zumbido constante das conversas. Segurava a porta com força.

– Não vai dar, está um pouco bagunçado...

– Eu não pediria, mas é muito importante.

Rose abriu a porta e Rachel entrou no quarto.

– Não está nada bagunçado. Você devia ver o meu! Ah, meu Deus! Você toca violino! Que máximo. Tentei aprender violão uma vez, mas fiquei cheia de bolhas.

Rose não respondeu. Seu laptop estava aberto na escrivaninha e mostrava sua página do Facebook.

– Fiquei de saco cheio do Facebook! – disse Rachel. – Tinha mais de quatrocentos amigos e estava ficando maluca.

– O que você quer? – perguntou Rose, sentindo-se desconfortável com Rachel ali.

– Espera – disse Rachel, o dedo no ar. – Tudo será explicado.

Naquela hora, ouviram o som de passos no corredor e vozes falando rapidamente. Rose as reconheceu como sendo de Molly e Amanda. As vozes pararam quando elas se aproximaram. Rose ouviu uma batida na porta ao lado. Ficou confusa. Olhou para Rachel, mas ela colocou o dedo indicador sobre os lábios.

– Rachel? – chamou Amanda, batendo de novo.
– A porta está aberta, veja! – disse Molly.
– Rachel, você está bem?
– Ela com certeza disse para a gente vir às sete.
– Rachel?
– Abra mais a porta – disse Molly.

Rose ia falar alguma coisa. Não gostava de fazer parte daquela situação ridícula, mas Rachel balançou terminantemente a cabeça.

– Não tem ninguém aqui – disse Amanda.
– Não.

Ficaram em silêncio por um minuto.

– Devemos esperar? Ela disse que tinha uma coisa importante para nos contar.
– Não, vamos embora. Talvez ela esteja na sala de lazer.
– É, vamos tentar lá.

Mais passos, desta vez afastando-se no corredor. Já não ouviam mais as vozes das garotas. Quando estava tudo quieto de novo, Rose se virou para Rachel.

– O que foi isso?
– Ai, essas duas... Elas são doces, gentis e tudo o mais, mas estão me deixando maluca.
– Você devia dizer a elas.
– Eu tentei... mas você sabe, elas são tão...
– Incorrigíveis?
– Eu ia dizer incansáveis. São como cachorrinhos. Fofas, adoráveis, mas, AH! Eu só queria que elas me deixassem em paz.

Rachel levou a mão à maçaneta. Então, pareceu notar alguma coisa. Atravessou o quarto de Rose e pegou um livro.

– Amei este livro. Você leu os outros dela? Adoro histórias de vampiro. Não é uma ideia brilhante? Que você possa ter a mesma idade para sempre? Tenho outros dessa série. Quer emprestado?

Rose abriu um sorriso inseguro.

– Ah, espere! Estou sendo um cachorrinho irritante, não é?

– Não, não seja boba.

– Vou embora. Agora consegui um pouco de paz.

– Claro... – disse Rose.

– Beleza, falo com você mais tarde.

No dia seguinte, Rose se sentou em frente a Rachel no café da manhã. Mais tarde, cada uma foi para sua aula. Naquela noite, Rachel mostrou a Rose seus livros, dezenas deles em pilhas no chão do seu quarto. Rose riu da bagunça e depois se sentou de pernas cruzadas no carpete para dar uma olhada neles e ver se encontrava algum que não tivesse lido.

Aquele foi o começo.

O estúdio estava silencioso. Rose olhou para seu bloco e viu uma página em branco. Lembrou-se de Rachel Bliss de pé em seu quarto, dizendo: *Adoro histórias de vampiro*. O cabelo dela era dourado, e os olhos, de um tom bem claro de azul. Um vampiro. Rachel era assim. Ela sugava as pessoas até deixá-las vazias.

VIII

– Isso é tão estranho – disse Joshua. – Ela *se afogou* no lago dos barcos da escola.

– Sua escola tinha um lago para barcos? – perguntou Skeggsie, dando uma tossidinha.

Rose franziu as sobrancelhas para Skeggsie. Era tudo o que ele tinha a dizer?

Ela estava de pé no escritório de Joshua, ao lado do quarto dele. Era uma sala grande, com vários equipamentos de computador. Uma das mesas tinha sido esvaziada e nela estava *O Projeto Borboleta*. Ao lado dele havia páginas pautadas de anotações, como se alguém tivesse lido o livro para um trabalho. Rose viu algumas páginas de sites impressas: **Decodificadores**, **Escrita Cifrada**, **Decifradores de Códigos de Bletchley**. Na outra metade da mesa estava um dos cadernos que Joshua tinha pegado de Frank Richards, aberto na fotografia do cara russo.

– Como você descobriu? Por que você não me mandou um e-mail? – perguntou Joshua.

– Um lago de barcos!

Rose olhou para Skeggsie com uma irritação crescente.

Eram 17h30 e ela havia ligado para encontrá-los no caminho da escola para casa. Embora soubesse de Rachel há vinte e quatro horas, ainda não havia contado nada a Joshua. A conversa tinha ficado meio por terminar no dia anterior com toda aquela história dele das sensações *especiais* e *percepção extrassensorial*. As coisas estavam um pouco estranhas entre os dois e não parecera certo despejar ainda mais chateação em cima dele. Agora, olhando em volta do escritório para toda aquela parafernália ligada ao desaparecimento dos pais deles, ela preferia não ter falado nada.

– Conta tudo pra gente. Senta aí.

Havia duas cadeiras na sala e as duas estavam ocupadas com o equipamento que tinha sido tirado da mesa. Nenhum dos dois pareceu perceber, então ela continuou de pé e começou a contar o que havia acontecido, explicando a Skeggsie sobre as cartas e os telefonemas que recebera de Rachel Bliss. Falou das coisas sobre as quais Rachel escrevera. Quando contou que ela dissera ter visto o fantasma de Juliet Baker, desviou os olhos de Joshua, sabendo que era um assunto desconfortável para os dois. Finalmente, contou o que Anna lhe falara.

– É isso! – concluiu Rose. – Ela está morta. Encontrada no lago dos barcos.

Ela se inclinou sobre a mesa, a mão perto do *Projeto Borboleta*.

– Isso é terrível. Quer dizer, sei que você não gostava muito da garota, mas...

– Por que você não gostava dela? – perguntou Skeggsie, usando um inalador que pegou do bolso da blusa.

– Ela sofreu bullying dessa garota – contou Joshua.

– Não – disse Rose. – Não exatamente...

– Violência?

– Não.

– Intimidação?

– Não, na verdade, não...

– O que houve então?

– Não posso explicar.

Skeggsie estalou a língua, revirando os olhos.
– O que foi? – indagou ela.
– Coisa de garota, ela *feriu seus sentimentos*.
– O que você sabe sobre isso? – perguntou ela, irritada.
– Entendo bem sobre sofrer bullying – disse Skeggsie lentamente, movendo-se em direção à mesa e arrumando algumas das páginas impressas.
– Só porque você passou por alguns problemas, isso não o torna um especialista no assunto.
– Eu não disse que era...
– Você não faz ideia de como foi – disse Rose.
– Passei por algumas experiências horríveis...
– Mas não como as minhas!
– É claro. Eu estava numa escola para garotos.
– Não diga que você enfrentou problemas piores que os meus. Não diga isso.
– Rosie... – disse Joshua. – Você sabe que Skeggsie passou por uma época difícil.
– Mas ele não devia falar como se estivesse em algum tipo de competição.
– Não falei.
– As pessoas são feridas de diferentes formas.
– Sei disso.
– Você não tem o monopólio sobre ser ferido – disse ela, a voz baixa e arranhada.
Skeggsie se virou e começou a mexer no teclado de Joshua. Rose fechou os olhos, deixando escapar uma lágrima.
– Sinto muito – disse ela. – Sei que machucaram você. Joshua me contou. Estou chateada por causa da minha amiga e descontei em você. Não era esse tipo de bullying. Sinto muito, mas é difícil explicar.

– Vamos fazer um pouco de chá – sugeriu Joshua, pegando o ombro de Rose e levando-a para fora da sala.

A mesa da cozinha também estava cheia de coisas. Rose se sentou e afastou uma pilha de impressões. Viu o nome Viktor Baranski marcado em uma página perto de Rose, mas não deu atenção. Sentia um aperto na garganta e estava prestes a chorar. Por que tinha explodido com Skeggsie? Entre todas as pessoas? Logo Skeggsie, que tinha sido atormentado na escola e que, depois, já na universidade, tivera seu apartamento quebrado por alunos que costumavam ser seus inquilinos. Skeggsie conhecia bem a crueldade das pessoas – é só que ele parecia tão convencido a respeito disso.

Por que era tão difícil para ela gostar de Skeggsie?

Joshua colocou uma xícara de chá à sua frente.

– Não fique chateada. Você sabe como ele é. Além disso, a asma dele tem piorado, o que o deixa mal-humorado.

– Eu não devia ter gritado com ele...

– Foi minha culpa. Eu falei a temida palavra com "B".

– Ele acha que sou idiota.

– Ele gosta de você. Acredite em mim, eu saberia se não gostasse. Mas você quer conversar sobre isso agora? Me perdoe por falar, mas você não acha que toda aquela emoção estava direcionada a outra pessoa... e não a Skeggsie? Será que era a essa garota que você diz que 'detestava'?

Joshua fez o sinal de aspas com os dedos.

– Agora você está me analisando.

– Alguém precisa fazer isso.

– Você cobra?

– Cem libras por hora.

Ela esboçou um sorriso e tomou o chá.

– Mas alguns casos são tão fascinantes que eu posso trabalhar de graça.

– Que saber? É bem simples. Eu não gostava da Rachel e agora ela está morta. A parte complicada é que ela pediu a minha ajuda e eu a ignorei.

Ele não falou nada.

– Você sabe que, se ela estivesse na água e gritasse por mim, eu correria para ajudá-la. Não importa o quanto ela tivesse magoado meus sentimentos. Mas porque ela gritou a distância, por meio de cartas e telefonemas, eu pude simplesmente ignorá-la. Meu Deus! Faz só algumas semanas que uma garota era assassinada enquanto eu não fazia nada! Que tipo de pessoa eu sou?

– Ei, você é uma pessoa muito boa.

A porta se abriu atrás de Rose e ela percebeu que Skeggsie entrou na cozinha.

– Me desculpe de novo, Skeggs – disse ela, sem olhar.

– Está tudo bem. Tem chá aí?

Eles se sentaram para tomar chá, Joshua pegou um pacote de palitos de pão, e eles comeram até acabar. Depois de um tempo, quando se sentiu melhor, Rose se concentrou nas impressões sobre a mesa. O nome Viktor Baranski estava destacado na maioria delas.

– O que é tudo isso? Você e Skeggsie estão tramando alguma coisa.

– É, bem, depois... achei que era hora de seguir em frente com o lado prático da coisa. Diga a ela o que descobrimos, Skeggs.

Skeggsie respirou fundo e juntou as páginas que estavam na mesa.

– Andamos procurando o cara da foto que encontramos no caderno. Viktor Baranski. Que era da Marinha. E pode ter passado informações para o serviço secreto britânico.

Rose tentou parecer interessada.

– Baranski foi assassinado em 2006 e tudo indica que houve envolvimento da polícia secreta russa, blá, blá, blá. A empresa dele foi à ruína, mas seu filho ainda está em Londres. Lev Baranski. Trinta e um anos. Ele tem um restaurante em South Kensington.

– Então – disse Joshua dramaticamente –, Skeggsie e eu vamos lá amanhã.

– Para quê?

– Para ver Lev Baranski.

– Ah.

– Ele é a única ligação que temos com Frank Richards e, consequentemente, com papai e Kathy. A foto do pai dele está no caderno.

– O que vocês vão dizer a ele?

– Não tenho certeza. Vamos pensar em alguma coisa quando chegarmos lá.

– Vocês vão *disfarçados*? – perguntou Rose, sorrindo.

– Mais ou menos – disse Joshua. – Mas não é tudo o que estamos fazendo. Vamos de carro até Norfolk no fim de semana procurar pelos lugares marcados no mapa do meu pai.

– Vocês dois? – indagou Rose, olhando para eles.

– É. Skeggs vai dirigir.

Rose não disse nada. Não a haviam chamado para ir ao restaurante nem a Norfolk. Não tinha sido incluída naquelas aventuras. Devia ter ficado magoada, mas não. Só se sentia esgotada.

– Você podia ir! – completou Joshua, como se lesse a mente dela.

Rose balançou a cabeça.

– Tenho coisas pra fazer. Trabalhos atrasados do colégio pra terminar. Acho que preciso ficar um tempo sozinha.

– Está bem – disse Joshua. – Estarei com meu laptop e o telefone, então teremos várias maneiras de entrar em contato.

– Certo, você pode me mandar novidades da expedição!

– Não é uma *expedição*, Rosie. Isso é coisa séria – disse Joshua, parecendo um pouco chateado.

– É claro – disse Rose.

– E começamos a tentar entender o código do livro – continuou Skeggsie.

Rose se levantou. Códigos secretos e expedições. Era como algo tirado de uma história antiga de aventura. Enquanto eles cuidavam daquelas coisas, Rose tinha que lidar com o peso de saber que alguém tinha pedido sua ajuda e ela não fizera nada. Mesmo que esse alguém fosse Rachel Bliss.

Ela foi até o corredor e pegou o casaco e a bolsa.

– A gente se vê, rapazes! – gritou e seguiu para a escada.

Na manhã de quinta, antes de se arrumar para o colégio, Rose ligou para Martha Harewood. Em seguida, para Joshua. Ele atendeu imediatamente.

– Quando vocês vão a Norfolk? – perguntou ela diretamente.

– Amanhã de manhã. Mas houve uma pequena mudança nos planos. Skeggsie não vai poder ir. A asma dele piorou. Febre, chiado no peito. Está de cama, fazendo nebulização.

– Nossa, é sério?

– Ele fica assim de vez em quando. Só tem que ficar em repouso, tomar esteroides e antibióticos e esperar até seu pico de fluxo melhorar. Ele deve estar bem em alguns dias.

– Pico de fluxo? – indagou Rose.

– É um lance de asma. Que não é conhecido por nós, pessoas comuns com pulmões que funcionam bem.

– Certo.

– Já o vi desse jeito várias vezes. Acredite em mim, ele vai se recuperar.
– E quanto a Norfolk?
– Eu vou sozinho.
– Como vai chegar lá?
– Skeggsie me emprestou o carro.
– Você sabe dirigir?
– Sei, Rosie.
– Eu não sabia disso.
– Você não sabe várias coisas sobre mim.
– Posso ir? Quero visitar minha antiga escola. Dei uma olhada no Google Maps. Fica a uns vinte quilômetros de Stiffkey. É para onde você vai, não é? Você podia me deixar lá. Falei com minha antiga supervisora e ela disse que posso ficar alguns dias lá. Você pode voltar para me buscar no domingo.
– E sua avó?
– Ela vai viajar no fim de semana.
– Por que você vai à sua antiga escola?
– Quero descobrir o que houve com Rachel. Também quero entregar à polícia as cartas que ela me enviou. Sinto que quero estar lá, onde tudo aconteceu, mesmo que seja por pouco tempo.
– Para conseguir tirar essa história da cabeça?
– Talvez.
– Está bem. Pego você amanhã, às nove.
– Obrigada.

Ela se recostou na cama, as cartas de Rachel ao seu lado. Teria de faltar o colégio no dia seguinte para viajar, mas não tinha como evitar. Ia finalmente voltar ao Mary Linton.

Mesmo que fosse tarde demais para ajudar alguém.

IX

Rose se sentou na frente do Mini Cooper de Skeggsie. A mochila, havia deixado no banco de trás. Levava o mínimo de coisas possível: uma muda de roupas e o laptop. O celular estava apoiado em seu joelho.

Eles seguiam em um ritmo tranquilo, Rose observando Joshua dirigir o carro de maneira competente. Como ela podia não saber que ele dirigia? Seu espanto devia estar na cara, porque ele olhou para ela e começou a explicar:

– Meu tio Stu me ensinou a dirigir quando eu tinha dezesseis anos. Ele me levava para um aeroporto abandonado que conhecia e me deixava dar voltas e voltas com o carro. Ele se recostava, pegava sua lata de tabaco e fazia dez rolinhos enquanto eu dirigia. Depois, quando eu fiz dezessete, ele bancou meu aprendizado teórico e meu teste, e passei de primeira.

Rose imaginou Joshua sentado nervosamente ao volante do carro do tio, dirigindo em círculos pelo aeroporto.

– Meu tio é louco por carros. Ele tem um MG Roadster que vem reformando há anos na garagem.

– Ele tem mantido contato com você?

– Tem. Ele finalmente arrumou uma namorada. O nome dela é Susie. Acho que está apaixonado. Ele fala muito dela nos e-mails.

Eles seguiam da M25 em direção à M11. Joshua xingou baixinho quando viu o engarrafamento se formando.

Rose tinha visto algumas fotos de Stuart no escritório de Joshua. Ele não se parecia muito com o irmão, Brendan. Tinha o rosto mais magro e o cabelo curto.

– Ele sabe que você está procurando seu pai?

– Não.

– Por quê?

– Ele não gosta de falar muito sobre meu pai. Quando fui morar com meu tio, ele foi todo compreensivo e tentou me animar, mas, à medida que o tempo passava, ficava difícil manter uma conversa. Você não pode perguntar infinitamente a uma pessoa sobre suas lembranças de infância com o irmão. Eu dizia algo do tipo: *Quando você e meu pai eram adolescentes, vocês saíam juntos?* E ele respondia: *Eu e o Brendan saímos algumas vezes.* Ou eu perguntava: *Como era o meu pai quando tinha a minha idade?* E ele respondia: *Nosso Bren era legal.* Stu não é de falar muito. Faz o tipo caladão. A verdade é que, se eu tivesse ficado com ele, não estaria procurando o meu pai agora. Foi o fato de morar com Skeggsie que me fez procurar direito pelo meu pai.

– Por quê?

– Porque estou distante dele. Nada do que eu faça pode ferir os sentimentos do Stu. Além de toda essa coisa da internet que eu nunca teria feito sem o Skeggs.

– Como ele está hoje?

– Mais ou menos. Tossindo muito. Está tomando os esteroides. Vai levar alguns dias para fazerem efeito.

– Você está me fazendo sentir pena do Skeggsie e eu não quero isso.

– Você ainda não gosta dele?

– Por enquanto continuo formando minha opinião.

– Talvez ele seja um pouco parecido com você. E por isso você acha difícil se dar bem com ele.

– Não! – disse ela. – Ele não é nada parecido comigo. Não mesmo.

– Está bem.

Eles continuaram seguindo pela estrada, acompanhando as placas em direção a Cambridge, a conversa fluindo com mais dificuldade. Joshua tentou o rádio, procurando uma estação. Rose pegou uma pilha de CDs na porta do carro e começou a dar uma olhada. Ficou agradavelmente surpresa ao ver que o gosto musical de Skeggsie não era tão ruim quanto ela temia.

– Sabe aquele restaurante do filho de Viktor Baranski? Em South Kensington? Fui até lá.

– E aí?

Joshua tinha ido mesmo Skeggsie estando doente.

– Fica perto da estação South Ken, a caminho dos museus. É uma rua cheia de cafés e restaurantes. O dele se chama Cozinha do Oriente.

– É um restaurante russo?

Joshua estava deixando a via expressa em uma curva com uma placa para Norwich.

– Na verdade, não. Tem detalhes russos por toda parte, mas só serve café, sanduíches e alguns pratos quentes. Parece um pouco decadente. Pedimos café e um sanduíche.

Ela franziu as sobrancelhas.

– Achei que você tinha ido sozinho.

– Não, uma colega da facul foi comigo. Aquela garota que você viu semana passada, a Clara.

Rose olhou para a frente. Clara, a garota de cabelo louro.

– E consegui falar com Lev Baranski! Foi bem mais fácil do que eu esperava. No final, acabei pedindo a ele um emprego.

– Um emprego? – perguntou ela, baixinho.

– É. Vi um cara em uma mesa nos fundos do restaurante usando um laptop, então fui até ele e falei: *Com licença, você é o sr. Baranski?* Ele levantou os olhos e disse: *Quem quer saber?* Eu falei: *Estou procurando emprego como garçom e uma pessoa no fim da rua me disse que eu devia tentar aqui. Ele achou que o senhor podia precisar de ajuda. Sou aluno e estou procurando por um emprego de meio período.* Fez-se um longo silêncio e eu não sabia dizer no que ele estava pensando. O rosto dele estava completamente inexpressivo e não dava dica alguma. Ele era bem jovem, mas se vestia como uma pessoa mais velha, de terno e gravata. Então, chamou um outro cara, Mikey, e disse: *Este rapaz está procurando emprego.* Mikey falou, com um forte sotaque russo: *Não ter empregos agora para oferecer.* E Lev me disse: *Deixe seus contatos com Mikey e falamos com você, caso apareça alguma coisa.* Então, deixei um nome falso e fui embora com a Clara.

Rose imaginou Joshua e Clara saindo do restaurante. Joshua segurava a porta aberta para Clara e ela ria para ele, os dois animados com o plano. Rose podia ver o cabelo de Clara ondulando sobre os ombros. Em sua cabeça, ele era mais longo e grosso do que antes, o tipo de cabelo que se podia amarrar com um elástico e depois fazer um daqueles penteados presos no alto. Rose pegou uma mecha do próprio cabelo e a puxou até o queixo. Virou o rosto e apoiou a cabeça no vidro.

– Conhecer Lev Baranski foi um começo. Não sei se ele é importante, mas toda informação que temos precisa ser checada – disse Joshua.

– Humm.

Eles passaram por uma placa para Mildenhall. Ela começava a reconhecer a estrada. Já fizera aquele percurso várias vezes com Anna no começo e no fim de cada semestre. Logo depois, chegariam a uma rotatória, pegariam a segunda saída à esquerda e passariam pela Base Aérea Lakenheath. Era um caminho que ela costumava fazer contente, ansiosa para voltar à escola depois de passar tanto tempo sozinha com Anna. Na última vez em que fizera aquela viagem, pouco depois da Páscoa, tinha o coração pesado. Já não era mais amiga de Rachel Bliss e só se arrastara até a escola para terminar as provas.

Agora, estava chateada porque Joshua tinha uma nova amiga, ou talvez até uma *namorada*. Seus sentimentos por ele confundiam seus pensamentos.

– Acho que vou fechar os olhos um pouco. Não dormi muito bem à noite – disse ela, sem querer falar mais.

– Pegue minha jaqueta para fazer de travesseiro.

Ela se inclinou sobre o banco de trás, pegou a jaqueta de Joshua e dobrou-a no meio, deixando-a volumosa para servir de apoio. Colocou-a entre o rosto e a janela, e fechou os olhos. Começou, então, a escutar uma música e, depois de um tempo, ouviu Joshua cantar baixinho.

Mas ela não dormiu; só ficou de olhos fechados, irritada com sua reação ao ouvir o nome de Clara. Com tudo o que estava acontecendo, como a existência dessa garota podia fazê-la se sentir pior? Rachel Bliss estava morta. Não era nisso que ela devia estar pensando?

Eles seguiram pela estrada pelo que pareceu muito tempo. Pararam uma vez em um posto de gasolina e Rose saiu para ir ao banheiro. Quando voltou, encontrou Joshua parado perto do carro com bebidas e donuts. Eles comeram, beberam e depois voltaram para a estrada. Os carros passavam depressa e ela viu uma placa para King's Lynn. Logo depois passaram por Fakenham e ela sabia que estavam perto. Sentou-se direito e esticou os braços para fingir que tinha acabado de despertar.

– Estamos quase lá, Rosie – disse Joshua em tom alegre.

– Onde você vai ficar? – perguntou ela.

– Tem uma pousada lá em Stiffkey. Reservei um quarto por duas noites. Assim, vou ter tempo suficiente para explorar o lugar e conversar com as pessoas.

Mas o que você acha que vai conseguir? O que você está procurando? Tem algum sentido seguir marcações em um mapa que provavelmente não têm nada a ver com nada?

Rose queria falar aquilo tudo, mas ficou quieta.

– E você? Onde vai dormir?

– A escola tem sempre alguns quartos livres. Ah, olhe. A entrada fica a mais ou menos um quilômetro e meio daqui. Pode me deixar no portão. Eu vou andando até lá. Vai ser bom esticar as pernas.

– Volto no domingo depois do almoço, por volta das duas horas, para buscar você.

– Você pode me pegar no mesmo lugar. Não precisa ir até a escola.

– Por quê? Está com vergonha de mim?

– É claro que não – disse ela, enquanto o carro parava na beira do gramado na frente do portão de entrada do Colégio Mary Linton.

– Pegou seu laptop? E o telefone? Vou lhe mandar mensagens para lhe contar o que estou fazendo. Você também pode me escrever, vai me falando o que descobrir sobre a morte de sua amiga.

Ela fez que sim. Abriu a porta do passageiro e saiu. Joshua também desceu do carro. Ela vestiu o casaco e, empurrando o assento para a frente, inclinou-se para pegar a mochila no banco de trás. Quando já estava de pé ao lado do carro, Joshua se aproximou.

– Se cuida – disse ele, curvando-se para lhe dar um beijo no rosto.

Ela sentiu os lábios dele em sua pele e fechou os olhos por uma fração de segundo.

Ele foi embora, e ela se virou e passou pelo portão do Colégio Mary Linton, ouvindo o ruído do Mini que se afastava atrás dela.

X

O prédio da escola entrou em seu campo de visão depois de ela ter andado por cerca de dez minutos. Era da cor do outono, vermelho-ferrugem, e tinha quatro andares, parecendo uma grande casa de campo. Havia alguns prédios novos anexados na lateral e nos fundos, mas a maioria ficava escondida pelas árvores. As janelas nos três andares de baixo eram imponentes, quase do chão ao teto, mas, no quarto andar, onde ficavam alguns dormitórios, havia trapeiras.

Ela olhou para a direita. A uma curta distância, podia ver o lago e o galpão que servia de abrigo para os barcos. Apressou o passo. Sua mochila estava pesada e, embora fosse um dia nublado e frio, sentia calor. Parou um pouco e tirou o casaco, dobrando-o sobre o braço.

Havia poucas pessoas por ali, embora fosse pouco antes de uma hora. O sinal do almoço tocaria à 1h15, e então o lugar ficaria movimentado. Rose sentia fome, mas seria estranho entrar no refeitório de novo, ficar na fila com uma bandeja na mão e andar até o balcão para escolher o almoço. Tinha achado que nunca mais faria isso. Durante as últimas semanas na escola, quando fizera as provas, contara os dias até poder arrumar as malas e ir morar na casa de Anna. Parada em frente ao bufê de saladas, seus olhos correndo pelas enormes bandejas de salada de repolho, de feijão e alface, imaginara-se fazendo um pouco de comida só para ela. Usaria panelas e frigideiras pequenas, cortaria pequenos molhos de ervas, meia cebola e dois tomates. E usaria somente um pouco de massa seca. Só o suficiente para ela; seria incrível.

No entanto, naquele momento, estava com fome e bem que gostaria de um pouco de salada e lasanha ou quiche, e pão de alho para acompanhar.

Ela passou pelo estacionamento principal da escola e seguiu em direção ao pátio, uma pequena área com bancos, roseiras e pedras, onde os alunos podiam se sentar e conversar, ler e ouvir iPods, sem fazer muito barulho. Parou um pouco e deu uma olhada nas janelas no alto do prédio. No canto, ficava seu antigo quarto, o Margarida. À esquerda, o Campânula, de Rachel.

Era dali que Rachel dissera ter olhado para cima e visto o rosto de Juliet Baker em seu quarto. Rose olhou para a janela por um instante, então virou-se e olhou na direção oposta para as árvores às margens do estacionamento. Fora lá que Rachel vira o fantasma à noite, o rosto luminoso em meio à escuridão.

Rose estalou a língua e seguiu em frente. O que Rachel tinha visto? Alguma coisa real? Ou somente algo criado pela sua mente?

Rose continuou em seu caminho. Entrou no prédio e foi até a recepcionista. Era alguém que não conhecia, uma pessoa nova. Deu seu nome, a mulher checou um papel impresso e depois lhe deu um crachá de visitante. Dez minutos depois, Rose subiu os quatro andares de escada e estava de pé em frente a uma placa que dizia *Casa Eliot*.

O sinal do almoço tocou.

Ao longe, portas começaram a se abrir e se fechar, e era possível ouvir o barulho das alunas se movendo nos andares de baixo. Não havia conversa, só pés se arrastando ou pisando firme, percorrendo o piso de madeira e seguindo em direção ao lado de fora do prédio, de onde se dirigiriam ao refeitório.

Ela passou pela placa da *Casa Eliot*.

A casa, que ficava no quarto andar, recebera esse nome em homenagem a George Eliot. As alunas da Casa Eliot eram as únicas que dormiam e moravam no prédio original da escola. Ali havia dormitórios com quartos para uma ou mais pessoas. A casa também tinha toaletes, chuveiros e duas pequenas cozinhas, além de uma ampla sala de lazer para as alunas, com poltronas, pufes, televisão grande e mesas de pingue-pongue.

Quando Rose estudava na escola, reconhecia todas as garotas da Casa Eliot, e não por causa dos pequenos brasões que usavam. Conhecia umas vinte só dos ouvir falar e algumas outras com quem passava um tempo. Sua melhor amiga em todos os quatro anos e meio em que estivera lá tinha sido Rachel Bliss.

Caminhou pelo corredor principal e seguia para a sala de Martha Harewood quando ouviu passos subindo a escada atrás dela. Parou e esperou. Amanda Larkin chegou ao corredor e abriu um sorriso ao vê-la.

– Rose! Que bom ver você. Ah! Aposto que você voltou pelo que houve com Rachel Bliss. Foi horrível.

Rose assentiu:

– Horrível. Ela me escreveu algumas cartas.

– Escreveu?

– Trouxe todas comigo para entregar à polícia.

– Eles estiveram aqui hoje.

– Onde está a Molly?

– Está por aí.

– Eu estava indo ver a Martha.

– Eu não iria – disse Amanda. – Ela está péssima. Parece que vai começar a chorar sempre que sai dos aposentos dela.

– Ah...

Amanda colocou a mão de leve sobre o ombro de Rose.

– Só estou indo pegar uma coisa no quarto e depois vou almoçar. Vem comigo para ver as outras, comer alguma coisa... Deixe para falar com a Martha depois.

– Minha mochila... – disse Rose.

– Guarde no meu quarto. E o seu casaco também. Depois do almoço, você pega.

Rose entregou suas coisas e desceu a escada atrás de Amanda, acompanhando-a até o refeitório. Depois de cumprimentar várias garotas e enfrentar um pouco de aperto na fila, se sentou a uma das mesas perto da janela, usadas pelas alunas dos períodos mais avançados. As pessoas olhavam para ela. A garota vestida de preto e branco entre os diferentes tons de verde. Desde que saíra, chegara a entrar em contato com algumas daquelas garotas pelo Facebook, mas sempre em um bate-papo qualquer, nada pessoal. Estava quente e ela puxou as mangas para cima. As garotas mais próximas se admiraram com a tatuagem azul da borboleta. Ela ignorou os olhares e se concentrou no prato, devorando a lasanha e a salada. Tudo estava muito gostoso e comer devagar lhe deu chance de ouvir a conversa à sua volta. Sua presença tinha despertado discussões a respeito da morte de Rachel Bliss.

– Foi terrível, Rose. Acordei cedo e ouvi gritos vindo lá de fora. Olhei pela janela. Do meu quarto dá pra ver bem o lago dos barcos. Vi o encarregado pelo gramado correr ali por perto gritando.

– Foi ele quem a encontrou. Deve ter sido um susto e tanto! Ele estava indo verificar o galpão e a viu flutuando na água, perto do píer, com o rosto pra baixo!

– Ouvi dizer que ele pulou na água e a tirou de lá.

– Não, não, não foi ele, foi um dos jardineiros. Ele tentou trazê-la de volta à vida.

– Boca a boca. Sabe quando alguém sopra ar para os pulmões de uma pessoa? Ressuscitação?

– Pessoas já sobreviveram após ficarem horas dentro d'água. Ah, meu Deus, já vi isso. É como se o corpo delas se fechasse. Passou num programa de TV. Você pode estar morta há horas, mas conseguem trazê-la de volta à vida.

– Não seja ridícula!

– Enfim, ele a tirou da água e tentou salvar sua vida, mas não deu certo.

– As roupas dela a puxaram pra baixo. Ela estava de casaco, botas, era muito peso.

– Foi no meio da noite. Estava um frio de congelar!

– Ouvi falar que encontraram uma garrafa de vodca na água.

Rose escutava com atenção o que elas diziam. Garotas com quem convivera por mais de três anos. Todas pareciam chocadas, mas também havia um tom de agitação. A morte de Rachel tinha sido dramática. Era algo para se falar e pensar a respeito, para interpretar.

– Se ficar provado que Rachel estava bêbada, será uma publicidade negativa para a escola.

– Não fale uma coisa dessas! O que isso tem a ver?

– Eu gostava da Rachel.

– Você era uma das poucas.

– Não é verdade. Ela foi amiga de Rose por um bom tempo.

– Rose conseguiu ver quem ela era. Todo mundo acabava vendo uma hora.

– Menos a Molly.

Rose afastou o prato e se levantou. *Rachel estava bêbada?*

– Que bom ver você, Rose. Linda tatuagem. Vou fazer uma depois das provas...

Amanda a seguiu enquanto ela atravessava o refeitório em direção à saída.

– Você não está chateada, está, Rose? – indagou Amanda.

– Não. Mas eu não sabia dos detalhes antes, então não tinha imagem alguma na mente. Agora eu tenho.

– Ninguém sabe direito o que aconteceu. É tudo boato.

– Vou procurar a Martha e colocar minhas coisas no meu quarto.

Então, Molly surgiu à porta. Abriu um sorriso discreto quando viu Rose e caminhou até elas.

– Me falaram que você tinha voltado. Você está ótima, Rose, não é, Amanda?

– Estávamos indo para o meu quarto buscar as coisas da Rose. Você está se sentindo melhor?

Molly assentiu.

– Ela tem andado bem triste com o que houve com Rachel. As duas ficaram amigas nesse período.

Rose se surpreendeu. Nunca poderia pensar que *Molly* seria amiga de Rachel.

– Passamos algum tempo juntas. Eu gostava dela... – A voz de Molly falhou e ela pegou um lenço grande.

– Ah, Molly – disse Amanda.

– Estou bem – disse ela, assoando o nariz. – Vejo vocês mais tarde.

Molly saiu em direção às mesas.

– Venha até meu quarto depois do almoço se quiser! – gritou Amanda.

– Ela vai ficar bem? – perguntou Rose.

– Ela está assim desde a morte de Rachel. Inconsolável.

Elas atravessaram o gramado. À esquerda, ficava o lago. Rose parou, Amanda também. O lago ocupava uma parte enorme do terreno. Alguns anos antes, tinham usado parte dele para aumentar os campos esportivos. Ao mesmo tempo, o lago e o galpão foram reformados. Ela se lembrava das escavadeiras, dos canos e dos operários que ficaram por ali durante meses quando ela entrou no Mary Linton. Então, um dia, o lago estava menor, porém mais profundo e com vários elementos ornamentais: uma pequena ilha e algumas enseadas em volta. O galpão foi reconstruído, com um píer que saía dele e avançava pela água. Era grande o bastante para amarrar cerca de dez barcos a remo e canoas, que as garotas usavam nos meses de primavera e verão. Em um dos lados do píer ficava um muro de ardósia, para que as meninas pudessem ficar em fila e esperar pelos barcos sem medo de cair.

De repente, Rose se lembrou de uma coisa. Rachel e ela sentadas no píer em uma noite de verão, as pernas balançando, os dedos tocando a superfície da água. Rachel pegando uma lata de repelente de insetos e borrifando nas duas.

– Eles sabem *quando* ela entrou na água? – perguntou Rose, franzindo as sobrancelhas.

– Em algum momento durante a noite? Ou logo de manhã cedo? Ninguém nos contou. Não vi quando a tiraram da água.

Só algumas garotas viram e, assim que os funcionários ficaram sabendo, elas foram levadas de volta para o prédio.

– Por que ela iria para o lago? À noite?

– As pessoas costumavam ir. Costumam. É proibido sair do prédio depois que as luzes se apagam, mas as pessoas saem assim mesmo.

– OK, em junho. Mas em novembro?

Amanda deu de ombros.

– As garotas estão certas sobre uma coisa. Será uma péssima publicidade para a escola. Primeiro, Juliet Baker. Agora isso.

Rose concordou. Enquanto elas caminhavam de volta na direção do prédio principal da escola, ela pensou em Juliet Baker e se lembrou das coisas que Rachel dissera em sua carta sobre ver o *fantasma* dela. Isso a fizera se sentir meio desconfortável por um instante porque ela mesma pensara ter visto a mãe três vezes depois que ela desapareceu. Duas vezes no estacionamento da escola e uma na enfermaria. Na época, nunca pensara claramente na palavra *fantasma*, mas talvez ela estivesse lá, em algum lugar, em seu subconsciente. Desde que descobrira que sua mãe ainda estava viva, perguntava-se se aquelas visões tinham sido, de fato, reais. Sua mãe dando uma olhada nela, garantindo, a distância, que ela estava bem. Rose gostava de pensar assim.

Elas subiram a escada para a Casa Eliot.

– Como Molly ficou amiga de Rachel?

– Elas começaram a andar juntas.

– Mas achei que você e ela fossem grandes amigas.

– Há muito tempo que não, Rose. Não desde o começo do décimo primeiro ano. Nós meio que nos afastamos.

– Não sabia. Nunca notei.

– Não, você estava sempre grudada demais com a Rachel pra notar qualquer outra pessoa.

Rose sentiu a censura. Tentou pensar em uma resposta, mas não conseguiu. Continuou andando em silêncio, até chegarem ao quarto de Amanda. Pegou, então, seu casaco e a bolsa.

– Vou a Holt pela manhã. Pensei em levar Molly. Tentar animá-la um pouco. Por que você não vem junto?

– Pode ser. Eu confirmo depois.

Ouviu os passos de Amanda se afastando enquanto ela descia a escada.

Grudada demais com a Rachel pra notar qualquer outra pessoa.

As palavras doeram e Rose se perguntou se Amanda estava certa. Outra garota – uma aluna de seu colégio novo em Londres – dissera, algumas semanas antes, que Rose era distante e que não se interessava pelas outras pessoas. Será que isso também tinha acontecido no Mary Linton?

Caminhou em direção aos aposentos de Martha Harewood. Bateu à porta como fizera tantas vezes. No passado, sempre esperava alguns segundos e então ouvia a voz de Martha cantarolando a palavra *Entre!* Mas desta vez não ouviu nada. Bateu novamente e, instantes depois, a porta se abriu e Martha apareceu.

– Rose – disse ela, com um sorriso trêmulo. – Entre.

Ela seguiu Martha até a sala de estar. Martha foi à escrivaninha. Estava cheia de coisas e ela parecia revirar as folhas de papel de maneira distraída. Seus ombros estavam curvados, e a voz, meio indistinta.

– Coloquei você em seu antigo quarto. Não foi usado desde que saiu. Na verdade, várias camas não têm sido usadas em razão da crise financeira. Não há muitas pessoas mandando suas filhas para internatos particulares nos dias de hoje!

Ela se virou.

– Sente-se, Rose.

Rose fez o que ela pediu.

– Estamos passando por momentos muito difíceis aqui. Perder uma jovem assim, desse jeito. É terrível – disse Martha.

– Você sabe que Rachel escreveu pra mim? – indagou Rose depois de alguns instantes.

Martha assentiu:

– Sua avó falou a respeito quando me ligou.

– Trouxe as cartas comigo. Achei que a polícia pudesse querer vê-las. *Você* quer ver as cartas? Estão na minha mochila.

Martha Harewood balançou a cabeça.

– Melhor entregá-las à polícia. A sra. Abbott está sempre em contato com ela. Acredito que deva vir à escola amanhã.

– Como Rachel estava? Como ela estava desde...

– Desde que você foi embora? Ela parecia um pouco perdida. O comportamento dela chegou a melhorar por um tempo, mas então encontrei álcool no quarto de Rachel algumas vezes e tive que escrever para a família dela. Foi difícil.

– Ouvi falar que ela ficou amiga de Molly Larkin.

– É. Uma estranha combinação. Acho que provavelmente não eram a primeira escolha uma da outra. Por outro lado, já vi todos os tipos de garotas construírem amizades duradouras em circunstâncias nada promissoras. Tinha minhas esperanças...

– Nas cartas, ela parecia muito deprimida. Falava sempre de Juliet Baker.

– Pobre Juliet.

Martha balançou a cabeça. Ia falar alguma coisa, mas então tocou o sinal do fim do almoço e ela desviou o olhar, concentrando-se no som.

– As aulas da tarde vão começar – disse ela.

– Eu saio – sugeriu Rose.

– Você sabe onde fica seu quarto – disse Martha, com um sorriso discreto.

Rose fez que sim. Quando chegou à porta, ouviu a voz de Martha atrás dela.

– Você sabe, Rose, Rachel era uma garota difícil, mas ainda assim eu me importava com ela tanto quanto me preocupo com todas vocês.

Rose se virou e ficou espantada ao ver que os olhos de Martha brilhavam cheios de lágrimas. Rose estendeu a mão para oferecer conforto, mas Martha balançou a dela como se dissesse que não precisava. Pegou um lenço do bolso, dobrou-o e então levou-o aos olhos.

– Vejo você mais tarde – disse Rose.

Seguiu pelo corredor, triste, e os passos, pesados. Assim que chegou ao quarto Margarida, parou. Ao lado dele, ficava o Campânula, o quarto de Rachel. Ela afastou o olhar e abriu a própria porta. Seu quarto estava exatamente igual a como o deixara no dia em que partiu. A cama contra a parede, a escrivaninha de frente para a cômoda. Acima da cabeceira da cama ficava um quadro de cortiça. Era ali que costumava prender fotos de bandas ou estrelas de cinema de que gostava. Um lugar para colocar lembretes e propagandas, artigos cortados de revistas. Outras garotas tinham fotos de sua família no quadro, presas aleatoriamente, uma imagem sobrepondo a outra, algumas fotos literalmente cobrindo outras, em uma espécie de palimpsesto pictórico. Rose não colocara fotos ali. As que tinha de sua mãe guardava em uma gaveta.

Agora o quadro de cortiça estava vazio, salvo por vários buracos de alfinete.

Ela colocou a mochila na cama e se sentou do lado.

Estava tudo igual.

Era como se tivesse voltado no tempo.

XI

Depois de entregar as cartas de Rachel à diretora Abbott, Rose saiu para caminhar pela escola. Escolheu um caminho que ficava fora do campo de visão do prédio principal, passou pelo lago e seguiu em direção a Ravenswood. O pequeno bosque ficava no limite do terreno do Mary Linton. Ela apressou o passo. Cinco minutos depois, estava cercada por árvores e arbustos.

Era um lugar muito frequentado pelas garotas durante o tempo livre. Havia sinais delas por toda parte: nomes e iniciais entalhados nas árvores, embora isso não fosse visto com bons olhos pelo colégio; balanços de corda e cabanas que tinham sido feitos e depois deixados de lado; clareiras onde o terreno tinha sido pisado e troncos agrupados em bancos improvisados. O bosque era grande o suficiente para ter lugares silenciosos ao abrigo da luz, onde era possível encontrar alguma privacidade.

Rose caminhou por alguns minutos e seguiu para a extremidade norte do bosque, onde havia algumas bétulas e um carvalho gigante. Depois disso, havia cercas vivas e campos. No chão, ela viu a casca de um velho tronco de árvore. No verão em que Rose e Rachel se tornaram amigas, elas iam muito até lá. Sentavam-se no tronco e conversavam baixinho, as vozes suaves, como se estivessem em uma igreja. Nessa época, elas já não liam mais livros de vampiro, mas o bosque, mesmo à luz do dia, parecia sombrio e misterioso. Às vezes, o silêncio era quebrado pelo barulho de corvos que grasnavam e crocitavam. Alarmadas, elas caíam em uma risada assustada. Na maioria das vezes, no entanto, o silêncio era perturbado por alunas mais jovens em brincadeiras barulhentas, e as duas tinham de enxotá-las de volta para sua parte do bosque para ficarem sozinhas de novo.

Nessas ocasiões, elas conversavam. E Rachel contou a Rose sobre sua vida:

– Minha mãe e meu pai se separaram há alguns anos. Meu pai arrumou uma nova esposa, Melanie, que é só alguns anos mais velha do que eu! Ela está sempre me dando coisas e sou obrigada a mentir sobre isso. Meu pai comprou um novo apartamento, perto do Tâmisa. Ele e Melanie estão sempre dando jantares. Eu ajudo Melanie com a comida e ela me dá uma nota de cinquenta libras. Sem brincadeira: uma nota de cinquenta! Quando volto pra casa, tenho que fingir que detestei ficar lá. A pior parte é que... e olha que é realmente horrível... minha mãe começou a sair com um tal de Robert. Ele está sempre por perto e fica me olhando de um jeito, como se estivesse mais interessado em mim do que em minha mãe.

– Você devia contar a ela!

– O problema é que ela está tão feliz. Você não faz ideia de como ela chorou quando meu pai foi embora. Eu ligava toda noite e ela não conseguia falar comigo porque estava chorando. Semana após semana. Acabei desistindo de ligar. Estou *feliz* que ela esteja com Robert. E eu nem vou muito lá. Nos feriados, sempre fico atenta para ver se a porta do meu quarto e a do banheiro estão bem trancadas.

– Nossa, que chato – disse Rose.

Em outro dia, Rachel lhe contou sobre Juliet Baker:

– Éramos amigas. Eu, Juliet e Tania. Andávamos sempre juntas. Era ótimo ser amiga dela. Juliet não morava aqui, então Tania e eu costumávamos ir à casa dela nos fins de semana. A mãe dela fazia chá para nós e ficávamos no quarto dela. Fazia também uns bolinhos incríveis, com umas bolinhas prateadas e outras decorações. Juliet tinha um irmão e Tania era caidinha por ele. Ela estava apaixonada e, toda vez que ele entrava no quarto, ficava vermelha. Era muito engraçado.

Rose não riu porque a voz de Rachel estava falhando:

– Sinto muito por você. Perder uma amiga assim.

– Tania chorou por dias. Nossa supervisora, Joan, chamou o médico duas vezes, então Tania teve que ir pra casa por algumas semanas pra tentar superar. Foi a pior época.

– Como você ficou sabendo?

– Joan foi até meu quarto para me contar. Ela disse que tinha acontecido um acidente terrível e que a pobre Juliet estava morta.

– Um acidente?

– Eles dizem *acidente* porque ela não deixou um bilhete, então não dava pra saber exatamente qual era a intenção dela. Mas a encontraram pendurada em uma viga da garagem, então acho que sua intenção estava bem clara.

– Deve ter sido terrível.

– Foi mesmo.

Rose acabou contando a Rachel sobre sua mãe. Nenhuma das alunas na escola sabia sobre seu passado. Todos achavam que Rose tinha ficado órfã e morava com a avó. Era verdade, mas não a história toda. Uma tarde, quando já eram amigas há algumas semanas, Rose começou a falar sobre isso.

– Ninguém sabe – disse ela, depois de contar sobre o desaparecimento de sua mãe e Brendan. – Quer dizer, a direção sabe, mas eu não queria que as alunas soubessem, então, por favor, não fale nada.

– Não vou – disse Rachel, balançando a cabeça.

– Eles desapareceram há três anos e meio. No dia 4 de novembro. Na véspera da noite de Guy Fawkes. Simplesmente sumiram. Ninguém sabe o que aconteceu com eles.

– Então ainda podem estar vivos – disse Rachel, passando a mão pelo braço de Rose de maneira solidária.

Rose assentiu. Queria tanto que estivessem vivos.

– Pode haver um bom motivo para eles terem se escondido. Talvez a vida deles estivesse ameaçada?

– Mas por que eles nos deixariam? E sem dizer nada?

– Eu não sei. Deve ser horrível pra você.

– Promete que não vai contar nada a ninguém? Não quero que todo mundo fique sabendo. Não quero que fiquem fofocando a meu respeito.

– É claro que não. Não vou contar. Além do mais, você é minha melhor amiga agora. Para quem eu falaria?

Elas eram grandes amigas. Rose estava feliz pela primeira vez em anos.

Agora, no inverno, o bosque não era mais um lugar tão reservado. As árvores tinham perdido suas folhas e Rose podia ver através delas. Do outro lado do terreno da escola, ficava a ponta do lago e o galpão. Ela saiu do bosque e caminhou até lá. Era outro lugar para onde Rose e Rachel costumavam ir e se sentar para conversar. Várias garotas iam até lá em noites agradáveis e nos fins de semana. Mas nem Rose nem Rachel usavam os barcos – elas só se acomodavam no píer ou se sentavam em algum cantinho em volta do lago e ficavam observando com desdém as garotas que se atrapalhavam com os remos. Preferiam usar o lugar como cenário para suas conversas. Mesmo quando estava frio e os barcos eram deixados de lado, elas e algumas outras meninas ainda iam até lá. O muro de um dos lados do píer servia como uma espécie de quebra-vento.

Rose caminhava sem pressa dentro do terreno da escola. Lembrou-se, então, da noite no galpão em que Rachel lhe falou pela primeira vez de Megan, sua meia-irmã.

Rose e Rachel tinham sido amigas por todo aquele período e faltava apenas cerca de uma semana para as duas se separarem durante as férias. As coisas tinham esfriado um pouco entre elas. Tinham brigado porque Rose pedira a Rachel para parar de pesquisar sobre o desaparecimento de sua mãe. Nos dias e semanas que se seguiram ao desentendimento, Rachel ficara fechada e mal-humorada. Nem sempre estava onde dizia que estaria. Rose acabava encontrando-a conversando com garotas que elas mal conheciam ou sentada sozinha, olhando para o nada. Elas combinavam de se encontrar após as aulas de violino de Rose ou do badminton, mas Rachel com frequência não aparecia. Rose começava a achar que tinha feito algo de errado.

A proximidade das férias deixou Rose mais ansiosa. Elas não se veriam por muito tempo. Em pouco mais de uma semana, ela iria para a casa da avó passar o verão. Rachel iria para a França com o pai e Melanie por duas semanas e passaria o restante do tempo com a mãe. Poderia entrar em contato com ela por e-mail, mas ainda assim seria um longo período de separação.

Rose se perguntava se Rachel queria romper a amizade. Agora que Rose não queria mais falar sobre seu *passado trágico*, achava que Rachel podia estar entediada com ela.

Passava das nove da noite e um dos filmes do *Harry Potter* estava sendo exibido no salão principal, e garotas de todas as casas assistiam. Rose não via Rachel em lugar algum e escapuliu do filme para encontrá-la. Depois de olhar na sala de lazer, voltar ao quarto de Rachel e encontrá-lo vazio, aproximou-se da janela e viu duas meninas perto do galpão. Uma delas era Tania Miller, a antiga amiga de Rachel, da Casa Brontë. Rose desceu a escada e seguiu para o lago. A caminho de lá, viu que Tania vinha em sua direção.

A garota tinha um longo cabelo castanho dividido perfeitamente no meio. O cabelo brilhava como se tivesse sido polido. Naquela noite, tinha trançado uma mecha e a usado para prender o restante do cabelo para trás.

– Está procurando a Rachel? – perguntou Tania. – Ela está lá atrás.

Rose viu Tania se afastar e se perguntou o que Rachel estava fazendo com ela. As duas não passavam mais tempo juntas, que ela soubesse, não desde que Rachel entrara para a Casa Eliot. Deu a volta no galpão para o lado que não podia ver do prédio principal. Rachel estava sentada, apoiada contra o muro, com um cigarro na mão. Rose ficou surpresa. Rachel dissera que tinha parado de fumar havia meses.

– Por onde andou? Estava procurando você.

– Por aqui.

– Você não disse que viria para cá. Por que Tania Miller estava aqui?

– O que é isso? Um interrogatório? Eu tenho que pedir a sua permissão pra falar com ela?
– Não quis dizer isso.
– Bem, então o que foi?
– Só queria saber onde você estava. Só isso.
– Senta aí – disse Rachel, batendo na grama ao seu lado.
– Por que você está fumando?
– Estou com muita coisa na cabeça no momento.
– O quê?

Rose de repente pensou que talvez Rachel estivesse preocupada com os feriados porque teria de conviver com o novo namorado da mãe. Uma coisa era evitá-lo ocasionalmente, mas três semanas era muito tempo para manter a porta do quarto trancada. Talvez fosse isso que estivesse deixando Rachel um pouco distante. Quanto mais se aproximavam os feriados, mais taciturna ela ficava. Já ia falar sobre isso quando Rachel disse algo que a deixou chocada:

– Minha meia-irmã está com leucemia.
– O quê?
– Megan, a filha de Melanie. Está com leucemia. Ela vem fazendo tratamento e o cabelo caiu. Tem andando bem doente e...
– Eu não sabia que você tinha uma meia-irmã. Você nunca disse!
– Bem, é meio difícil falar sobre isso.
– Sinto muito!
– Não acredito que ela vá morrer nem nada disso. Eles podem tentar vários tratamentos, remédios, essas coisas.

Rose se aproximou e passou o braço pelos ombros dela.
– Que coisa terrível. Que idade ela tem?

– Seis, quase sete. Faz sete em setembro.
– Pobrezinha.
– É... É uma daquelas coisas que nada que eu possa falar ou fazer vai mudar.
– Você devia ter me contado.

Rose deu de ombros. Elas ficaram sentadas por um tempo, então Rachel se levantou, limpando a grama das pernas. Deu uma última tragada no cigarro e depois o jogou no lago.

– Vamos tentar pegar o final de *Harry Potter* – disse ela. – Isso vai me fazer parar de pensar na...
– É, vamos.

Cinco minutos depois, elas entraram sorrateiramente pelos fundos do salão e assistiram à última meia hora do filme. De vez em quando, Rose se virava para olhar para Rachel. O rosto dela não mostrava emoção. Rose pensou como devia ser saber que sua meia-irmã estava tão doente. Por que ela não lhe contara nada? Será que Rose parecia tão envolvida com os próprios problemas que Rachel não tivera espaço para desabafar suas preocupações com a irmãzinha?

Alguns dias depois, Rose saiu para fazer compras em Holt com algumas outras garotas. Quando estava fora, recebeu uma mensagem de texto de Rachel: **Precisei ir pra casa alguns dias mais cedo. Não tive tempo de me despedir. Vejo você em setembro. Bjs, Rachel.**

Rose estalou a língua em sinal de desânimo. Ao voltar para a escola, correu para a Casa Eliot e encontrou o quarto de Rachel silencioso. A maioria das coisas dela ainda estava lá. A mesa de cabeceira, onde ela costumava guardar a maquiagem, o telefone, o iPod e outras coisas pessoais, estava vazia. Rose estava perplexa. Em sua bolsa, trazia um presente que tinha comprado para Rachel. A notícia sobre a meia-irmã dela fez Rose perceber que Rachel estava voltando para casa para enfrentar uma situação triste e queria animá-la. Tinha comprado um medalhão prateado em um cordão que encontrara em uma loja de antiguidades em Holt. Custara vinte libras, era leve e bonito. Rose tinha certeza de que Rachel iria gostar, mas ela foi embora antes de Rose ter a chance de lhe entregar. Perguntou-se o que poderia ter acontecido. O mais provável é que o pai ou a mãe dela tivesse aparecido sem avisar e dito que Rachel devia estar lá também. Sem dúvida, tinham precisado pagar um extra para que os funcionários da escola fizessem as malas de Rachel e as enviassem no final do período.

Mais tarde, no refeitório, quando terminou de comer, pensou em uma coisa. Será que Rachel tinha ido embora mais cedo por causa de Megan? Será que a saúde da menina tinha piorado? Será que estavam passando por uma emergência familiar?

Era a única coisa que explicava sua partida repentina.

Naquele momento, Tania Miller passou, atraindo sua atenção.

– Tania – chamou Rose.

Tania se virou, colocou o cabelo para trás das orelhas e foi até a mesa de Rose.

– Você sabia que Rachel foi embora mais cedo?

Tania deu de ombros.

– Não sabia não.

– Pois é. Acho que pode ter sido por causa da meia-irmã dela, Megan. Ela falou da irmã para você?

– O quê? A meia-irmã dela? – Tania começou a rir.

– Achei que, talvez, ela tenha ido embora porque a irmã piorou.

Tania balançava a cabeça, um sorriso desagradável no rosto. Ela puxou uma cadeira e se sentou.

– Rose, não é? – indagou, apontando um dedo para ela.

Rose fez que sim.

– Rachel não tem uma meia-irmã.

– Ela me disse...

– Não se pode acreditar sempre no que Rachel diz. Ela costuma inventar umas coisas.

Alguém chamou do outro lado do salão. Tania olhou e acenou.

– Olha, Rachel é legal, mas não acredite em tudo o que ela fala – alertou Tania, depois se levantou e saiu.

Rose sentiu o rosto arder. Enfiou a mão no bolso para pegar o telefone, sentiu o saco de papel lá e o pegou. Dentro estava o medalhão que tinha comprado para Rachel. O papel estava todo amassado e ela tentou alisá-lo com a lateral da mão. Olhou para Tania Miller, que estava de pé, olhando para um grupo de garotas. Uma delas olhou para Rose e ela se perguntou se Tania estava lhes contando que Rachel tinha mentido para a nova amiga.

Rose se levantou, a garganta queimando, enquanto voltava para o quarto. Ela entrou e se sentou na cama. Deixou o saco com o medalhão cair no edredom. *Não se pode acreditar sempre no que Rachel diz.* Será que ela podia ter entendido mal o que Rachel lhe dissera? Não. Sabia o que Rachel tinha lhe contado, podia se lembrar claramente das palavras: *Minha meia-irmã está com leucemia.*

Por que tinha dito aquilo?

Por quê?

Rose se deitou. Sentiu a mágoa doer em seu peito. Rachel mentira deliberadamente para ela. Sua amiga a enganara e ela fizera papel de boba na frente de Tania Miller. E não era só isso, tinha conseguido fazer Rose sentir compaixão por algo que nem existia. Rose, que já carregava o peso de sua própria tristeza, despendera tempo e energia *sentindo* algo por Rachel.

E era tudo mentira.

Rose se levantou, irritada demais para ficar onde estava. Andou de um lado para outro no quarto, sentindo um nó na garganta pela chateação. Estava tudo acabado. Sua amizade com Rachel Bliss terminara.

Não teria mais ligação alguma com ela.

Rose chegou ao galpão e deu a volta até o píer, que se estendia pela água como um dedo comprido. Caminhou por ele, os passos soando na madeira. Aquele lugar sempre parecia deserto nos meses de inverno. Não havia barco algum, somente um punhado de garotas de chapéu, cachecol e luvas, fugindo um pouco do aquecimento central e da agitação dos prédios. Chegou à ponta do píer e ficou ali parada por um instante, olhando para a água, que se ondulava com a brisa, a grama à margem do lago soprando na mesma direção.

O corpo de Rachel tinha sido encontrado por ali. Um dos jardineiros tinha entrado e tentado puxá-la, mas as roupas dela estavam pesadas por causa da água. Ele precisou de ajuda para tirá-la de lá. Uma imagem se formou em sua cabeça. Dois homens fazendo força para puxar o corpo inerte, água correndo dele, o tecido ensopado batendo com força na madeira, um peso morto.

Era tarde demais para uma ressuscitação.

Rachel provavelmente já estava morta há horas.

Rose suspirou. Rachel estava morta para ela há muito mais tempo.

XII

No sábado de manhã, Rose decidiu que iria até Holt com Amanda e Molly.

Ligou o laptop e viu que tinha dois e-mails de Joshua. O primeiro tinha sido mandado às seis horas do dia anterior:

Estou no hotel Rosa Branca. Dei uma olhada rápida pelo vilarejo e tentei encontrar alguns dos lugares do mapa. Amanhã vou recomeçar. Espero que as coisas estejam bem na sua antiga escola. Bjs, Josh.

O segundo tinha sido enviado um pouco antes das onze:

Acabei de falar com uns caras no bar. Mostrei a eles o mapa do meu pai. Me disseram que os lugares marcados ficam longe daqui, em direção ao mar, ao longo dos alagadiços. Tem um caminho que passa por toda a costa de King's Lynn até Cromer. Esses alagadiços ficam entre o mar e as cidades. São tão grandes que, na maioria dos lugares, não é possível ver o mar. Você se lembra de quando lhe falei sobre aquela estranha sensação que eu tenho? De que o lugar que eu via em minha cabeça tinha cheiro de mar, mas não era perto dele? Sei que você é cética, mas talvez seja esse o lugar. Amanhã eu lhe conto mais. Bjs, Josh.

Ela respondeu:

Sei mais alguns detalhes sobre o que aconteceu com Rachel. Ela foi para o lago tarde da noite de segunda. Algumas das meninas falaram que ela andava bebendo, então pode ter sido um acidente. A sra. Abbott, minha antiga diretora, veio me ver ontem e disse que a polícia ficou feliz por eu ter entregado as cartas e que elas mostram o estado de espírito de Rachel nos dias antes de sua morte. A polícia quer falar comigo hoje à tarde (e também com algumas outras alunas). Continue mandando notícias. Bjs, Rose.

Holt era uma cidade a mais ou menos oito quilômetros da escola. Ir até lá envolvia uma caminhada de dois quilômetros até o ponto do ônibus e, em seguida, uma viagem de cinco minutos de carro.

Amanda falava muito, mas Molly estava quieta. Ela olhava pela janela e segurava um grande lenço branco dobrado em sua mão. Rose ouvia e assentia, mas na verdade sua mente não absorvia aquela conversa-fiada. Olhou para Molly durante um momento de silêncio. Molly sempre parecera mais nova do que era. Quando Rose a conhecera, ela era uma pessoa animada, um pouco irritante, mas de bom coração. Amanda também era assim, mas agora parecia anos mais velha do que Molly. Era como se Molly não tivesse saído do oitavo ano, sempre correndo de um lado para outro, a primeira a levantar a mão para responder uma pergunta na sala. Ela até se vestia como se fosse mais nova, usando coisas estranhas no cabelo e uma mistura antiquada de casacos e blusas infantis. Naquele dia, ela usava um prendedor de cabelo com uma pena cor-de-rosa berrante que era meio bizarro. Não que Rose fosse de comentar as roupas das outras pessoas, mas isso tudo se somava ao fato de Molly parecer não ter crescido. Fazia todo o sentido que ela e Amanda tivessem se afastado. O fato de Rachel ter ficado amiga dela provocava em Rose uma sensação desconfortável. Rachel a chamara de *cachorrinho* e Rose se lembrava de Rachel revirando os olhos por causa de Molly em várias ocasiões.

O ônibus parou e Rose desceu, olhando em volta da familiar cidade georgiana, com sua rua principal antiquada, seu memorial de guerra e várias casas de chá e lojas de antiguidades, em geral frequentadas por pessoas em viagens de férias e nos fins de semana. Ela sempre gostara de ir a Holt. Várias outras garotas preferiam ir à estação mais próxima de Little Radleigh e passar o tempo livre em Norwich. Rose até tinha ido lá algumas vezes no décimo ano, mas, no décimo primeiro, depois que ela e Rachel ficaram amigas de novo, as duas preferiam Holt. Elas passavam horas intermináveis olhando as coisas nas lojas de antiguidades, de colecionáveis, butiques e bazares de caridade. Ninguém parecia se importar. E havia uma área incrível com material de artes no final da High Street, onde ela adorava comprar blocos de desenho.

– Você vai a algum lugar em particular? – perguntou Rose.

– Biblioteca – disse Amanda. – E a Molly vai comigo dar uma olhada em algumas lojas de roupas vintage.

– Me mandem uma mensagem quando vocês terminarem e paramos para beber alguma coisa.

– Está bem – disse Amanda.

Rose observou as duas se afastarem, Molly um pouco à frente de Amanda. Quando elas saíram, Rose olhou em volta. O lugar estava agitado. Holt estava sempre cheia de gente nos fins de semana. Mesmo no inverno, algumas famílias de Londres iam passar dias em outras casas que tinham por ali e faziam compras nas mercearias e padarias pitorescas. Ela e Rachel costumavam rir deles.

Estava frio, e Rose caminhou de volta para a parte de trás da cidade, na direção do Empório de Antiguidades e Colecionáveis, um prédio antigo e deteriorado de dois andares. Em cima, havia uma grande sala cheia de mesas e cadeiras de madeira natural e uma variedade de utensílios de cozinha de diversas épocas: desde os tempos vitorianos até os anos 1960. Embaixo, havia várias pequenas salas, todas lotadas de joias, pratos, objetos de vidro e roupas. Parecia uma caverna de Aladim. Rose e Rachel costumavam passar muito tempo lá e sempre saíam com algum pequeno item: uma caixa de joias, uma lata bonitinha, um cachecol de linha, um anel, um bracelete e, uma vez, inclusive, um par de luvas que iam até o cotovelo.

Rose ficou no andar de baixo, sentindo o cheiro úmido que lembrava sua última visita meses e meses antes. Olhou para as fileiras e mais fileiras de taças de vinho de cristal. De repente, lembrou-se de Anna e se perguntou se ela gostaria daquele lugar. Provavelmente não. Anna comprava na Harrods e na Bond Street. Aquele lugar provavelmente a estarreceria. Mas Joshua iria gostar. Havia uma sala nos fundos abarrotada de ferramentas. Ela se lembrou, então, do pequeno quarto dele na casa em que moravam na Brewster Road. Estava sempre cheia de peças de bicicletas e ferramentas.

E sua mãe... Ela teria adorado o empório. Sua mãe amava coisas antigas e vasculhava bazares de caridade à procura de óculos velhos ou vasos ou louças de barro. Comprava blusas e jaquetas em lojas e sites de vendas de objetos usados. Quando ia para o trabalho, sua mãe era uma pessoa: terninho elegante, sapatos e uma pasta na mão. Nos finais de semana e feriados, ela usava uma combinação eclética: saia floral, jaqueta de tweed, botas de camurça e, em volta do pescoço, um cachecol de linha que Brendan dera a ela de presente de Natal. Era antigo, dissera ela, a linha, delicada; uma brisa mais persistente poderia fazer um buraco. Sua mãe parecia duas pessoas diferentes.

Mas agora Rose achava que sua mãe, Kathy Smith, parecia três pessoas diferentes: policial, mãe e... Quem seria a terceira pessoa? A mulher que tinha planejado o próprio desaparecimento e tinha abandonado a filha a uma vida solitária?

Rose pegou uma pulseira de contas de uma prateleira de joias reluzentes. Rachel comprara uma para ela bem daquele jeito, as contas turquesa e irregulares, como pequenas pedras polidas, e lhe dera depois das férias de verão em que Rose brigara com ela. Voltou para a escola um dia antes de Rose. Quando Rose chegou, viu uma pequena caixa marrom em seu travesseiro com as palavras *Me desculpa!* escritas na frente. Dentro estava o presente.

Rose colocou a pulseira de volta na prateleira. Então, saiu do empório e seguiu pela rua até chegar a uma pequena praça com bancos no meio. Sentou-se e ficou observando as pessoas passarem.

Houve uma extensa troca de e-mails entre as duas durante as férias de verão, depois que Rachel mentira para ela. Rachel sentia muito. E falou de seu arrependimento por todo o verão:

Eu estava deprimida; o verão, chegando; eu não queria ir para casa; estava preocupada com o Robert, namorado da minha mãe, então inventei aquela história idiota; não me pergunte por quê; eu sou uma idiota.

Às vezes acho que minha vida é tão sem graça que eu tenho que inventar coisas.

Você já viveu momentos dramáticos. Não sabe como é ser comum.

A única coisa que me aconteceu foi a morte de Juliet, e isso é algo de que não quero me lembrar. Talvez seja por isso que eu tenha inventado essa história. Algo sobre o qual pudesse me sentir mal, mas que não tivesse realmente acontecido.

Prometo que nunca mais vou mentir sobre nada.

Rose acabou amolecendo. Rachel admitira que tinha mentido, tentara até analisar o que houve. Talvez aquele fosse um novo começo para ela. Além disso, os primeiros dias de férias, quando Rose estava decidida a romper com a amiga, tinham sido amargos. Andar pela casa da avó era como voltar a ser a garota de doze anos que tinha ido morar lá. Tinha voltado três anos no tempo, sozinha, sem amigos. E tudo o que a esperava pela frente era um período solitário na escola. Rachel arrumaria novas amigas, e ela, que não se ligava facilmente às pessoas, ficaria sozinha.

Isso a deixara arrasada.

Quando começou a receber os e-mails, ela os ignorou por alguns dias, mas acabou respondendo duramente, mostrando como tinha ficado magoada com a mentira de Rachel. Então, com o tempo, suas respostas ficaram maiores e ela até tentou se solidarizar com Rachel, animando-a e perguntando sobre o terrível Robert, e como andavam as coisas com a nova esposa de seu pai, Melissa.

Rose usou a pulseira e deu o medalhão de prata que havia comprado para Rachel. A amizade se fortaleceu de novo durante as primeiras semanas do período do outono. A temperatura baixa fez com que deixassem de ir ao bosque e passassem a maior parte do tempo dentro da escola. Tinham muito o que estudar e a escola pressionava as alunas por bons resultados nas provas. Estavam tendo aulas extras e testes periódicos. Havia também reuniões de orientação, objetivos a serem alcançados, e os trabalhos eram examinados e comentados. As garotas sabiam que estavam sendo observadas. Aquele era um ano importante de avaliações.

Rose fazia tudo o que lhe era pedido. Pretendia entrar para a faculdade em três anos. Queria uma carreira e uma vida longe de Anna, e só se tornando independente é que poderia ter tudo isso.

Rachel estava menos motivada e Rose achava que era seu trabalho ficar no pé dela, cobrar que fizesse os trabalhos, garantir que estivesse completando as tarefas. Mas Rachel se entediava facilmente e não gostava de trabalhar. Durante o tempo que tinham para estudar sozinhas, Rose a via sentada no refeitório ou no pátio, conversando com outras garotas. As notas dela estavam ruins e Rose tentava explicar que Rachel precisava pesquisar mais ou passar mais tempo preparando os rascunhos de seus trabalhos, mas Rachel lhe dizia, rindo: "Dá um tempo!" ou "Me deixa em paz!".

Elas se desentenderam amargamente um pouco antes do recesso de outubro.

Rachel dissera que a encontraria na biblioteca depois da última aula. Ela estava fazendo uma pesquisa para um projeto sobre budismo e Rose tinha dito que ajudaria. Rose foi à biblioteca e esperou por ela. Pegou um livro e leu durante algum tempo. Foi falar com uma das monitoras e deu uma olhada em sites de que gostava. Por fim, desistiu e foi procurar Rachel. Uma garota a quem perguntou disse que tinha visto

Rachel entrar na Casa Brontë. Uma sensação de indignação tomou conta dela. Rachel não tinha o direito de estar na Casa Brontë quando havia combinado de se encontrar com Rose na biblioteca. Foi até lá e encontrou Rachel sentada em uma cozinha pequena com duas outras garotas, uma delas era Tania Miller. Entrou pisando duro e se colocou entre elas. As garotas estavam sentadas em bancos altos no balcão. Ela fuzilou Rachel com o olhar, mas tudo o que ela disse foi "Ah, oi" e continuou conversando. Rose ficou meio sem saber o que fazer. Acabou puxando uma cadeira da mesa e se sentou, sentindo-se ignorada. Estava em uma altura mais baixa do que as outras e, quando olhava para cima e via o sorriso no rosto de Rachel, suas mãos gesticulando, sentia uma onda quente de ciúme.

Como Rachel ficava à vontade com outras pessoas.

Tania ouvia a história de Rachel e abria um sorriso. Quando Rachel terminou, Tania bateu as mãos de alegria.

Era assim que Rachel passava o tempo, em vez de estudar, em vez de ficar com ela. Rose se levantou de repente e saiu da cozinha. Chegou até a porta da Casa Brontë e parou.

Qual era o seu problema?

Rachel só estava conversando com algumas garotas! Ela se virou e já voltava para a cozinha quando ouviu uma risada. Ao chegar mais perto, escutou perfeitamente a voz de Rachel dizendo:

– Ah, não liguem para a Rose. Ela é tão carente e possessiva! Está me deixando completamente maluca.

Rose entrou na cozinha e encarou a amiga. Como ela podia falar isso? Sem dizer uma palavra, saiu novamente.

Instantes depois, ouviu que Rachel a seguia pelo caminho.

– Rose, não seja boba. Eu só estava brincando.

Rose manteve a cabeça baixa e andou rapidamente. Chegou ao quarto e trancou a porta por dentro, ignorando os chamados e as batidas na porta de Rachel. No dia seguinte, acordou cedo e fez as malas para o recesso escolar. Então, caminhou até o ponto de ônibus e foi até Holt sozinha. Não era permitido, mas ela não ligou e ficou lá o dia todo, até ter certeza de que Rachel teria ido embora.

A amizade deveria ter terminado aí.

Ao voltarem para a escola, Rachel não se mostrou arrependida.

Rose não recebeu e-mail algum de Rachel pedindo perdão e, quando Rose esbarrava com ela, Rachel era fria e distante. Rose a via muito com Tania Miller e as garotas da Casa Brontë. Era como se ela tivesse ofendido Rachel, não o contrário. Rose estava sendo punida, mas, em vez de se manter firme em continuar afastada, aquilo a deixava profundamente infeliz.

Queria a amizade de volta.

Tinha passado dos limites e sido muito possessiva. Talvez por ser sozinha no mundo, tivesse se apoiado demais na amiga. Ela podia mudar. Podia ser menos *carente*.

Escreveu uma carta. Disse que sentia muito, que tinha sido muito controladora e interferido demais nos trabalhos de Rachel. Queria que fossem amigas de novo e, daquela vez, não seria tão possessiva. Daquela vez, a amizade seria diferente. Colocou o envelope embaixo da porta de Rachel uma noite e esperou. Cinco minutos depois o envelope apareceu embaixo da porta dela. Feliz, ela o pegou. Rachel tinha escrito as seguintes palavras: *Senti sua falta! Vamos ser amigas de novo! Vejo você no café da manhã. Com amor, Rachel.* Ela olhou melancolicamente para a parede ao lado. Rachel estava a poucos metros de distância. Por que não tinha batido em sua porta e a convidado para ir até seu quarto? Por que ela não estava ansiosa para colocar o papo em dia, para conversar sobre o que aconteceu, para lhe dar um abraço? Rose se deitou na cama. Não poderia ir até a porta ao lado naquele instante. Teria de esperar o dia seguinte.

No café da manhã, Rachel parecia feliz e animada em vê-la. Mas, em vez de esperar que Rose terminasse de comer, levantou-se e saiu para a aula, dizendo:

– Vejo você mais tarde.

Rose sorriu e ela foi embora. Mais tarde, naquele dia, Rose a viu com Tania Miller perto do lago dos barcos, andando juntas. Observou Rachel, que ria e conversava. Cada movimento, cada balançar de cabeça, cada gesto fazia Rose sentir uma leve pontada de dor por dentro; então, virou-se para ir embora, pensando se eram mesmo amigas de novo ou se Rachel estava fazendo algum joguinho com ela.

O som de uma mensagem de texto assustou Rose, acordando-a de seus devaneios. Percebeu então a claridade forte do dia e que estava ali, em Holt, e não na escola, um ano atrás, quando tentava desesperadamente ser amiga de Rachel de novo. Sentiu a tensão desaparecer e leu a mensagem. Era da Amanda. **Encontro você no Cosy Café em 5 min.**

Ela foi até o café e delicatéssen que ficava no centro da cidade. Amanda e Molly já estavam sentadas lá dentro. Rose pediu um chá de hortelã e se sentou com elas. Soprou a fumaça de cima do copo e mexeu o chá com uma colher comprida. Molly estava cutucando Amanda e fazendo sinal para o balcão, onde um rapaz de avental branco atendia os clientes.

– É o Tim Baker – disse Amanda, explicando. – Será que ele sabe sobre a Rachel?

Rose olhou para ele, interessada.

– É claro que sabe – disse Molly.

– Ele não parece muito chateado.

– O irmão de Juliet Baker? – indagou Rose, lembrando-se vagamente de Rachel ter falado sobre ele.

Amanda assentiu, com a boca cheia de bolo.

– Por que ele deveria estar chateado por causa de Rachel?

– Ele saía com Rachel. Era namorado dela – disse Molly.

– Ele não era exatamente *namorado* – disse Amanda.

– Era sim.

– Por duas semanas! Rachel saiu com ele somente por duas semanas. Acho que isso não pode ser chamado de namoro.

Rose olhava de Amanda para Molly e de volta para a primeira.

– Foram mais do que duas semanas. E, em todo caso, era sério. Ele costumava ir até a escola em sua BMW à noite, e ela escapulia pela porta dos fundos da lavanderia. Quando voltava, ela me mandava uma mensagem de texto e eu descia para abrir a porta – contou Molly.

– Sair do prédio à noite dá suspensão automática – reforçou Amanda.

– Rachel estava apaixonada.

– Não, não estava. Só durou duas semanas.

Amanda parecia exasperada e aquilo chamou a atenção de Rose. Molly mexia no prendedor de pena rosa. Quando tirou a mão do cabelo, segurava uma das penas, que colocou na beirada da mesa.

– Quando isso aconteceu? – perguntou Rose.

– Em setembro. Assim que voltamos – disse Molly, com um olhar cauteloso para Amanda, como se esperasse que ela a interrompesse. – Ela já o conhecia de quando era amiga da Juliet.

– Ela ficou chateada quando tudo terminou? – perguntou Rose, olhando para Molly.

– Muito. Ela o *amava*...

– Você não se apaixona por alguém em duas semanas – insistiu Amanda delicadamente, como se falasse com uma criança pequena.

– Durou mais do que duas semanas – disse Molly, mal-humorada.

Rose comeu o bolo. As duas garotas ficaram em silêncio. Amanda olhava alguma coisa em seu telefone e Molly brincava com a pena rosa, deslizando-a para a frente e para trás pela toalha da mesa.

Pouco depois, elas foram pegar o ônibus. Molly e Amanda conversavam de novo, mas Rose seguia um pouco mais atrás. Pensava na conversa que tinham acabado de ter no Cosy Café. Rachel tinha um namorado. E não qualquer namorado, mas o irmão de sua antiga amiga que cometera suicídio. No ano em que Rose e Rachel tinham sido amigas, as duas chegaram a falar sobre garotos, mas isso era tudo. Não tinham *conhecido* nenhum garoto. Rachel tinha alguns primos de quem falava às vezes e havia os famosos garotos do Colégio Nelson, a alguns quilômetros de distância, que podiam ser ocasionalmente vistos em Holt.

Como eles tinham ficado juntos?

O ônibus dobrava a esquina, seguindo em direção ao ponto delas. Rose tomou uma decisão.

– Vocês podem ir – disse ela, colocando a mão no braço de Amanda. – Acabei de me lembrar de uma coisa que preciso comprar. Eu pego o próximo ônibus.

E saiu em direção ao Cosy Café.

XIII

Tim Baker era um rapaz bonito.

Rose o observava enquanto fingia dar uma olhada no macarrão orgânico. Ele era alto e tinha ombros largos e braços musculosos, como se praticasse algum esporte. O cabelo estava cortado curto, mas suas costeletas eram cuidadosamente bem-feitas, como se ele se importasse com a aparência. Tinha um sorriso aberto, que mostrava dentes brancos e bonitos, e facilidade para lidar com os clientes, conversando amigavelmente com cada um.

Ela não fazia ideia se ele se parecia com sua irmã, Juliet. Rose só tinha visto fotos dela espalhadas pela escola. Lembrava-se de que a primeira vez em que ouvira falar no nome dela tinha sido na manhã em que anunciaram a morte de Juliet. Na ocasião, as garotas foram chamadas para uma reunião especial, no fim das aulas da manhã, e seguiram para o salão principal, resmungando, pensando nos preciosos minutos que seriam cortados de seu horário de almoço. A sra. Abbott estava na frente, de pé em uma postura bem rígida, parecendo extremamente séria. Depois que ela informou a todos, houve orações e um minuto de silêncio, mas Rose não tinha ideia do que pensar. Juliet Baker era apenas um nome para ela. Não pertencia a ninguém que conhecesse ou pudesse imaginar. Juliet era da Casa Brontë e, embora algumas das garotas fizessem aula com ela, nunca ficara cara a cara com a garota.

A sra. Abbott não falou nada sobre a maneira como Juliet tinha morrido. Disse que tinha sido um *terrível acidente* e que deviam *rezar por Juliet e sua família*. Ela não contou que Juliet Baker havia se enforcado. Essa informação veio à tona nos dias seguintes. E somente meses depois, quando ficou amiga de Rachel, foi que ouviu toda a história.

Que estranho Rachel *ter saído* com Tim Baker.

O balcão estava vazio agora e Tim Baker olhava em sua direção, provavelmente se perguntando por que aquela garota estava levando tanto tempo para escolher o tipo de macarrão que queria comprar. Rose caminhou até o balcão de mãos vazias.

– Com licença, você é Tim Baker?

Ele assentiu, franzindo as sobrancelhas.

– Meu nome é Rose Smith. Eu estudava no Colégio Mary Linton. Sou amiga... Pelo menos costumava ser amiga de Rachel Bliss. Você tem alguns minutos para conversar?

– Por quê? – perguntou ele, olhando para ela com hostilidade.

– Não é nada de mais. É só que eu não a via há meses e queria falar com alguém que tivesse estado com ela mais recentemente. Só cinco ou dez minutos?

Ele olhou para Rose de maneira desconcertante e ela teve de desviar o olhar. Quando se virou de volta, a expressão dele havia suavizado.

– Tenho um intervalo em meia hora. Estarei no Cabeça do Rei.

– Está bem. Vejo você lá então.

O Cabeça do Rei estava cheio, mas Rose conseguiu dois lugares na ponta de uma mesa. Havia uma lareira crepitante do outro lado do bar, mas onde ela estava sentada soprava uma corrente de ar bem fria. Rose fechou o casaco. Olhou para baixo e viu suas botas Dr. Martens pretas bem fechadas, uma beirada da meia rosa aparecendo. Ficou feliz por ter se agasalhado bem de manhã. Tomou um gole da bebida e fez careta, porque estava muito fria. Tim Baker chegou um pouco depois e foi direto ao bar sem nem acenar para ela. Depois de pagar pela bebida, foi até a mesa onde Rose estava e se sentou à sua frente. Por fim, depois de tomar um gole de cerveja, olhou para ela.

– Como posso ajudar? – perguntou ele, em um tom debochado, como se estivesse lhe atendendo no balcão.

Havia barulho por todos os lados, várias pessoas conversando ao mesmo tempo. Ela levantou a voz:

– Rachel e eu fomos amigas por cerca de um ano, mas nós... Mas nós nos afastamos e eu não a via há meses. Uma das garotas da escola disse que vocês saíram por um tempo. Só queria saber como ela estava. Se ela parecia infeliz.

– Ficamos juntos por poucas semanas, no fim de setembro, começo de outubro. Eu a via por aí e começamos a conversar sobre Juliet. Na verdade, senti um pouco de pena dela. Rachel parecia bem solitária. Só sei que ela estava sempre *disponível*, se é que você me entende.

Rose não respondeu.

– Duas, três semanas. Passamos algum tempo juntos. Foi só.

– Foi você que terminou?

– Na verdade, ninguém terminou. Eu disse que ligaria pra ela e não liguei. Sabe, realmente sentia muito por ela e no começo era legal ter alguém pra conversar sobre Juliet, mas

depois de um tempo aquilo me trouxe muitas lembranças. Não ia dar em nada. Olha, ela era uma garota atraente e...
— O quê?
— Ela era bem fácil de se levar, se é que você me entende.
Rose franziu as sobrancelhas. Tim Baker estava rindo.
— Não havia romance. Era só pra passar o tempo. E ela também queria.
— Era só pelo sexo?
— Não fique tão chocada. Pensando bem, entendo porque você está chocada. Você não parece o tipo de garota que...
Ele a olhou de cima a baixo, parando para observar as botas pesadas dela.
— Você gosta de garotos?
Rose ficou furiosa.
— Você não me conhece – disparou ela, escondendo as botas embaixo do banco.
Tim Baker ergueu os ombros e deu uma olhada em volta do bar. Ele não parecia mais tão bonito agora. Sua pele era avermelhada, e o nariz, um pouco torto. Rose engoliu em seco e se forçou a continuar conversando com ele:
— Só queria saber se você achou, durante esse tempo em que ficaram juntos, que ela parecia um pouco deprimida. É que ela me escreveu há uma semana me pedindo ajuda, e o mais estranho é que ela falava muito em sua irmã, Juliet...
— Ela não estava nada deprimida quando saía comigo. Parecia muito feliz, acredite em mim.
Tim era tão convencido. Rose não gostava nem um pouco dele.
— Você não está nem triste por ela ter morrido? – perguntou Rose, chateada.

– Escuta – disse ele, afastando a cerveja como se não tivesse intenção de beber mais gota alguma –, quando minha irmã se matou...

Ele a encarou, incapaz de completar a frase. Os olhos dele pareciam pesados, e ela sentiu uma tristeza real por baixo da boa aparência e da confiança.

– Como ela era? Eu não cheguei a conhecê-la quando estava no Mary Linton.

Ele tirou a carteira do bolso e a abriu. Lá dentro, em um compartimento plástico, havia a foto de uma garota sorridente. Juliet Baker. Aquela foto era diferente das que tinha visto pela escola. As do colégio eram formais, geralmente de uniforme. Ela pegou a carteira de Tim Baker e olhou com mais atenção para a imagem. Um rosto pálido emoldurado por um cabelo preto na altura do queixo, a franja jogada para o lado. Tinha um sorriso largo no rosto, os dentes brancos e certinhos como os do irmão. Era bonita e irradiava alegria.

– Quando esta foto foi tirada?
– Alguns meses antes...
– Sinto muito.
– Você nem a conheceu!
– Não, mas sei como é perder alguém.

Ele balançou a cabeça e se levantou.

– Cansei de falar sobre a Rachel – disparou ele. – Sei que você disse que ela era sua amiga, mas não era uma pessoa legal. Não senti nada mesmo quando fiquei sabendo que ela havia morrido. Não sinto muito. Nem um pouco.

Ela o viu ir embora do bar. A porta se abriu e deixou entrar uma rajada de ar frio, e ela tomou sua bebida lentamente por alguns instantes, antes de também se levantar e sair de lá.

No ônibus, ela pensou no que ele dissera sobre Rachel. *Ela era bem fácil de se levar.* Será que tinha sido somente isso? E era essa a razão de Rachel estar tão para baixo? Porque o garoto com quem dormira tinha dado o fora nela sem nem dizer adeus? As supostas visões de Juliet Baker seriam apenas mais uma das fantasias de Rachel, quando o que tivera, na verdade, fora apenas um coração partido?

Pensou em Joshua. Como ele era diferente de Tim Baker. Ela nunca poderia imaginá-lo falando de uma garota como Tim fizera. Joshua tinha perdido o pai, mas não guardara nenhuma amargura dentro dele. Ele não descontaria nas outras pessoas.

É por isso que ela gostava tanto de Joshua.

Rose olhou pela janela e viu a paisagem do campo passando depressa. Por que ela estava ali, no ônibus, perdendo tempo com seu passado? Rachel estava morta. Já tinha levado as cartas. Por que não deixar as coisas para lá? Por que deveria se importar com o estado de espírito de Rachel antes de morrer? Talvez devesse fazer as malas e seguir para Stiffkey e se encontrar com Joshua.

Caminhou do ponto do ônibus de volta para a escola. Colocou as mãos nos bolsos, o ar frio lhe cortando a pele. Alguns carros passaram e, quando chegou à entrada da escola, olhou para a beirada do gramado perto de onde Joshua tinha parado o Mini de Skeggsie para deixá-la. Tinha marcas de pneus por cerca de dez metros, indicando que vários carros paravam ali para deixar ou pegar as pessoas. Provavelmente a BMW de Tim Baker tinha ficado ali algumas noites enquanto ele esperava Rachel escapulir pela lavanderia para sair da escola.

Ela seguiu pela entrada dos carros, caminhando lentamente, sem muita vontade de voltar ao Mary Linton. Pensou em como Joshua devia estar se saindo e pegou o telefone do bolso para ver se havia alguma mensagem. Não havia ligação perdida ou mensagem de texto. Talvez ela devesse entrar em contato com ele e falar que queria voltar para Londres. A casa de Anna parecia acolhedora depois de estar ali de volta à escola. Queria estar em seu estúdio, ouvindo música, desenhando ou usando o laptop. Por que não ligava para ele? Se fosse embora logo, poderiam chegar em Londres na hora do chá.

Então, respirou fundo. Seria injusto fazer isso. Joshua tinha ido explorar as áreas marcadas no mapa do pai. Era importante para ele. Parecia empolgado nos e-mails. Se fossem agora, ela o arrastaria de volta antes que ele descobrisse o que quer que estivesse procurando. Em todo caso, ela ficara de falar com a polícia. Em menos de vinte e quatro horas, teria terminado tudo o que tinha ido fazer ali na escola e estaria a caminho de casa.

Apressou o passo.

Quando chegou perto do prédio principal, viu grupos de garotas sem uniforme andando ou correndo pelo gramado. Era uma tarde de sábado. Havia sempre prática de esportes, coro, música ou grupos de teatro. E também era hora de escapar e explorar o terreno atrás de algum lugar mais reservado para ficar longe do prédio da escola e dos olhos gentis, porém atentos, das supervisoras. Ela foi até o pátio e parou. Eram 14h30. A polícia devia chegar às 15h para falar com algumas das garotas e com os funcionários. Rose estava com calor depois da caminhada, então decidiu se sentar um pouco, em vez de voltar para o quarto.

Observava preguiçosamente os grupos de garotas à sua volta. Uma grande gargalhada irrompeu de repente de um grupo de meninas mais novas usando jeans coloridos e coletes acolchoados. Ela olhou para suas roupas: moletom branco, calça preta, casaco cinza. Tim Baker a achara sem graça, desinteressante. *Você não parece o tipo de garota que...* O que ele quis dizer? Que não parecia o tipo de garota que gosta de rapazes? De quem os rapazes gostam? Que não era fácil de se levar?

Ela ligava para isso?

Com certeza nunca iria se interessar por alguém como Tim Baker. Metido e arrogante, ele a fazia se lembrar de alguns dos garotos de seu colégio em Londres, que ficavam admirando as próprias imagens nas vitrines das lojas, conscientes de sua habilidade de atrair as garotas. Joshua não era assim. Parecia completamente alheio a essas coisas. Nada preocupado com sua aparência ou como as outras pessoas o viam. Ele era atraente, ela sabia disso. A garota, Clara, veio à sua mente e ela ficou angustiada por um instante. Clara, que visitara o apartamento e fora com Joshua ao restaurante russo em South Kensington. Será que ela era namorada dele?

Não pense nisso, Rose!, disse a si mesma.

Olhou para o prédio da escola, os olhos inevitavelmente atraídos para o andar de cima e para a janela de seu antigo quarto. Em seguida, olhou para o quarto ao lado, o de Rachel. Havia um rosto olhando para fora.

Ela levou um susto. Sentou-se direito e olhou melhor. Era uma garota olhando para o gramado. Lembrou-se das cartas de Rachel e de que contara ter visto o rosto de Juliet Baker em seu quarto. Rachel achava que tinha visto um fantasma.

Quem era? O que aquela pessoa estava fazendo no quarto de Rachel?

Ela se levantou e caminhou de maneira decidida em direção à entrada do prédio.

Não podia ser um fantasma, mas Rose queria saber quem era.

XIV

– O que você está fazendo aqui? – perguntou Rose.

A porta do quarto de Rachel estava aberta. Uma garota se virou e olhou para ela. Tinha cabelo bem curto. Parecia familiar e Rose levou alguns segundos para reconhecê-la.

– Tania!

Era Tania Miller, a garota da Casa Brontë com quem Rachel tinha uma amizade intermitente.

– Me desculpe, não reconheci você...

Tania parecia tão diferente. Já não tinha mais o cabelo comprido e brilhante, e seu rosto agora estava mais redondo, os lábios mais cheios. O cabelo que Rose admirava costumava ser o que mais chamava atenção em Tania, mas agora seu rosto se destacava mais, e ela parecia mais despojada, mais bonita de certa forma.

– Gostei do cabelo.

Tania deu de ombros.

– Quando você chegou?

– Ontem. Vim porque... Bem, fiquei sabendo de Rachel.

A menção ao nome de Rachel fez Tania se encolher. Rose olhou sem jeito para o quarto.

– Só vim dar uma olhada... – disse Tania, respondendo à pergunta não feita. – Estava curiosa. Mas é só um quarto vazio.

Rose assentiu, concordando. Tania parecia que ia dizer alguma coisa, então balançou a cabeça.

– Sinto muito por ela – disse Rose. – Você sabe que já não éramos amigas, mas não queria que nada acontecesse com ela.

Tania assentiu. Parecia a ponto de chorar.

– Mas vocês duas eram amigas na Brontë e depois se reaproximaram.

– Nossa amizade ia e vinha...

– As coisas eram assim com Rachel. Tudo ia e vinha.

Tania conseguiu abrir um sorriso, mas seus lábios pareciam retesados.

– Vejo você por aí – despediu-se ela, e passou por Rose, saindo do quarto de Rachel.

Rose pensou em ir atrás dela, mas mudou de ideia. Entrou no quarto de Rachel e fechou a porta. Sentou-se na ponta da cama e olhou em volta. Não havia nada de Rachel por ali. A cama estava sem lençol e toda sua parafernália adolescente tinha sido empacotada para ser mandada de volta para a casa dela.

Ficou pensando em quem teria cuidado daquilo. Um dos funcionários da limpeza ou talvez a própria Martha Harewood? Imaginou a supervisora por um instante, movendo-se silenciosamente pelo quarto de Rachel, dobrando as roupas, embalando fotos e enfeites com plástico bolha, arrumando artigos de higiene pessoal em uma caixa ou em uma bolsa. Os livros deviam ter sido enviados em uma das caixas de papelão reforçadas que as garotas recebiam no fim de cada período de verão. Tudo sempre tinha que ser esvaziado para que fosse cuidadosamente limpo para o novo semestre.

Onde estariam as coisas de Rachel? No porão? Trancadas em algum armário? Rose suspirou. O quarto ficava tão diferente sem os cartazes, livros e enfeites de Rachel. Parecia despido, vazio, como se tivesse sido roubado.

Rose adorava ficar no quarto de Rachel com ela. Quando se tornaram amigas, as duas costumavam passar algum tempo lá todas as noites. Era um lugar em que podiam ler trechos de livros em voz alta, ouvir música e usar os laptops lado a lado.

Quase sempre falavam sobre coisas importantes. Fora lá que Rose contara a Rachel sobre o trabalho de sua mãe e como ela e Brendan Johnson tinham se conhecido enquanto trabalhavam no mesmo setor policial. Contou que eles acompanhavam casos antigos não resolvidos para ver se encontravam pistas que levariam aos criminosos. E que essa era provavelmente a razão pela qual tinham sido assassinados. Mostrou a Rachel fotos que tinha de sua mãe e a amiga se emocionou.

– Ela parece tão jovem! E é muito bonita!

Rachel descreveu a casa nova do pai e lhe contou que Melissa tinha arrumado um quarto para ela ficar sempre que quisesse. *Melissa é uma chata, mas gosta de mim! O que posso fazer? Nem falo sobre isso com minha mãe.* Também falou sobre o namorado da mãe, Robert. *Ele colocou a mão na minha perna, embaixo da mesa de jantar. Minha mãe estava falando, do meu lado. Eu me levantei e disse que estava sem fome!* Rose ficou horrorizada. *Não posso magoar minha mãe, então tenho que aturar isso.*

Quando esgotavam os assuntos, elas se deitavam na cama de solteiro. Rose para um lado, Rachel para outro, e ouviam música.

E também cuidavam das unhas.

Rachel tinha uma grande variedade de esmaltes e utensílios de manicure e pedicure. Ela fazia as unhas de Rose na sexta à noite porque esmalte e um pouco de maquiagem eram permitidos nos fins de semana. Rose se sentava de frente para ela com as mãos apoiadas em um travesseiro. Rachel pegava as duas mãos e massageava, e lixava cada unha antes de pintá-las de violeta, turquesa ou até mesmo preto. Durante a semana, eram as unhas dos pés, fáceis de serem escondidas sob meias e sapatos. Rose adorava o ritual. Sentia o calor das mãos da amiga massageando sua pele, passando cremes para ajudar a tirar a cutícula e lixando as unhas. Era diferente ficar fofocando ali, sentadas cara a cara, em vez de andando à toa pelo colégio ou sussurrando pelos cantos. Parecia que já eram adultas e não mais garotas de escola.

Rose gostava quando Rachel a mimava.

No entanto, depois da discussão, na época do recesso, as coisas mudaram. O tempo que passavam no quarto de Rachel era reduzido e só quando ela queria. Depois que Rachel respondeu ao bilhete dela dizendo que podiam voltar a ser amigas, Rose tinha que esperar que ela a convidasse para ir a seu quarto. Às vezes chamava, outras não. Rose se deitava na cama tarde da noite e se perguntava o que Rachel estava fazendo. Vez ou outra, ela escutava vozes falando baixinho e ia até a parede para tentar ouvir. E tinha certeza de que Tania Miller estava com Rachel, mesmo que fosse contra as regras receber visitas de outras casas depois das nove horas. Dava para ouvir risadinhas e sussurros, e Rose sentia sua garganta seca como papel, imaginando Rachel e Tania ali do lado; talvez Tania estivesse sentada de frente para Rachel enquanto ela fazia suas unhas com todo cuidado, passando loção nas cutículas.

Então, um dia, tudo mudou.

Rose desceu até o refeitório e viu Rachel sozinha. Aproximou-se com sua bandeja e se sentou ao lado da amiga, surpresa ao vê-la chateada.

– O que houve? – perguntou. – Onde está a Tania?

– Não somos mais amigas.

– Ah.

Rachel deu de ombros.

– Ela é uma vaca estúpida. Não sei por que ligava para ela.

Rose não sabia o que dizer. Sentiu uma onda de alegria invadir o seu peito. Queria sorrir, passar o braço em volta dos ombros dela, confortá-la e voltar a ser sua melhor amiga, mas sentia que não era o mais indicado a fazer, então terminou de comer lentamente.

– Anime-se. Vejo você depois – disse ela, pegando a bandeja e se afastando.

Quando saiu do refeitório, não pôde deixar de sorrir. Naquela noite, um pouco depois das oito, recebeu uma mensagem de texto de Rachel: **Venha até aqui ouvir meu CD novo.** Rose esperou cinco minutos inteiros antes de mandar uma resposta: **Estou terminando um trabalho. Vejo você em meia hora???** Trinta longos minutos depois, ela se levantou e foi até o quarto ao lado. Rachel estava sentada de pernas cruzadas no chão, batendo com os dedos na almofada perto dela.

E voltaram a ser amigas.

Rose seguiu até a sala da diretora, onde foi apresentada à policial Lauren Clarke.

A conversa aconteceu em uma sala de conferências ligada ao escritório da sra. Abbott. A diretora deixou as duas sozinhas, e elas ficaram alguns instantes em silêncio. As cartas de Rachel estavam na mesa entre elas, cada uma dentro de um envelope plástico. A policial lia as cartas com atenção.

– Então você era amiga de Rachel Bliss?

– Bem – disse Rose, soltando o ar através dos dentes –, fomos amigas por um ano e depois nos afastamos. É por isso que não fiz nada quando recebi essas cartas.

– Você não as encarou como um pedido de ajuda?

– A princípio, não. Só me aborreceram, mas, quando vi que continuavam chegando, pedi à minha avó pra telefonar pra escola. Principalmente depois que Rachel me ligou e deixou algumas mensagens. Sabia que devia estar acontecendo alguma coisa com ela. Quer dizer, ela sempre foi um pouco dramática, mas isso...

Rose mostrou as cartas. A policial sorriu e então olhou para um BlackBerry na mesa ao lado dela. Leu alguma coisa e depois olhou de volta para Rose.

– Essas referências a Juliet Baker. O que você achou disso?

Rose deu de ombros. Começava a se sentir desconfortável. Tinha levado as cartas para a escola achando que podiam ajudar, mas ela mesma não tinha falado com Rachel, ou visto a garota nos últimos cinco meses. Qual era a razão de lhe perguntarem alguma coisa?

– Realmente, não pensei nada a respeito. Rachel tem, ou tinha, uma imaginação muito fértil. Achei que ela só estava dizendo isso para...

– Você quer dizer que ela inventou tudo isso?

– Provavelmente. Ela costumava inventar coisas quando éramos amigas.

A policial assentiu. Pegou seu BlackBerry e franziu as sobrancelhas. Rose teve a sensação de que ela estava de saída.

– Posso lhe perguntar como ela morreu? Foi um acidente?

– Caberá à investigação concluir...

– As garotas estão falando que havia bebida. Tinha mais alguém envolvido?

– Receio que eu não possa dizer. É confidencial. A investigação irá...

– Vim de Londres pra trazer essas cartas – disse Rose. – E sei que você não pode me afirmar nada com certeza. Entendo que não tenha permissão pra isso. Minha mãe era policial, então sei como funciona, mas você não pode me dizer nada extraoficialmente? Não vou contar nada a ninguém. Volto pra casa amanhã.

– Sua mãe era policial?

– Sim. Ela trabalhava na Divisão de Casos Antigos.

– Onde? Por aqui? Será que eu a conheço?

– Ela desapareceu há cinco anos – contou Rose, balançando a cabeça. – O policial me disse que ela provavelmente está morta.

– Ah, sinto muito. Não sei o que dizer. Isso é terrível.

– Foi há cinco anos.

– Mesmo assim.

– Sei que você não pode divulgar informação alguma, mas não estudo mais aqui.

– Não podemos deixar que as informações cheguem a conhecimento público.

– Confidencialmente.

– Bem...

– Não vou contar a ninguém.

Ela pareceu pensar a respeito por um minuto.

– Relatórios preliminares sugerem que ela já estava morta há seis ou sete horas quando foi encontrada. Saberemos mais depois da autópsia esta noite. Havia indicações de álcool na cena. Pode ter sido um acidente. Uma adolescente que bebe demais e cai na água. Vemos casos assim às vezes, mas normalmente no verão.

– Rachel não bebia quando eu a conhecia. Ela fumava, mas...

– Sabemos que recentemente ela rompeu com um namorado. Tim Baker. Talvez estivesse deprimida. Ainda tenho que falar com o rapaz. Talvez ele possa esclarecer alguma coisa.

Rose franziu as sobrancelhas. Não conseguia ver Tim Baker servindo de ajuda alguma.

– Ela era amiga de uma garota chamada Molly Wallace.

– Já falei com a Molly. Ela está muito triste. Disse que Rachel a mandou ir embora naquela noite. Queria ficar sozinha.

– Mas por que iria até o lago? Com um frio desse? Você não acha que ela foi até lá com a intenção de...

– O quê?

– De se matar? – disse Rose, por fim.

Tinha tentado não pensar naquelas palavras desde que soubera que Rachel tinha morrido. Olhou de maneira otimista para a policial, esperando que ela dissesse *Ah, não. Com certeza foi um acidente.*

– É uma possibilidade que estamos considerando.

– Ela deixou um bilhete?

– Não, mas nem todo mundo deixa um bilhete. A amiga dela, Juliet Baker, não deixou. A maneira como ela morreu pode ter afetado Rachel profundamente.

– Isso foi há muito tempo.

– As cartas que você recebeu falam sobre as visões da amiga morta, a irmã do namorado. A garota com certeza estava nos pensamentos de Rachel constantemente.
– Então, não está claro se foi suicídio ou acidente?
A policial suspirou e tocou o "L" pendurado em seu cordão.
– Como eu disse, temos que esperar para ver o que o relatório da autópsia dirá. Suas cartas, é claro, mostram o estado de espírito dela, e algumas das outras garotas deram depoimentos que sugerem que Rachel estava agindo de maneira instável nas últimas semanas.
– Certo.
– Sei que você disse que já não eram mais tão amigas, mas ainda assim é um golpe e tanto, não é mesmo? E ainda ter que lidar com o desaparecimento de sua mãe. Olhe, fique com meu cartão. Meu celular e meu e-mail estão aí. Fale comigo caso se lembre de alguma coisa. Estou sempre com o BlackBerry. Recebo mensagens o tempo todo.
– Vou para casa amanhã.
– OK. Entraremos em contato caso seja necessário. E, mais uma vez, sinto muito por sua mãe. E não digo isso só por educação. A força policial detesta perder um dos seus. É terrível.
– Obrigada.
Quando Rose saiu da sala, a sra. Abbott a chamou.
– Rose, você se importaria de se encontrar com o sr. e a sra. Bliss amanhã, ao meio-dia? Eles virão buscar as coisas de Rachel e disseram que gostariam de falar com algumas das amigas dela.
Rose franziu as sobrancelhas. Não queria conhecer ninguém da família de Rachel.
– Preciso voltar para Londres – disse ela.

– Seriam só dez, quinze minutos. Achei que gostariam de conhecê-la. Uma amiga que esteve com Rachel em tempos mais felizes.

Ela não respondeu.

– Rose, a srta. Harewood me disse que você e Rachel tinham brigado, mas agora que ela se foi, esses pequenos desentendimentos não devem ter importância. Apenas quinze minutos. Em meu escritório, ao meio-dia. Deixarei você à vontade para decidir se vai aparecer ou não. Você é uma garota do Mary Linton. Sei que fará o que é certo.

De volta em seu quarto, Rose ligou o laptop e encontrou uma mensagem de Joshua:

Rose! Você não vai acreditar, mas encontrei o lugar que estava procurando. E está marcado no mapa de meu pai. É uma cabana que fica no limite dos alagadiços, alguns quilômetros depois de Stiffkey. Lembra da trilha costeira de que lhe falei? Então, ela segue ao longo de uma área de campos e samambaias e tudo o que se pode ver é o céu por quilômetros ao redor. A gente tem que atravessar um riacho e depois pegar um caminho que vai para a esquerda. Segui por ali e encontrei a cabana abandonada. As janelas estão cobertas com madeira e as portas estão trancadas. E a casa tem um anexo com um barco. O lugar está coberto de teias de aranha, parece que ninguém vai lá há anos.

Quero que você venha ver o lugar comigo. Amanhã de manhã. Coloque sapatos confortáveis. Não vai demorar, mas você precisa ver para não achar que estou maluco. Posso pegar você no portão da escola às oito. Vamos levar uns trinta minutos para chegar aqui e depois posso levá-la de volta para a escola para terminar o que quer que esteja fazendo por aí.

Hoje à noite vou ver um cara que mora aqui. Ele se chama Colin Crabtree e sabe muita coisa sobre Stiffkey e as casas da região. Ele é historiador e reúne informações *sobre o vilarejo e os arredores. As salas das associações comunitárias têm mapas velhos e detalhes de antigos moradores que ele vai me mostrar amanhã de manhã. Depois disso, vou buscá-la e podemos voltar para Londres.*

O que você acha? Isso lhe dá tempo suficiente para terminar o que precisa fazer aí na escola? Bjs, Josh.

Rose se recostou. Na verdade, já tinha terminado o que fora fazer ali. Gostaria de chamar um táxi, ir para Stiffkey e ficar com Joshua até ele terminar sua investigação. Mas ele parecia ocupado e ela provavelmente só iria perturbá-lo. E se sentia pressionada a ver os pais de Rachel ao meio-dia.

Digitou sua resposta:

Josh, vejo você de manhã, às oito. Bjs, Rose.

XV

Rose não teve uma noite muito boa. Ficou virando de um lado para outro na antiga cama e acordou às 0h48, 2h37 e 5h44. Às dez para as seis, ela se levantou e foi ao banheiro. Quando voltou, olhou para a roupa de cama amassada e concluiu que não adiantava tentar voltar a dormir. Pegou o laptop e acessou seu blog, Morpho. Releu suas últimas postagens, então digitou a data e a hora, e começou a escrever:

> Será que Rachel cometeu suicídio? É nisso que venho pensando. Será que ela foi ao lago tarde da noite, com a certeza de que não haveria ninguém por perto, encheu a cara e se jogou na água? Será que esse foi o jeito que encontrou de acabar com a própria vida?
> Se eu tivesse ligado para ela e escutado o que tinha para desabafar, as coisas seriam diferentes? Ou será que ela foi até o lago porque era onde pensava ter visto o fantasma de Juliet Baker? Ela estava deprimida e levou bebida pra lá. Será que, quando viu que não havia fantasma, resolveu se sentar e beber? E, ao se levantar para voltar para a escola, perdeu o equilíbrio e caiu na água?
> Se eu tivesse ligado para ela, será que teria conseguido levantar seu astral, fazê-la se sentir melhor?

* * *

Depois que terminou, desligou o laptop, sentindo-se mal. Desabafar seus problemas com aquela máquina impassível geralmente a fazia se sentir melhor. Mas não daquela vez.

Foi na ponta dos pés até a cozinha, preparou uma xícara de chá e voltou para o quarto. Em vez de ir para a cama, puxou a cadeira da escrivaninha até a janela e tomou o chá enquanto olhava para fora. A lua estava nebulosa, mas havia claridade o bastante para ver o lago e o galpão. Depois de alguns instantes, os olhos dela correram para as árvores que contornavam o estacionamento. Olhou com atenção para elas. Era lá que Rachel tinha visto um fantasma.

Rose estremeceu. O quarto estava frio, o aquecedor central ainda não havia ligado. Terminou de tomar seu chá, vestiu-se rapidamente e então decidiu guardar suas coisas. Quando acabou, eram vinte para as sete. Não era mais tão cedo para descer e preparar seu café da manhã. E depois estaria na hora de pegar o caminho até a entrada, onde se encontraria com Joshua.

O Mini de Skeggsie estava estacionado no mesmo lugar quando ela chegou ao portão da escola. Já não estava com frio, em razão da caminhada, e atravessou a rua rapidamente para entrar no carro.

– Oi! – disse ela.

Joshua abriu um sorriso e ligou o motor do carro. Ela estava tão feliz em vê-lo. Teve de se controlar para não estender a mão e bagunçar o cabelo dele de completa alegria.

– Você está bem? – perguntou Joshua.

Ela fez que sim. Ele olhou pelo espelho retrovisor bem na hora em que um carro surgiu, acelerando pela rua, alcançou o Mini, girou na frente deles e estacionou alguns metros à frente. O freio fez um barulho alto em dissonância com a quietude da manhã de domingo na estrada no campo. Era uma BMW azul.

– Quem será? – indagou Rose.

Joshua pegou a estrada e passou lentamente pelo carro estacionado. Rose se virou para olhar. O motorista do carro era Tim Baker. Naquele instante, surgiu alguém na pista que seguia para a escola. Ela reconheceu Tania Miller imediatamente, mesmo com seu cabelo curto coberto por uma touca de lã. Tania atravessou a estrada e entrou na BMW.

Veja só isso, disse Rose a si mesma. *Tania Miller e Tim Baker.*

A viagem foi mais curta do que Rose havia esperado. Eles entraram no pequeno vilarejo de Stiffkey, passando pela Rosa Branca, onde Joshua estava hospedado. Um pouco depois, dobraram à direita, onde uma placa dizia *Praia*.

– Tem uma praia pra lá?

– Não. Ou melhor, *tem* uma, mas é preciso caminhar vinte minutos pelos alagadiços pra chegar lá. Se você conhece o caminho, tudo bem. Se não, vai com água até a altura dos tornozelos.

Rose torceu o nariz e olhou para seus DMs. *Coloque sapatos confortáveis*, Joshua dissera no e-mail. Era só o que Rose tinha: botas e sapatos baixos confortáveis. Será que ele não havia notado? Ela ficou pensando no quanto teria de andar até aquele tal lugar. O carro seguia lentamente pela estrada, onde as casas iam ficando cada vez mais espaçadas. À direita, havia uma área de acampamento cheia de barracas e trailers. À sua frente, Rose podia ver o horizonte estendendo-se de uma ponta a outra como se alguém tivesse desenhado uma linha no céu; os alagadiços, uma extensão de campos, juncos e arbustos.

– O que houve com o mar?

– Está pra lá, em algum lugar. Dá pra sentir o cheiro e percebê-lo no ar, mas não pra ver.

– Hum.

– Fico surpreso que você não saiba. Você não frequentou a escola por aqui durante anos?

Eles estacionaram o carro em uma pequena área asfaltada.

– Nunca fomos a nenhum lugar assim.

Saíram do carro. O barulho das portas batendo soou alto.

– Vamos ter que andar por ali? – perguntou Rose, apontando na direção do mar.

– Não, a trilha costeira segue por aqui. É seca, um pouco lamacenta em alguns lugares. São uns quinze minutos de caminhada.

Eles andaram em silêncio por um tempo, Joshua na frente, Rose alguns passos atrás. O caminho tinha espaço suficiente para um veículo passar e marcas de pneus dos dois lados, deixando sulcos lamacentos nos quais ela evitava pisar. Algumas das marcas saíam da trilha principal em direção aos alagadiços. Joshua se virou e viu que ela as observava.

– Há praias pra lá, enseadas e trechos de areia e pedras onde as pessoas tomam banho. Mas você precisa conhecer as trilhas. É o que Colin Crabtree me disse.

Rose olhou para os alagadiços, tons de verde sujo se fundindo em marrom, que se estendiam até onde a vista alcança. Ela não via nenhuma enseada ou extensão de água azul, embora pudesse *sentir* a presença do mar: um cheiro de sal ou água salgada no ar à sua volta. No céu, o sol estava enevoado e alto. Fazia frio e ela sentia uma brisa incômoda em sua nuca.

– Colin Crabtree foi uma mina de informações – explicou Joshua, esperando que ela o alcançasse e caminhasse a seu lado. – Ele falou que este lugar, que chamou de Cabana do Pescador, está vazio há trinta anos ou mais, mas as pessoas da cidade achavam que alguém tinha comprado a casa há quinze anos e começado a reformá-la. Só que depois o trabalho parou e ela ficou fechada de novo. Ele disse que as pessoas que moram nas casas mais próximas dizem ver um Land Rover seguindo pela estrada naquela direção às vezes, mas depois ficam sem ver nada durante meses.

– Como você sabe que o lugar é este?

– Eu simplesmente sei – disse ele misteriosamente, passando o braço pelo dela e puxando-a, como se ela estivesse ficando para trás de propósito.

O caminho chegou a uma bifurcação. Logo depois, ela pôde ver água a distância, uma enseada.

– É o riacho, mas nós vamos por aqui.

A trilha continuava, mas as plantas foram ficando mais fechadas e espinhosas. Rose tinha de andar com cuidado, abaixando-se de vez em quando para evitar ser cortada por algum galho. Então, de repente, chegaram a uma área aberta e, à sua frente, havia uma pequena cabana com a frente de ardósia, tábuas presas às janelas e uma porta pesada. Mais para o lado, viram um anexo e, na frente, um jardim malcuidado. Parecia que o lugar estava abandonado.

– Não foi assim que você a descreveu pra mim – disse Rose. – Você falou que era branca.

– Eu sei. Acho que eu só tinha uma *sensação* deste lugar. Sabia que era uma casa e minha mente criou a imagem de uma casa. Eu tinha uma essência dela, e não uma imagem real.

Rose comprimiu os lábios. Não queria brigar com Joshua, mas será que ele não tinha encontrado o que queria achar? Um mapa com um vilarejo marcado. Uma cabana abandonada. Uma sensação que tinha ao tocar uma roupa de seu pai? Será que significava algo mais do que isso?

– Venha dar uma olhada no barco – pediu ele, andando em direção ao anexo.

Estava animado, com um sorriso aberto no rosto. Ela o seguiu, relutante.

– Esta porta tinha um cadeado, que se desmontou quando mexi nele, como se estivesse lá só pela aparência.

Ele abriu a porta e os dois entraram em um grande espaço escuro que cheirava a mofo. Na parede dos fundos havia um barco. Estava coberto por uma lona e preso no alto em suportes de madeira. Rose podia ver seu casco se curvando sob o forro e, por um segundo, lembrou-se de seu violino guardado na gaveta na casa de Anna, que já não tocava há meses.

Joshua estava parado à porta.

– Venha dar uma olhada na casa.

Ele foi até a frente da cabana. A porta era de uma madeira pesada e tinha dois cadeados, um no alto e outro a três quartos da parte de baixo.

– Um deles é mais novo do que o outro – disse ele.

E segurou o cadeado. Era de bronze e parecia que tinha sido colocado ali recentemente. Rose olhou para longe e viu campos e um bosque. Dava para ouvir o som de um carro a distância, mas não viu movimento algum. Era um lugar reservado, que não ficava à vista de nenhuma outra construção. Mas e daí?

– Como você pode ter certeza de que isso tem alguma coisa a ver com Brendan? Há provavelmente dezenas de construções assim ao longo da costa.

– Sabia que você não acreditaria em mim.

– Você não está se agarrando a qualquer coisa?

Ele balançou a cabeça.

– Só posso dizer que sei que é aqui. Este lugar estava marcado no mapa do meu pai. E me passa a *sensação* de ser o lugar certo. Em todo caso...

Ela suspirou e virou para o outro lado. A brisa soprava em seu cabelo. O que ela estava fazendo ali? No meio do nada? Aquele lugar não se parecia com nenhuma costa que já tinha visitado e, pelo que podia se lembrar, nunca tinha estado em um lugar como aquele com sua mãe ou com Brendan e Joshua enquanto moraram juntos.

– Sabia que você reagiria assim – disse Joshua. – Eu não traria você aqui a não ser que tivesse certeza. Veja.

Ele tirou alguma coisa do bolso do casaco. Era o chaveiro que tinha achado na pasta com os pertences do pai. Joshua o estendeu para ela. O chaveiro ficou balançando no ar entre os dois.

– O quê?

– Pega – disse ele.

Ela pegou o chaveiro, parecendo confusa.

– Abre o cadeado de cima.

Ela olhou para a porta.

– Essa chave abre o cadeado? Você já tentou?

– Abre logo. Assim você vai se convencer – disse ele, mais sério.

Ela foi até a porta e pegou o cadeado prateado, já sem brilho e meio sujo. A chave, ao contrário, estava clara e brilhante. Ela enfiou a chave no lugar e tentou girar. Como não se mexia, ela ficou na ponta dos pés e tentou de novo e, desta vez, a chave virou e o cadeado se abriu como uma garra de caranguejo.

– Caramba.

– É isso, Rosie. Este lugar tem alguma coisa a ver com o papai, Kathy e o que aconteceu com eles. Se eu tivesse um pé-de-cabra, podia tirar o outro cadeado e olhar lá dentro.

– Invadir?

– Hoje não. Mas verei Colin Crabtree de novo daqui a pouco e talvez consiga mais informações. Também vou entrar em contato com nossos procuradores. Se esta cabana é do meu pai, então deve pertencer a mim agora. Aí vou poder entrar nela legalmente.

Se esta cabana é do meu pai. Sempre que Joshua ficava empolgado por descobrir alguma coisa, ligava a coisa a Brendan. Ele parecia se esquecer de que a *mãe* dela também tinha desaparecido.

– É melhor a gente voltar – disse ela, tremendo.

– Você pode ao menos fingir estar interessada?

– Em quê? Num prédio abandonado? Talvez pertença a seu pai. Talvez seja mesmo dele, mas *olhe*, ninguém vem aqui há anos. Isso não nos diz nada!

Joshua soltou o ar através dos dentes e saiu de volta em direção à trilha costeira. Estava irritado com ela. O que ele esperava? Ela o seguiu e se lembrou de algumas semanas atrás, quando tinham descoberto coisas impressionantes sobre o desaparecimento de seus pais. Rose fora cética a respeito, mas ele a envolvera e ela passara mesmo a esperar que algo surgisse da busca deles.

Na época, ele estivera certo em insistir.

– Josh – chamou Rose, mas ele não se virou.

Correu atrás dele.

Ela estava cética. A cabana não parecia ter ligação com nada. Podia ser alguma coisa só do Joshua e do Brendan. Talvez uma casa de férias que Brendan comprara e tentara reformar durante um tempo. Talvez tivesse sido quando Joshua era um bebê ou bem pequeno e ele tinha alguma vaga lembrança. E daí se a chave estava nas coisas de Brendan, perto de um lugar marcado em um mapa. Brendan não teria a chave do lugar se fosse sua casa de férias?

No entanto, geograficamente, aquele lugar não parecia importante. Sua mãe e Brendan tinham desaparecido após um jantar em um restaurante em Islington, no coração de Londres. Rose e Joshua sabiam agora que eles tinham pegado um avião para Varsóvia. Depois disso, não tinham mais nenhuma informação.

Exceto pelos cadernos e a foto de Viktor Baranski, o russo que havia sido encontrado morto na costa de North Norfolk. Mas Rose não fazia a mínima ideia se os cadernos tinham alguma coisa a ver com sua mãe e Brendan ou se eram somente alguns pertences estranhos de Frank Richards, o homem que lhes contara que seus pais estavam vivos.

Frank Richards. Tinha pensado nele na noite anterior. Lembrara-se dele como o vira semanas antes saindo de seu apartamento, puxando uma mala de rodinhas. Ele estendera o braço para chamar um táxi, então lhe dera o número de telefone. Frank Richards lhe dissera que era seu trabalho cuidar dela enquanto sua mãe estava longe de sua vida.

Será que era verdade? Ou apenas alguma fantasia de um homem perturbado? Com certeza, ele mostrara, por outras coisas que fizera, que era perigoso e imprevisível. Mas Rose guardara o número, por via das dúvidas. Adicionara o contato em seu celular com o nome de Frank Richards, como se ele fosse outro conhecido qualquer. De vez em quando, pegava o telefone e dava uma olhada no número. Os algarismos estavam sempre firmes na pequena tela, mas, para ela, as letras pareciam indistintas e frágeis.

– Venha, Rose.

Joshua a chamou de *Rose*. Isso queria dizer que estava chateado. O carro de Skeggsie estava logo à frente, e ela ficou feliz em sair da brisa fria.

– Sinto muito – disse ela, enquanto se sentavam. – Eu devia ter sido mais otimista. Só não consigo levar isso muito a sério.

– Por causa do que eu lhe contei sobre o casaco do meu pai? A ideia de algo *sobrenatural*?

Ela deu de ombros. Pensou em Juliet Baker supostamente aparecendo na escola quase dois anos depois de ter cometido suicídio.

– Nem tudo pode ser explicado pela ciência – disse ele.

– Essa é a última coisa que pensei ouvir de você.

– Anos atrás, as pessoas diziam que os esquizofrênicos estavam possuídos pelo demônio. Agora entendem a doença e sabem que as pessoas realmente *ouvem* vozes. Não há nada de sobrenatural nisso.

– E daí?

– Daí que aquela sensação que eu tenho talvez não tenha nada a ver com fantasmas, talvez seja um tipo de energia psíquica. Não entendemos isso agora, mas no futuro...

Rose não pôde evitar balançar a cabeça.

– Certo – disse Joshua, com voz dura, ligando o carro e dando uma ré rápida. – Eu não devia ter dito nada.

Ele saiu do pequeno estacionamento e seguiu pela pista. Já na estrada, acelerou e eles ficaram em silêncio por todo o caminho de volta para a escola. Quando chegaram ao portão, ela notou, surpresa, que já eram quase 10h30.

– Tenho que pegar minhas coisas na pousada, ver Colin Crabtree e depois volto para buscar você. Pode ser à uma hora? Aqui ou lá na escola? – perguntou ele, sem emoção na voz.

– Na escola – respondeu ela.

Rose desceu do carro. Ele foi embora sem ao menos acenar. Ela bufou de raiva. Estava irritada consigo mesma. Por que não podia ter fingido que acreditava? Que diferença teria feito? Ao cruzar a estrada para a entrada da escola, lembrou-se de quando vira Tania Miller entrando na BMW de Tim Baker. Pensou se aquilo era importante ou se era apenas outro fato casual que não tinha nada a ver com o resto.

XVI

De volta ao Mary Linton, ainda tinha mais de uma hora até o encontro com os pais de Rachel. Rose decidiu tomar um café e comer um sanduíche no refeitório. Viu Molly sentada sozinha e, depois de pagar, foi até lá e se sentou em frente a ela.

– Oi.

– Olá, Rose.

– Como você está?

– Estou bem.

– Onde está a Amanda?

– Não tenho certeza.

Fez-se um silêncio desconfortável. Rose falou:

– Então você e Rachel ficaram amigas – disse ela gentilmente, tirando o papel celofane do sanduíche.

– É.

– Como isso aconteceu? Quer dizer, como vocês se aproximaram?

– Fazíamos algumas aulas juntas. Ela estava meio de saco cheio das garotas na sala de lazer, então passávamos muito tempo no quarto dela.

Rose não falou nada. Aquilo era a cara da Rachel.

– Sei que Amanda não ia muito com a cara dela e que vocês duas tinham brigado, mas eu gostava dela.

– Você sabia que Rachel pensava ter visto um fantasma?

Molly fez que sim.

– Ela me escreveu contando – disse Rose. – Estava bem perturbada...

– Escreveu pra você?

– Três cartas. Eu as trouxe comigo e entreguei tudo para a polícia.

– Ela não falou nada.

– É óbvio que ela estava passando por momentos difíceis. Que bom que Rachel tinha você por aqui.

Molly parecia pouco à vontade. Ficava mexendo em uma presilha em seu cabelo, tirando e colocando de volta.

– Rachel me fez jurar não contar nada a ninguém sobre o fantasma. Tinha medo de que as pessoas achassem que ela estava maluca. Viu o fantasma uma vez no quarto dela e outra à noite, perto do estacionamento. Disse que parecia Juliet Baker.

– Será que ela estava só inventando?

– Não. Parecia que ela acreditava mesmo nisso.

– Mas às vezes era difícil saber quando Rachel estava dizendo a verdade. Ela era uma garota estranha.

Molly ficou pensativa.

– Ela realmente andava meio depressiva. Quando tudo começou, essa história do fantasma, perguntei se ela achava que podia ter alguma coisa a ver com sentimentos de culpa em relação à morte de Juliet Baker. Dizem que, quando uma pessoa comete suicídio, a família e os amigos sofrem com a culpa. Eles sempre acham que podiam ter feito alguma coisa. Então ela ficou transtornada e perguntou: *Por que eu me sentiria culpada? Não tenho motivo nenhum para me sentir culpada.*

Juliet Baker se matou por causa do pai dela. Não teve nada a ver comigo!

– Por causa do pai dela?

– Ele era jardineiro aqui na escola. E perdeu o emprego. Não trabalhava aqui há muito tempo quando foi mandado embora.

– É verdade. Ele era um jardineiro. Eu me lembro de Rachel falar sobre isso quando nos conhecemos – disse Rose, tentando visualizar os diversos homens que tinham perambulado pelos jardins ao longo dos anos.

– Enfim, ter sido mandado embora o chateou muito, pelo que Rachel me contou.

– Mas o que isso tem a ver com o suicídio de Juliet?

– Não foi muito depois disso que ela morreu.

Rose mordeu o lábio. A segunda metade de seu sanduíche ainda estava inteira.

– Lá vem a Amanda – disse Molly.

Molly acenou. Rose olhou para as portas de vaivém e viu Amanda entrar no refeitório e ir direto até elas. Trazia o laptop embaixo do braço e alguns livros na mão. Quando chegou, apoiou tudo na mesa. Parecia irritada.

– Terminou o trabalho? – perguntou Molly.

– Um primeiro rascunho. Oi, Rose!

Ela começou a bater as mãos nos bolsos e estalou a língua, aborrecida.

– O que foi? – perguntou Molly.

– Devo ter deixado meu telefone na biblioteca.

– Vou buscar – ofereceu Molly, levantando-se. – Senta aí, você parece cansada. Onde você estava?

– Na seção perto do vitral.

– Volto rapidinho!

Rose ficou vendo Molly atravessar o refeitório, desviando das mesas e sair em disparada pela porta. Queria revirar os olhos, mas Amanda olhava preocupada para Molly.

– Num minuto está bem, no outro, se afogando em lágrimas. Acho que ela devia passar um tempo em casa.

– Ela realmente parece chateada com o que houve.

– Ela gostava de Rachel. Uma das poucas. Acho que Rachel só a usava. Precisava de alguém para abrir a porta para ela na volta, quando matava aula com Tim Baker.

– Quando saíam de BMW?

– Não só nessas ocasiões – disse Amanda, olhando em volta e baixando a voz: – Molly me contou que eles costumavam ir ao galpão. O pai dele tinha uma chave da época em que trabalhava na escola. Tim usava o lugar sempre que queria...

– O galpão? – indagou ela, visualizando Tim Baker com suas roupas bonitas e boa aparência pelas janelas empoeiradas do galpão. As únicas coisas que ela já tinha visto lá eram barcos e teias de aranha.

– Tem um quartinho nos fundos.

Rose teria ficado surpresa ou espantada se já não tivesse falado com Tim Baker. Amanda parecia séria.

– Molly ficou chocada quando Rachel lhe contou o que eles estavam aprontando. Acho que ela provavelmente exagerou para mostrar como se achava adulta.

– Falei com Tim Baker ontem. Ele não tinha uma coisa boa sequer para dizer sobre Rachel. Depois o vi de novo esta manhã, esperando em sua BMW fora dos portões da escola, e então Tania Miller apareceu e entrou no carro!

– Eu sabia. Vi Tania com ele em Holt no sábado passado.

– Rachel não conseguia segurar as pessoas com ela por muito tempo. Acabavam descobrindo como ela realmente era.

– Você já gostou dela um dia – interrompeu Amanda. – Ela deve ter alguma coisa...

– Sim, no começo. Superficialmente. Mas por dentro ela é muito confusa.

– Molly provavelmente encarou isso como um desafio. Ela gosta de ajudar as pessoas. E como Rachel andava sozinha...

– Como eu. Eu andava sozinha, então Rachel se aproximou.

– As pessoas tentaram fazer amizade com você, Rose, mas você era muito reservada. Sempre andava pela escola como se não precisasse de ninguém. E depois, quando ficou amiga de Rachel, você quase não falava com mais ninguém. Vocês duas passavam tempo demais juntas.

Rose se irritou. Era a segunda vez em dois dias que Amanda a aborrecia.

– Me desculpe, estou apenas sendo sincera.

Molly voltava pelo refeitório.

– Aqui está! – disse ela sem fôlego, entregando o telefone a Amanda.

Molly se sentou. Tinha se animado e falava com Amanda sobre algumas garotas que elas conheciam. Rose olhou para o sanduíche e chegou à conclusão de que não queria mais. Despediu-se, subiu a escada para a Casa Eliot e foi para seu antigo quarto.

Quando entrou, sentou-se na cama. Sentia como se tivesse sido repreendida e tinha de admitir que Amanda estava certa. Naqueles últimos meses, ela e Rachel tinham passado tempo demais juntas.

* * *

Depois que Rachel brigou com Tania, Rose e Rachel se aproximaram ainda mais. Rose se lembrava das semanas em que Rachel a tratara com indiferença. Não queria que as coisas fossem daquele jeito de novo. Valorizava muito o carinho da amiga e, depois da terrível briga das duas, estava decidida a fazer tudo diferente.

Quando voltou para a escola após o recesso de Natal, praticamente levantou Rachel no ar e girou-a de tão feliz que estava por vê-la.

Mas aquilo não durou. Os velhos problemas apareceram.

Os trabalhos da escola exigiam muito e, além disso, tinham testes semanais e revisões extras. Rose fazia tudo e seu quarto parecia um enorme arquivo das doze matérias que estava estudando. Rachel ficava para trás e seu quarto era uma confusão, com folhas A4 para todo lado e livros espalhados. Rose não falou nada, nem pegou no pé dela. Daquela vez, deixaria Rachel fazer o que quisesse.

Em fevereiro, Rachel teve de ir para casa por uma semana porque sua mãe estava doente. Quando voltou, estava deprimida e mal-humorada. Algumas vezes, depois de terminar seus estudos à noite, Rose batia na porta de Rachel, mas ela não respondia. Ficava acordada até depois das onze e ouvia Rachel voltar e abrir a porta silenciosamente. Com certeza, tinha ficado escondida em algum cantinho, fumando, com uma janela aberta por perto para deixar a fumaça sair.

Rose não se intrometia, mas perguntou sobre a viagem para casa.

– Minha mãe e Robert vão se casar – disse Rachel, infeliz. – Não acredito que vou ter que aturá-lo morando lá em casa o tempo todo.

– Por que você não conversa com alguém sobre isso?

– Não posso. Minha mãe ia ficar chateada! Bom, de qualquer forma, não quero falar sobre isso. Que tal eu fazer suas unhas?

– Vá em frente – disse Rose. – Pinta com aquela cor perolada clarinha. Ninguém vai notar.

Rachel fez tudo com bastante calma, pintando cada unha cuidadosamente. Elas estavam sentadas no chão, uma de frente para a outra, Rose de costas para a cama. Rachel parecia estar concentrada nas unhas, mas Rose tinha certeza de que a amiga estava pensando em outra coisa. Quase podia *sentir* o peso nos ombros de Rachel.

– Aconteceu alguma coisa? – perguntou Rose. – Semana passada, quando você estava em casa?

Rachel olhava para as unhas de Rose. Balançou a cabeça firmemente, mas não falou. Rose puxou a mão, forçando Rachel a olhar para ela.

– Aconteceu alguma coisa, não foi? O que houve?

Os olhos de Rachel estavam brilhando de lágrimas. Ela virou o rosto, pegou uma caixa de lenços de papel e assoou o nariz.

– O que aconteceu, Rachel?

– Robert entrou no meu quarto.

Rose ficou tensa.

– Não posso manter minha porta trancada o tempo todo. Não dá. Minha mãe vai perceber que tem alguma coisa errada! Enfim, minha mãe já tinha ido para a cama, quando Robert ficou assistindo a um filme e fui me deitar. Desliguei a luz e devo ter cochilado, porque de repente senti um peso de um lado da minha cama. Abri os olhos e ele estava lá sentado. Estava escuro. A casa estava toda escura e ele ali, sentado, me olhando.

– Caramba.

– Então falei num sussurro alto: *O que você está fazendo?* E ele continuou lá me olhando.

Rose sentiu o pescoço se retesar.

– Ele estendeu a mão, tocou meu rosto e disse: *Você é tão bonita.* Foi isso que ele disse. *Você é tão bonita!*

– E o que você fez?

– Eu me afastei e me sentei. Acendi a luz e puxei o edredom até o pescoço. Então ele se levantou e foi para o quarto da minha mãe. Na manhã seguinte, quando minha mãe estava na cozinha e eu, na sala de estar, ele entrou, aproximou a boca do meu ouvido e sussurrou: *Não vou me esquecer da noite passada*. E depois foi trabalhar.

Rose colocou a mão no braço de Rachel. A pele dela estava fria e úmida.

– Isso está me apavorando. Passei a trancar minha porta direto, mas se ele e minha mãe se casarem, não sei o que vou fazer.

– Você não pode conversar com seu pai sobre isso?

– Posso, mas aí o que vai acontecer? Meu pai aparece por lá para acabar com ele e minha mãe vai ficar sabendo. Simplesmente não sei o que fazer!

Rachel não estava chorando, mas parecia perdida. Rose virou o corpo e se sentou ao lado dela e a abraçou. Sentiu-se tomada por um grande carinho por aquela garota transtornada.

Tinha seus próprios problemas, mas o de Rachel parecia mais urgente. Se nada fosse feito, ela teria que viver sob o mesmo teto que aquele cara.

– Você não pode escrever uma carta para sua mãe ou algo assim? Sua mãe vai ficar horrorizada se souber o que aconteceu. Você não quer que ela se case com um canalha, quer? Na verdade, você vai lhe fazer um grande favor.

– Você está certa. Está certa. Vou escrever para ela. Farei isso amanhã. Depois eu lhe mostro a carta.

Rose sorriu. Talvez houvesse mesmo uma forma simples de sua amiga sair daquela situação. Esperou pela carta no dia seguinte, mas Rachel não lhe mostrou nada. *E a carta?*, perguntou Rose. *Vou escrever esta noite*, disse Rachel, mas ainda assim nada. Uma semana depois, Rose encontrou Rachel chorando no refeitório. Tinha acabado de ser repreendida por não entregar os trabalhos de História em dia e parecia perturbada, seu cabelo estava sujo e preso para trás. Suas pálpebras estavam levemente inchadas, como se tivesse andado chorando.

– Qual é o problema? – perguntou Rose, receosa. – Tem alguma coisa a ver com Robert?

– Vou ter que viajar com ele e minha mãe para Paris na Páscoa. Só nós três. Não quero ir, mas como vou dizer não?

– Você precisa contar a alguém o que está acontecendo! – gritou Rose, com um tom de raiva na voz.

– Falei com ele no telefone. Minha mãe disse: *Fale com Rachel, conte a ela sobre a viagem!* Ele pegou o telefone e minha mãe deve ter saído de perto, porque ele falou: *Comprei uma lingerie bonita para você.*

Rose olhou fixamente para ela. Rachel parecia perdida, sem esperanças. Alguém tinha de colocar um fim naquilo. Aquele homem não podia continuar enganando as pessoas e entrar na vida de Rachel. Alguém tinha de informar às autoridades. Rachel estava assustada demais para isso.

Cabia a Rose. Ela precisava fazer alguma coisa.

Rose guardou suas coisas. Depois de terminar, tirou o lençol da cama e deixou-o em um canto.

Saiu do quarto e parou na porta de Rachel. Estava destrancada e ela a abriu. Entrou e foi até a janela. Olhou para o galpão. Pensou no que Amanda dissera e imaginou Tim Baker e Rachel entrando escondidos no prédio tarde da noite. Tim Baker com sua atitude convencida. Quando ela conheceu Rachel, nenhuma das duas tinha sequer *beijado* um garoto. Como Rachel havia mudado tanto em alguns poucos meses? Ou ela havia *se apaixonado*, como Molly dissera?

Talvez essa fosse a resposta. Rachel tinha se entregado a Tim Baker e ele a dispensara. Toda aquela história sobre o fantasma de Juliet Baker era apenas outra de suas histórias.

Rachel estava com o coração partido. Bebeu muito e caiu no lago.

Um acidente.

Rose não tinha culpa de nada. Ela queria tanto acreditar nisso.

Saiu do quarto e desceu a escada até a recepção, deixou a mochila em um canto e foi relutantemente até a sala da sra. Abbott para se encontrar com os pais de Rachel.

XVII

Rose se sentou no corredor. Podia ouvir algumas vozes na sala da diretora. Uma mais próxima do que as outras. Era a de Martha Harewood. Ela, é claro, faria parte de qualquer grupo de funcionários que falaria com a família. Era supervisora de Rachel, talvez a funcionária que se aproximara mais dela durante o período em que estivera na Casa Eliot.

Era a funcionária que conhecia melhor o histórico familiar de Rachel. Fora por isso que, quando Rose decidira contar a alguém sobre o possível abuso que Rachel estava sofrendo do novo namorado da mãe, ela procurara Martha Harewood.

Rose foi falar com a supervisora logo após a última aula, quando sabia que Rachel tinha voltado ao quarto para se trocar.

– Entre, Rose. O que posso fazer por você?

– Quero lhe dizer uma coisa, mas é bem difícil porque estarei revelando algo que me foi contado em segredo, mas, se eu não achasse que era a coisa certa a fazer, se não fosse o melhor para a pessoa em questão, eu não iria lhe falar.

Rose parou. Sentia como se as palavras estivessem saindo desordenadamente de sua boca.

– Você sabe que tudo que me disser não sairá daqui.

– Mas e se um crime estiver sendo cometido? Então a informação teria que sair daqui?

– Ah, sim. Nesse caso, eu não poderia guardar a informação. Mas se algo criminoso está envolvido, então talvez você deva mesmo contar.

Rose hesitou.

– O que é, Rose? Isso obviamente está perturbando você e acho que tem algo a ver com sua amiga Rachel Bliss.

Rose assentiu. Martha esperou. Rose acabou falando:

– É sobre o namorado da mãe dela. Acho que ele está abusando de Rachel. Ou pelo menos pretende abusar. Ela está muito nervosa e não quer magoar a mãe. O nome dele é Robert, e sua mãe está pensando em se casar com ele, e até agora Rachel só teve que aguentar isso nos fins de semana e parte das férias, mas, se os dois se casarem, ele fará parte da vida dela, e Rachel não consegue suportar a ideia de...

– Devagar. Devagar. Me conte tudo bem devagar e seja um pouco mais clara.

Rose começou de novo. Martha ouvia. Rose explicou todas as coisas que Rachel lhe contara. Falou que Rachel precisava trancar a porta e como tudo tinha piorado nos últimos meses. Por fim, contou sobre a vez em que a amiga tinha ido para casa ver a mãe doente e Robert entrara em seu quarto, e em seguida lhe dissera que tinha comprado uma lingerie nova para ela. Martha mantinha os olhos fixos em Rose e um ar de tristeza começou a surgir em seu rosto.

– Ah, Rose – disse Martha, e estendeu o braço para pegar a mão dela.

– O que você vai fazer? – perguntou Rose, subitamente temerosa pelo que contara.

Martha se levantou e foi até um arquivo. Abriu a gaveta de cima e Rose pôde ver que ali estava escrito *décimo primeiro ano*. Ela procurou uma pasta por um instante, até que retirou uma. Então, puxou a cadeira em que estava sentada um pouco mais para perto de Rose. A pasta de Rachel estava à sua frente e a supervisora olhava para ela parecendo um pouco perturbada.

– Rose – disse ela –, vou lhe mostrar isso. Na verdade, não devo revelar essas informações para ninguém, mas acho que é importante que você veja o que está aqui.

Rose franziu as sobrancelhas. Será que aquilo já tinha acontecido com Rachel antes? Será que tinha sido vítima de algum tipo de abuso no passado? Será que Martha estava lhe mostrando aquilo para que não se sentisse mal por ter contado um segredo?

Martha tirou um lacre plástico e pegou a primeira folha da pasta de Rachel. Depois, entregou a Rose, que começou a ler o que estava escrito. Viu o nome e o endereço de Rachel e, embaixo, os nomes de Margaret Bliss e Anthony Bliss. Ao lado, estava escrito *Avós maternos*.

– Não entendo – disse Rose.

Não havia mais nada na folha.

– Rachel mora com os avós. A mãe dela tinha dezessete anos quando Rachel nasceu e queria que ela fosse adotada. Os avós a adotaram, e a mãe se mudou e não viu mais Rachel ou seus próprios pais desde então. Acho que eles ouviram de um conhecido de um amigo que a mãe de Rachel se casou e tem uma família no Norte. Os avós são boas pessoas e amam muito Rachel, mesmo ela tendo sido sempre uma criança muito difícil de se criar.

Rose não podia acreditar no que ouvia.

– Durante os primeiros dez anos de sua vida, Rachel achava que o sr. e a sra. Bliss eram os pais dela, mas então eles lhe contaram a verdade e isso a abalou muito. Talvez eles tenham errado em fazer isso, mas ainda assim... Daí em diante ela começou a se desentender com os avós. Passou por várias escolas, mas achamos que ela havia se adaptado bem quando veio para cá. Então houve o terrível suicídio da pobre Juliet Baker. Quando Rachel e você ficaram amigas, achei que ela tivesse se encontrado. Uma amizade boa e sólida era tudo de que ela precisava.

Rose não conseguia falar. Parecia que seus lábios iriam rachar se começasse a movê-los.

– Vejo que está chateada, mas achei que era importante que você soubesse a verdade. Ela não é uma má pessoa, Rose, e vai conseguir sair dessa fase de inventar histórias.

Fase de inventar histórias. Ela já havia feito aquilo antes. É claro que sim. Fizera no verão passado, quando dissera a Rose que sua meia-irmã tinha leucemia. Rose a perdoara na época e ela prometera nunca fazer aquilo de novo.

– Achamos que Rachel andava bem nos últimos meses. É claro que os trabalhos dela podiam melhorar, mas estávamos tão satisfeitos com a amizade firme de vocês duas.

Rose se levantou. Martha pareceu preocupada.

– Não fique irritada com ela, Rose. Vá conversar sobre isso. Talvez ela se abra. Vocês têm algumas coisas em comum...

Martha hesitou ao dizer as últimas palavras e parecia que desejava não ter falado.

– O que você quer dizer? O que nós temos em comum?

E então Rose entendeu. As duas tinham sido abandonadas pelas mães.

– Não – disse Rose, balançando a cabeça. – Não tem comparação. Minha mãe provavelmente está morta em razão de seu trabalho como policial. Ela é uma heroína. Nunca teria me deixado por vontade própria. Ela foi levada à força. Como você pode comparar isso com uma garota de dezessete anos que não quer seu bebê?

– O que eu quis dizer é que vocês duas estão sem suas mães. Foi só isso...

Mas Rose se virou e saiu do escritório de Martha. E depois seguiu direto pelo corredor, até chegar à porta de Rachel. Ela nem bateu na porta – invadiu. Rachel estava de calça jeans e moletom e parecia que começava a fazer um trabalho. Em sua escrivaninha, Rose pôde ver os vidrinhos de esmalte enfileirados, com suas cores fortes e berrantes.

– O que foi? – perguntou Rachel.

– Você mentiu pra mim. Você mora com seus avós. Toda aquela história sobre o apartamento do seu pai e o namorado novo da sua mãe era tudo mentira.

Rachel desviou o olhar.

– Por quê? – perguntou Rose.

Rachel deu de ombros.

– Como você pôde? Depois do verão passado, quando você me falou da sua suposta meia-irmã? Você disse naquela época que não voltaria a fazer isso. Por que mentiu pra mim?

Rachel fingiu que escolhia um vidro de esmalte. Então abriu a tampa demoradamente. Rose esperou que ela dissesse *alguma coisa*. Mas ela não falou nada.

Exasperada, Rose saiu do quarto. Desceu a escada e saiu do prédio, passando pelas alunas do sétimo ano que improvisavam um jogo de *rounders*. Foi até o canto mais distante do pátio, sentou-se em um banco e segurou o rosto com as mãos.

Estava irritada demais para chorar.

Elas eram amigas há mais de um ano. Rose tinha sido leal e achava que Rachel era uma amiga sincera. Tinham tido seus problemas, mas, apesar de tudo, sentia um imenso carinho por ela. Seria demais dizer que a *amava*? Ficou bem quieta, pensando. Sim, a amava, mas o tempo todo Rachel mentia para ela, inventando histórias sobre sua vida. Que tipo de pessoa ela era?

As lágrimas finalmente vieram, quentes em sua pele.

Estava tudo acabado. Era o fim.

Passou a ignorar Rachel. Continuou a fazer os próprios trabalhos e escreveu uma carta para a avó perguntando se podia deixar a escola no final do ano. Os dias eram longos e solitários, mas manteve a cabeça erguida. Não fazia contato visual com Rachel, mesmo que ela estivesse frequentemente no mesmo pedaço do pátio que ela ou em uma mesa do refeitório próxima.

Então, um dia, semanas depois, quando estava meio para baixo, abriu o laptop e viu as palavras *Nova mensagem*.

Era de Joshua Johnson:

Estou tentando entrar em contato com a Rose Smith, que morava na Brewster Road, em Bethnal Green. Se você for esta pessoa, pode me escrever? Se não, me desculpe por ter incomodado.

Ela olhou para o e-mail sem conseguir acreditar.

Joshua? Ela disse o nome em voz alta, tomada pela euforia. Joshua Johnson, seu irmão de criação. Respondeu na mesma hora.

Querido Joshua, sim, sou eu. Sua irmãzinha de criação, Rose. Como você está? Fiquei muito feliz em receber sua mensagem!

Minutos depois, ela recebeu uma mensagem maior:

Oi, Rosie, finalmente consegui seu e-mail (não me pergunte quantas mensagens mandei para várias "Rose Smith").

Já faz muito tempo que não nos falamos, mas pensei em escrever para lhe contar que estou me mudando para Londres em setembro, para ir à universidade. Vou morar em Camden e acho que não é muito longe da casa da sua avó. Não sei se você vai estar por lá ou até mesmo se vai querer me encontrar para conversarmos sobre os velhos tempos. Durante anos, achei que era uma pena termos perdido o contato. Agora pode ser uma boa chance de voltarmos a nos ver. Joshua.

P.S.: E é desnecessário dizer que poderíamos trocar histórias sobre papai e Kathy. Bjs.

Ela leu a mensagem de novo, duas, três vezes. Então respondeu.

Parecia um novo começo.

A porta da diretora se abriu.

— Você pode entrar agora, Rose — pediu a sra. Abbott.

Martha passou por ela, apertando seu braço. No escritório da diretora, um casal idoso estava sentado nas poltronas. Havia uma bandeja com chá e biscoitos na mesa de centro. A sra. Abbott os apresentou.

— Você é a Rose? — perguntou a mulher. — Rachel falava muito sobre você. Obrigada. Você era uma ótima amiga.

A sra. Bliss tinha uma bolsa quadrada no colo e segurava a alça com as duas mãos. O sr. Bliss se levantou e estendeu a mão para cumprimentá-la.

— Sempre que Rachel ia para casa nos feriados, falava de você sem parar, não é, Tony?

— Ela nos deixava malucos. Rose Smith isso, Rose Smith aquilo!

Rose franziu as sobrancelhas. Não fazia ideia do que dizer. Eles sorriam para ela de maneira encorajadora.

– Sinto muito pela morte dela – disse Rose.

A palavra *morte* soou de maneira desconfortável pela sala.

– É terrível – disse por fim a sra. Bliss, e se virou para o marido. – Ela disse que sente muito pelo *acidente* de Rachel.

– É muito triste – disse o sr. Bliss.

– A srta. Harewood nos contou que você sabia que Rachel era nossa filha adotiva.

– Sabia – disse Rose.

– Ela era nosso orgulho e nossa alegria – disse o sr. Bliss, sentando-se e alisando a calça com a lateral da mão.

– Mesmo que ela nem sempre acreditasse nisso – completou a sra. Bliss, batendo levemente na mão do marido antes de segurar novamente a alça da bolsa.

– Rachel ficou tão chateada quando você saiu da escola. Falou sobre você o verão inteiro.

Rose não sabia o que dizer. Como responder. Como fazê-los se sentirem melhor.

– Vamos deixar a menina ir embora, querida – disse o sr. Bliss.

Ele se levantou e apertou sua mão com firmeza, e a sra. Bliss segurou a outra mão dela e apertou-a brevemente, antes de voltar a se sentar, abraçando a bolsa e suspirando alto.

Do lado de fora, Rose ficou parada por um instante, sentindo o ar frio em seu rosto. Depois, foi até a recepção e pegou sua bolsa. Ela dissera a Joshua para pegar a pista até a escola e buscá-la na entrada, mas agora não queria esperar. Queria se afastar da atmosfera melancólica do prédio e das lembranças que lhe trazia. Saiu pela porta e seguiu em direção ao portão. Encontraria Joshua no caminho.

Queria voltar para sua casa em Londres.

XVIII

Joshua estava atrasado. Rose chegou ao final da pista que levava ao portão e esperava vê-lo, mas a estrada estava vazia. Olhou para os lados, esperando o Mini aparecer, mas nada. Conferiu as horas: 13h20. Ligou para ele, mas a ligação caiu direto na caixa postal. Ela tentou se lembrar do que ele dissera que ia fazer depois de deixá-la ali mais cedo. Será que tinha se atrasado?

Rose sabia de qual direção ele devia vir, então começou a caminhar rapidamente pela estrada. Enquanto andava, pensou nos avós de Rachel Bliss. Pareciam estar na casa dos sessenta anos. Será que sabiam sobre as mentiras que ela contava? Será que ficavam ofendidos por ela inventar histórias sobre a família ou se culpavam por terem esperado tanto tempo para lhe dizer a verdade? Rachel vivera uma mentira com eles por dez anos. Será que estava punindo os dois quando inventava uma família completamente nova?

Mas por que Rachel *a* punira mentindo?

Ela chegou ao fim da pista, onde ficava o ponto de ônibus. Olhou para a estrada costeira ao norte à procura do Mini. Pegou o telefone para ver se havia alguma mensagem, mas não encontrou nada. Eram 13h35. Onde estava Joshua? Sua mochila parecia mais pesada agora e ela a arrastou pela estrada até o ponto do ônibus e se sentou no pequeno banco de madeira, as pontas rachadas, as fibras se levantando. De onde ela estava, conseguia ver a pista por onde tinha vindo e um pedaço considerável da estrada principal. Daria para ver o Mini quando ele chegasse.

Então, poderia dar o fora dali e apagar Rachel Bliss de sua mente de uma vez por todas.

Depois que romperam a amizade, Rose e Rachel se evitavam. Rachel passava o tempo com outras garotas, mas Rose ficava sozinha. Tinha três coisas em sua mente: conseguir as melhores notas nas provas, convencer a avó a deixá-la sair do Mary Linton – e frequentar um colégio local – e se aproximar de Joshua.

Em meio aos estudos, ficava sempre maravilhada e surpresa quando recebia uma mensagem dele. Muitas eram longas e detalhadas, contando-lhe o que tinha acontecido com ele quando foram separados. Ela respondia, falando sobre como tinha sido sua vida, embora seus e-mails parecessem menores e menos esclarecedores do que os dele.

Aquilo a ajudava a seguir em frente.

Sua avó concordou relutantemente em deixá-la sair do Mary Linton depois das provas e procurar um colégio local para se preparar para a universidade. Rose estava muito feliz. Assim, poderia ficar longe da escola e de Rachel Bliss, e estaria em Londres quando Joshua se mudasse para lá.

Talvez pudessem se encontrar logo. Ficava empolgada só de pensar.

Mas primeiro tinha que tirar as provas de seu caminho, fazer as malas e deixar o Colégio Mary Linton para trás.

Quando saiu da última prova, estava animadíssima. Seu pulso doía em razão do fervor com que escrevera as respostas. Mal tinha parado para olhar as outras alunas ou para o relógio na parede. Escrevia um parágrafo atrás do outro até terminar uma questão e então passava para a seguinte. Quando alguém disse *Vocês têm quinze minutos*, ela levantou o rosto assustada e mergulhou de volta na prova até acabar.

Era um dia quente e ela se sentou no pátio, sentindo o sol do fim de tarde em seu rosto. Olhou para o prédio sabendo que em alguns dias deixaria aquele lugar para sempre.

Estava feliz.

Então, viu Rachel dobrar a esquina. Manteve os olhos fixos em um ponto do prédio para não fazer contato visual com ela, nem mostrar que a tinha visto. Mas Rachel foi direto em sua direção e se sentou a seu lado. Rose ficou tensa. Não queria conversar com Rachel, mas não era possível ignorá-la assim tão perto.

– Terminou? – perguntou Rachel.

Rose fez que sim.

– Ainda tenho um trabalho para fazer sobre os Clássicos.

Rose não respondeu.

– Tem uma coisa que preciso lhe falar – disse Rachel, baixando um pouco a voz: – Não sabia se devia ou não, mas estive em Cromer no sábado passado e acho que vi sua mãe.

Rose se virou lentamente e encarou Rachel. Alguns instantes se passaram sem que dissesse uma única palavra. Então Rachel baixou os olhos e limpou a garganta.

– Eu estava no píer com algumas garotas da Brontë. Um dos pais delas nos levou. Estávamos nos divertindo quando vi um casal parado em uma esquina. A mulher olhava para mim.

Não estávamos de uniforme, mas ainda assim ela ficou olhando, não só para mim, mas para as outras meninas, e parecia tão familiar. Achei que a conhecia; talvez ela tivesse trabalhado na escola ou em uma das lojas em Holt ou algo parecido. E não prestei mais muita atenção nela. Estava muito ocupada com as outras, mas, quando ia saindo, eu me lembrei de onde a conhecia.

Rose se sentia vazia por dentro. Como se não tivesse sentimentos.

– Então, deixei as outras meninas seguirem em frente e voltei na direção deles. A mulher e o homem estavam junto à grade, olhando o mar. Estavam de costas para mim, então fingi que amarrava o sapato e ouvi o homem dizer: *Você está bem? Acha que alguma daquelas garotas era a Rose?* – continuou Rachel ansiosamente: – Foi então que eu tive certeza. Quer dizer, você me mostrou vários retratos de sua mãe e, quando o homem disse o nome *Rose*, bem, isso despertou a lembrança que eu tinha das fotos!

Rose franziu as sobrancelhas.

– Minha mãe está *morta* – disse ela, se virando e tentando encerrar a conversa.

– Não! Você disse que nunca teve certeza. Ninguém nunca deu certeza, você disse isso várias vezes, e no sábado passado eu a vi. Sua mãe. No píer de Cromer. Não está vendo? É por isso que ela observava com atenção um grupo de adolescentes. Ela estava procurando você, Rose!

Rachel sorria, os olhos brilhando de empolgação. Rose mal conseguia falar. Sua boca estava seca, sua língua, granulosa.

– Então por que esperou até agora para me contar?

Rachel mudou de posição no banco.

– Eu não ia lhe contar. Porque, é claro, não queria aborrecer você. Mas hoje fiquei sabendo que você ia embora e queria que soubesse disso antes. E tem mais, eu sabia que não devia ter feito isso, mas esperei um pouco e segui os dois. Eles caminharam pela beira-mar de Cromer e depois entraram em um dos apartamentos. Como aqueles que as pessoas alugam para o feriado, sabe?

– Você quer dizer que minha mãe estava passando dias em Cromer? – indagou Rose, incrédula.

– Eu não sei. Só estou lhe dizendo que ela estava lá. Eu a reconheci e ouvi o homem dizer: *Acha que alguma daquelas garotas era a Rose?* Essas duas coisas juntas me fizeram pensar que eu devia lhe falar o que vi.

Rose desviou o olhar. De todas as mentiras que Rachel poderia contar, por que escolheria aquela? Havia muitas formas de magoar Rose, mas aquilo era como enfiar um punhal em seu coração.

– E aí? – disse Rachel.

– Eu não acredito em você.

– Não estou mentindo. Sei que nem sempre falei a mais absoluta verdade no passado, mas não estou mentindo agora!

– Me deixa em paz.

– Só estou tentando ajudar você.

– Vá embora, Rachel.

Rachel ficou em silêncio e Rose se virou de volta para ela. Os olhos de Rachel estavam brilhando de lágrimas.

– É verdade – sussurrou ela.

– Fique longe de mim – disse Rose, fechando os olhos.

Depois de alguns instantes, ela ouviu uma movimentação e passos e, quando abriu os olhos, Rachel tinha ido embora, havia somente o sol brilhando intensamente, queimando sua pele. Naquela hora, Rose sentiu a angústia invadi-la, o peito apertado, um nó na garganta.

Sua mãe em Cromer, ao alcance da mão, ali pertinho.

Como ela queria que fosse verdade.

Agora eram duas horas e nem sinal de Joshua. Um ônibus tinha vindo e ido embora, algumas das garotas do Mary Linton davam risadas enquanto desciam e seguiam pelo caminho de volta à escola. O motorista demorou a sair do ponto, para ver se ela queria subir. Ela balançou a cabeça e pensou no que devia fazer.

Não era do feitio de Joshua deixar de aparecer. Não sem ligar ou mandar um e-mail. Não havia sinal ali, então ela teria que voltar para o prédio da escola e ver se tinha recebido algum e-mail dele. Se não tivesse chegado nenhuma mensagem, ela poderia descobrir o número da Rosa Branca e ligar para saber se Joshua estava lá. O mais provável é que ele tivesse perdido o telefone. Devia ser essa a razão do seu atraso. Durante suas viagens para falar com o cara do conselho comunitário, ele devia ter deixado o celular em algum lugar e agora estava procurando por onde tinha estado. Não havia nada a fazer além de voltar para a escola.

Quando chegou à recepção, foi até a área de espera e pegou o laptop. Esperou ele ligar, e então procurou o número da Rosa Branca. Ligou, mas foi informada de que ele havia fechado a conta do quarto depois das onze.

Rose não sabia o que fazer. Viu a hora. Eram 14h35. Esperaria por Joshua até às três e depois veria o que fazer.

Às três, mandou um e-mail:

Josh, não sei por que você está atrasado. Imagino que tenha perdido seu telefone e esteja procurando por ele. Vou esperar até às 15h30, depois vou pegar um táxi até Stiffkey e procurar por você. Se nos desencontrarmos, é lá que vou estar. Bjs, Rose.

Ela esperou até 15h30, e então ligou para pedir um táxi. Duas garotas que ela conhecia da Casa Eliot passavam por ali, e ela pediu a uma delas que levasse sua bolsa e o laptop até os aposentos de Martha Harewood para serem guardados em segurança. Não queria carregá-los por ali. Iria à Rosa Branca ver o que havia acontecido com Joshua. Mesmo tendo fechado a conta, havia a possibilidade de ele voltar. Talvez o carro tivesse dado algum problema.

Ele apareceria, tinha certeza. Então os dois poderiam buscar suas coisas e voltar para Londres. Ela procurava se convencer disso, mas no fundo estava um pouco preocupada.

Joshua era sempre tão confiável. Onde ele estava?

XIX

O motorista entrou no estacionamento da Rosa Branca. Rose desceu, pagou a corrida e foi direto para a pousada. Passava um pouco das quatro horas, mas era domingo e ainda havia algumas pessoas almoçando. O restaurante estava cheio e quente, o cheiro de comida era forte e convidativo. O barman respondeu em tom brusco quando ela perguntou sobre Joshua. Não o tinha visto desde que ele fechara a conta. Ele apontou para um homem sentado no canto oposto do bar. Rose ficou meio sem graça, mas foi até lá e se apresentou. Era Colin Crabtree, o homem com quem Joshua tinha ficado de se encontrar.

– Ele não chegou a aparecer, minha querida. Tinha combinado por volta do meio-dia. Eu estava com os documentos todos, mas ele não veio – disse Colin.

Ela saiu.

Lá fora escurecia e o céu estava cinza-escuro. Ela se afastou da pousada e seguiu em direção ao lugar para onde tinham viajado de carro naquela manhã. Havia algumas luzes acesas nas casas, que ficavam afastadas; além delas, trechos de terra no escuro. Ela vinha morando em Londres há meses. Estava acostumada a barulhos, luzes e movimento constantes aonde quer que fosse, mas todo aquele silêncio parecia anormal. Estava com um pressentimento terrível. Joshua a deixara na porta da escola cerca de dez e meia. Isso lhe dava tempo mais do que suficiente para voltar à pousada, juntar suas coisas e ir falar com o cara do conselho comunitário.

Ele tinha fechado sua conta na pousada depois das onze.

Para onde tinha ido?

Ela não sabia o que fazer. Seguiu em frente, pela beira da estrada estreita que se estendia pela escuridão. Não havia trânsito. Quando passou pela última luz do vilarejo, a estrada à frente parecia negra. Ela continuou andando, parando com cuidado para se colocar bem à margem da estrada, quando viu as luzes de um carro. O farol iluminou a cerca viva e a estrada e, por um instante, ela conseguiu ver tudo. Mas logo o carro foi embora e o lugar parecia ainda mais escuro do que antes. Ela caminhou lentamente e alcançou a pista, que tinha uma placa indicando *Praia*.

Será que ele tinha voltado lá? Será que tinha ido à cabana?

Ela caminharia até o estacionamento da praia. Se não houvesse sinal do carro, então voltaria à pousada para decidir o que fazer. Virou-se e sentiu uma rajada de ar frio que vinha dos alagadiços. O caminho à frente era silencioso e ela estava um pouco nervosa de ter que andar por ali. Mas havia a luz da lua, e ela podia ver as cercas vivas altas que escondiam as casas da vista de curiosos. Passou por ali bem depressa, olhando de um lado para outro e prestando atenção em qualquer som de pessoas, carros ou animais perdidos. Mais à frente, podia ver onde terminava aquela área de casas e começava o acampamento.

Encontrou o estacionamento, e o Mini estava lá. Sentiu o alívio invadir seu peito. Finalmente. Apressou o passo. Os alagadiços mais além eram vastos e silenciosos, fazendo o carro parecer minúsculo, ancorado na orla de um mar escuro e sem ondas. Desejava mais do que tudo que Joshua estivesse sentado lá dentro. Mesmo com os faróis desligados e o carro parecendo abandonado, ela esperava que Joshua, de algum jeito, tivesse adormecido ali e ela pudesse ir lá acordá-lo. E os dois ririam daquilo, pegariam as coisas dela na escola e voltariam para Londres.

Mas quando chegou perto do carro, viu que ele estava vazio. E trancado.

Olhou em volta com a vaga esperança de ver Joshua aparecer na trilha costeira onde tinham estado naquela manhã, mas não viu nada. O lugar estava completamente deserto, só ela e o Mini.

Um vento soprou e ela estremeceu.

Só havia um lugar para onde Joshua podia ter ido. De volta à cabana. Ela se lembrava dele naquela manhã abrindo o cadeado de cima e dizendo: *Se eu tivesse um pé-de-cabra, podia tirar o outro cadeado e olhar lá dentro*. Ela havia feito tão pouco caso da coisa toda que o irritara, e ele ficara quieto, na dele, durante toda a viagem de volta ao Mary Linton. Será que tinha ficado tão chateado por ela não ter dado muita importância à cabana que voltara lá para provar alguma coisa a ela? E a ele?

O que poderia ter acontecido com Joshua? Será que estava ferido? Ou sofrera algum tipo de acidente? Pensar nisso fez com que ela mordesse ansiosamente o lábio.

Ela esfregou as mãos. Tinha deixado as luvas na mochila. Olhou para o caminho que levava ao vilarejo, pensando aonde poderia procurar ajuda. Seria o mais sensato a fazer. Depois olhou para a trilha costeira pela qual tinham passado naquela manhã. Estava escura como breu e ela não tinha uma lanterna. O que devia fazer?

Devia voltar à pousada.

Mas e se Joshua estivesse ferido? Caído no chão? Congelando de frio? Ela já não tinha perdido tempo demais?

Seguiu em direção à trilha costeira. Iria atrás dele. Era uma caminhada de uns dez, quinze minutos. Trazia seu telefone consigo para ligar para serviços de emergência, se precisasse. Enfiou as mãos bem fundo nos bolsos e começou a andar. Olhou para o céu, grata pela luz da lua, e seguiu com cuidado pela trilha cheia de sulcos, os olhos se adaptando à escuridão. Depois de algum tempo, sentiu-se um pouco mais confiante. Não era tão ruim. Não era tão inóspito quanto ela pensava. Era apenas um caminho pelo campo no início da noite. Contava seus passos à medida que andava, vinte, quarenta, sessenta e seis, cento e vinte.

Ouviu um barulho mais à frente. Era o ruído de um motor sendo ligado. Ela parou e prestou atenção. Dava para ouvir um carro em algum lugar mais adiante. Não tinha ideia de a que distância ele estava. Olhou para a escuridão, tentando ver o mais longe possível. Estreitou os olhos para tentar descobrir algum movimento, mas tudo o que conseguia ver eram trechos de cinza e azul-escuro pontuados por formas de árvores e arbustos. Se houvesse um carro na trilha, ela deveria conseguir enxergar os faróis, não importava a que distância estivesse.

Mas não havia luz alguma – apenas o ronco baixo do motor que parecia se aproximar. Ela não tinha razão para estar assustada, mas ainda assim sentia uma pontada de medo no peito. Percebeu que seus ombros se curvavam e viu que estava se agachando, em vez de seguindo em frente. Era ridículo. Ela se aprumou e tentou se acalmar. A escuridão a assustava. Obrigou-se a continuar andando, um passo atrás do outro. O barulho do carro vinha de algum lugar à esquerda, em direção à terra, não aos alagadiços. Ela esperava vê-lo a qualquer minuto, mas continuava ouvindo o ronco, como se ele estivesse dando voltas.

O carro podia estar a quilômetros de distância. O lugar era tão silencioso que qualquer barulho soava como se estivesse perto.

Ela chegou ao ponto em que eles tinham virado para seguir até a cabana e olhou com atenção. O barulho ficou mais alto. O carro vinha daquela direção, de algum lugar perto da cabana. Ela ainda não conseguia vê-lo, mas sabia que estava chegando. Foi para trás de alguns arbustos e esperou. O som se aproximou e, quando ela deu uma espiada, pôde ver o contorno do carro e seu tom de cinza-prateado, o luar cintilando à medida que se aproximava.

Por que os faróis não estavam ligados?

Rose se escondeu ainda mais para trás nos arbustos. Sentia a folhagem espetar seu pescoço enquanto esperava o carro chegar onde estava e virar para a trilha costeira para seguir em direção a Stiffkey. Ao olhar de novo, viu que o carro era um SUV e que seguia lentamente, sacolejando pela trilha acidentada. Por fim, o carro passou por onde ela estava. Rose viu um homem no banco do motorista. E só isso.

Assim que o veículo sumiu de vista, ela foi até a cabana. Caminhava pela margem da pista, andando sem fazer barulho, quase prendendo a respiração.

Quem era o homem no SUV? E por que estava visitando a cabana exatamente no mesmo fim de semana em que ela e Joshua tinham ido até lá? Será que ele tinha visto Joshua na cabana? Será que mais alguém do vilarejo tinha visto Joshua e informado ao proprietário? Vai ver que ele achava que Joshua estava invadindo e tinha ido verificar sua propriedade.

Rose se aprumou de repente quando lhe ocorreu uma coisa. Será que Joshua estava na cabana quando o SUV chegou? Talvez Joshua tivesse se escondido para que o proprietário não o visse, e então tivesse precisado ficar onde estava até ele ir embora. Provavelmente era por isso que não a havia buscado e ainda estava preso em algum lugar, escondido do cara do SUV. Não fazia realmente muito sentido, mas já era alguma explicação.

Ela seguiu lenta e cuidadosamente pelo caminho. Quando viu a cabana, começou a se sentir ansiosa de novo.

Parou de repente.

Viu uma luz bem pequena na escuridão.

O ponto de luz estava ao lado da cabana e só levou alguns instantes para perceber o que era. Um cigarro aceso. Havia um homem ali de pé, fumando. Ele estava de lado e dava para ver seu contorno, mas não o rosto. Ela ficou bem parada, para que ele não a visse. Alguns segundos depois, o homem tossiu e o cigarro foi jogado fora. Rose conseguiu ver o cigarro no chão, ainda aceso.

O homem disse alguma coisa. Parecia que estava praguejando. Ele caminhou para longe da cabana até a ponta do terreno e se virou de costas. Ficou imóvel diante da cerca viva e ela percebeu que ele estava urinando. Rose seguiu furtivamente até a cabana e deu a volta. Parou em frente a uma das janelas.

E agora?

Olhou com atenção. Tábuas de madeira pregadas cobriam a janela. Viu um fio de luz passando por ela.

Havia luz *dentro* da cabana.

Tentou ver pelo espaço entre as tábuas, mas era muito estreito.

Em seguida, ouviu o barulho de um toque de telefone. Por um segundo, ela congelou, ficou completamente parada, porque achou que era o dela. Mas era um toque diferente e vinha do outro lado da cabana. O homem atendeu e ela ficou prestando atenção. Sua voz era baixa e ela tentava entender o que ele dizia. Rose voltou agachada até a esquina da casa e observou. Ele falava e gesticulava, mas suas palavras eram incompreensíveis. Então, ela entendeu alguma coisa.

– Estar perdendo sinal – disse ele bem alto, mas logo depois suas palavras ficaram indistintas de novo e ela percebeu que ele falava em outra língua.

Rose prestou atenção. Parecia um idioma do Leste Europeu. Ele falava rapidamente e de repente parou, xingou em inglês e disse:

– Sem sinal!

Ela foi saindo de fininho enquanto ele caminhava pela pista, tentando conseguir um sinal melhor para o telefone.

– Lev! Lev! – dizia ele, como se a pessoa do outro lado da linha não estivesse conseguindo ouvir.

O nome Lev soava familiar. Ela parou para pensar.

Lev Baranksi, o filho de Viktor Baranski, o homem cuja foto estava no caderno que eles pegaram de Frank Richards. Joshua tinha ido ao restaurante dele em South Kensington alguns dias antes. *Lev.* Era isso mesmo que tinha ouvido? Ou estava imaginando coisas?

Ele podia ter dito *Les.*

Rose observou-o se afastar da cabana. O homem desapareceu na escuridão, mas ela ainda podia ouvir sua voz. Talvez ele tivesse conseguido um bom sinal e parado. Ela caminhou lentamente até chegar a uma das esquinas da cabana e seguiu para os fundos. Havia outra janela com tábuas de madeira e uma porta, mas, como a da frente, também tinha cadeados.

Ela voltou para a janela. Tateou as tábuas, que estavam bem pregadas, mas o canto de uma delas estava desgastado pelo tempo e ressecado e, quando ela segurou a madeira, algumas lascas descascaram. Rose pegou um piso quebrado do chão e usou-o para escavar a madeira até afrouxá-la. Depois, colocou a ponta do piso entre a madeira e a janela, e mexeu o piso para a frente e para trás, até mover a madeira alguns centímetros.

Parou, com medo de que alguém ouvisse ou percebesse alguma coisa de dentro da cabana. Como ela não escutou nada, continuou forçando a madeira até soltar um pedaço e abrir um buraco pequeno do tamanho de uma bola de golfe.

Prestou atenção para ver se escutava algum som vindo da frente da cabana. Nada. Já não ouvia nem mais o homem conversando ao telefone. Provavelmente, tinha voltado pela pista e parado lá fora de novo. Será que estava esperando o homem do SUV voltar? Será que o homem era *Lev*?

Foi até o buraco e deu uma olhada. Lá dentro, havia uma mesa, algumas cadeiras, um banco. No piso perto da porta, havia uma grande lanterna que dava ao lugar uma iluminação sombria, mais fraca nos cantos.

De repente, a porta da frente se abriu e o homem entrou na sala. Rose deu um pulo para trás. Quando ouviu o homem falar, voltou a espiar pelo buraco. Ele conversava com alguém que ela não conseguia ver.

– Você achar engraçado ir ao restaurante do Lev e fazer piada? Achar que Lev Baranski não saber quem você é? Achar mesmo que ele ficar parado enquanto você desrespeitar o pai dele? Você esperar até ele chegar aqui. Então ver. Então ver você desrespeitar ele.

Rose respirou com dificuldade. Ele devia estar falando com Joshua.

O homem deu alguns passos e se curvou.

– Você, pequeno Johnson. Você fazer piada? Rir disso agora!

Rose fechou as mãos bem firme ao ver o homem agarrar alguma coisa e arrastá-la pelo chão. Ele, então, fez pontaria com o pé e deu um chute. Ela fechou os olhos assustada. Ouviu um gemido. Quando olhou de novo, viu a porta da frente bater e, no meio da sala, Joshua caído no chão.

Sentiu um aperto por dentro ao vê-lo.

Joshua estava amarrado, as mãos nas costas. Sua boca estava coberta com fita adesiva, mas ainda dava para ver seu rosto retorcido de dor.

XX

Com a cabeça girando, os pensamentos confusos, Rose olhava para Joshua caído no chão da cabana. O russo sabia quem ele era. Sabia que seu sobrenome era Johnson. Sentiu a náusea tomar conta dela e se curvou como se fosse vomitar. Quando voltou a olhar pelo buraco, Joshua tinha se encolhido e ela só podia ver suas costas. O russo não tinha voltado. Devia estar parado lá na frente.

Ela forçou a madeira para ver se conseguia abrir um buraco maior. Pegou o piso que tinha usado e começou a escavar furiosamente a madeira de novo. Parou, percebendo a estupidez daquilo. O que ela ia fazer? Abrir um buraco para entrar na cabana? Mesmo que ela conseguisse abrir um espaço suficiente, e depois?

Foi tomada por uma sensação de impotência.

Joshua estava certo. Sobre a cabana e Viktor Baranski. Ela havia achado a ideia meio tola e tinha até começado a pensar que os cadernos de Frank Richards eram de algum projeto que não tinha nada a ver com sua mãe e Brendan. Mas estava enganada. De alguma maneira inexplicável, tudo estava ligado ao desaparecimento deles.

Joshua tinha ido ao restaurante em Kensington, e agora o capanga de Lev Baranski estava na cabana em Stiffkey. Tinha amarrado e agredido Joshua. Lev Baranski estava a caminho para mostrar a Joshua que ele não podia *desrespeitar* o pai dele.

Ela precisava fazer alguma coisa.

Pegou o telefone do bolso. Queria ligar para o número da emergência, mas aí teria que *falar*. E o russo estava logo ali, do outro lado da casa. Com certeza, ele iria ouvi-la. Será que era possível mandar uma mensagem de texto para a emergência? Não, que idiota. E, em todo caso, o que diria? Como explicaria onde estavam? Uma cabana em algum lugar *perto* de Stiffkey?

Ela seguiu abaixada pela parte de trás da cabana. Será que havia outra forma de entrar? A porta dos fundos estava trancada com o cadeado, e a janela, fechada com tábuas. A única entrada parecia ser a porta da frente. Mas enquanto o russo estivesse ali, como ela iria até Joshua?

E o que aconteceria quando Lev Baranski chegasse?

Uma sensação ruim invadiu seu peito. Skeggsie dissera que o pai de Lev Baranski tinha sido assassinado há seis anos pelo serviço secreto russo. Como isso se ligava à sua mãe e Brendan? Agora Lev, o filho dele, tinha reconhecido Joshua no restaurante em Kensington. Mas como? A não ser que estivesse de olho em Joshua, tivesse fotos dele. Mas por quê? E por que estava indo até a cabana em Stiffkey marcada no mapa de Brendan?

Eram muitas perguntas sem resposta. Mas o mais importante era chegar até Joshua e libertá-lo. Era provável que o SUV tivesse ido buscar Lev Baranski. Não em Kensington. Talvez em algum lugar ali perto. Talvez estivesse em um hotel luxuoso enquanto outras pessoas faziam seu trabalho sujo.

Ela estava agarrada ao telefone.

Faça alguma coisa, Rose, pensou, *faça alguma coisa!*

Olhou para a tela e viu que estava com pouca bateria. Fechou os olhos de desespero. Como podia ter deixado a bateria ficar tão fraca? Como? Talvez tivesse carga suficiente para fazer uma ligação pedindo ajuda. Mas para quem? Podia mandar uma mensagem de texto para Skeggsie, e ele chamaria a polícia para ir atrás deles. Mas e se Skeggsie ainda estivesse de cama, doente, ou trabalhando em alguma animação, concentrado em algum projeto? E se levasse horas para verificar suas mensagens? Ela não podia arriscar.

Olhou para o celular e se lembrou de Frank Richards.

Quando ele lhe dera seu número, escrito na parte de trás de um envelope, dissera: *Nunca vou atender esse número, mas você pode deixar uma mensagem para mim, e eu vou recebê-la.*

Frank dissera que a ajudaria. E agora ela precisava dele.

Chegou perto da janela e usou a luz que vinha do buraco para mandar a mensagem:

Estou em perigo. Baranski prendeu Josh na cabana em Stiffkey. Me ajude.

Se Joshua estivesse certo, se os cadernos tivessem mesmo ligação com sua mãe e Brendan, se a cabana em Stiffkey tivesse alguma coisa a ver com tudo aquilo, então Frank Richards (ou qualquer que fosse seu verdadeiro nome) saberia a que ela estava se referindo. Apertou *Enviar*. As palavras *Sem cobertura* apareceram imediatamente na tela e ela xingou baixinho, lembrando-se do russo andando pela pista à procura de sinal para usar o telefone.

A mensagem que ela precisava enviar estava presa no limbo e não iria a lugar algum até que houvesse sinal.

Ela olhou pelo buraco. Joshua estava deitado no mesmo lugar. O homem não tinha voltado. Se ao menos ela pudesse mostrar a Joshua que estava ali. Deu um passo atrás e tateou o chão com o pé. Abaixou-se para pegar três pedras pequenas, colocou uma delas no buraco e a empurrou para dentro. A pedra caiu no chão da cabana. Ela esperou, mas Joshua não se virou. Então ela jogou a segunda pedra. Ele deve ter ouvido, porque mexeu o ombro e tentou olhar para trás. Ela jogou a terceira pedra, que fez um barulho mais alto do que as outras. Rose esperou, prendendo a respiração, e viu Joshua se arrastar para os fundos da sala e, com um enorme esforço, se virar em direção à janela e às pedras.

Será que conseguia vê-la?

Ela pegou outra pedra e atirou lá dentro.

Joshua balançou a cabeça como se quisesse mandar um sinal.

Ele sabia que havia alguém na janela. Talvez sentisse que era ela. Agora ela precisava fazer alguma coisa para tirá-lo dali antes que Lev Baranski chegasse. Caminhou rápida e silenciosamente até a extremidade da cabana e seguiu pelo lado. Deu uma olhada e viu o russo mais adiante na pista. Ouviu o som distante de um toque de celular, e ele atendeu o telefone. Rose prestou atenção. O tom da voz dele era diferente; parecia que estava falando com um amigo, não com o chefe. Ele começou a andar para a frente, tentando encontrar um lugar onde o sinal pegasse melhor.

Ela queria muito que ele continuasse andando, seguindo para o mais longe possível. Ele parou, mas ainda falava ao telefone, e Rose notou que aquela era a única chance que teria de entrar na cabana.

Saiu de seu esconderijo e andou de lado com as costas para a parede até chegar à porta da frente, antes trancada com cadeado em cima e embaixo, mas que agora estava aberta. Ela colocou a mão na porta e empurrou. Entrou na cabana e fechou a porta de novo.

Rose se virou e lá estava Joshua no chão.

Ela não disse nada, só correu e se ajoelhou ao lado dele. As mãos e os pés dele estavam amarrados com a mesma fita adesiva que cobria sua boca. Suas mãos estavam geladas. Rose tentou tirar a fita em volta dos pulsos dele, mas estava bem presa e ela não conseguiu. Ele virou a cabeça para ela e levantou o queixo. Ela olhou para a fita em sua boca e se sentiu mal. Se a puxasse, iria machucá-lo muito. Joshua viu que ela relutava e sacudiu a cabeça de maneira mais decidida. Em seguida, levantou a ponta da fita e segurou com firmeza. Joshua fechou os olhos, ela respirou fundo e arrancou a fita. Ele se contorceu de dor, mas não fez barulho. Com lágrimas nos olhos, ela passou a mão de leve na pele ferida dele. Joshua balançou a cabeça, afastando-se.

– Minha mochila, canivete, bolso da frente – sussurrou ele.

Ela olhou em volta e viu a mochila de Joshua caída no canto, perto de um armário, como se tivesse sido chutada. Rose foi até lá e pegou um canivete suíço. Com os dedos tremendo, ela puxou uma lâmina e vários outros acessórios cortantes também saíram. Ela separou só a lâmina e cortou a fita isolante das mãos de Joshua. Depois começou a tirar a que prendia seus pés.

Durante todo aquele tempo, nenhum dos dois disse uma palavra.

Por fim, Joshua estava livre. Ele ficou de pé e pegou a mochila. Então foi até ela e lhe deu um abraço apertado.

– Rosie – sussurrou em seu ouvido.

Depois beijou seu rosto e ela fechou os olhos, o alívio por ter conseguido libertá-lo deixou-a meio zonza. Ele se afastou um pouco e olhou para ela da cabeça aos pés.

– Você está bem? Não está ferida?

Ela balançou a cabeça confirmando que estava tudo bem, e ele foi até a porta e a abriu alguns centímetros. O russo ainda falava ao telefone na pista que levava até a cabana. Estava de costas para eles.

Eles saíram de fininho e fecharam a porta. Joshua seguiu em direção ao anexo onde ficava o barco. Rose foi atrás dele, dando uma olhada para ter certeza de que o russo estava no mesmo lugar. Joshua apontou para algumas árvores do outro lado de uma área aberta. Era uma distância razoável, talvez um quilômetro, mas era o único lugar para se esconderem naquele lugar. Rose assentiu concordando. O tempo todo eles podiam ouvir o homem falando de forma amigável ao telefone. Chegaram ao anexo e pararam. A luz da lua era suficiente para verem um caminho através dos campos. Joshua foi na frente e esperou Rose para subir a escada e pular a cerca.

Mas ela o puxou para trás.

A distância, ouvia-se o lento roncar de um motor de carro. O russo também devia ter ouvido, porque parou de falar de repente e fez-se um silêncio absoluto, exceto pelo motor que se aproximava pela trilha costeira.

Rose olhou assustada para Joshua.

Quanto tempo tinham até o carro chegar e voltarem à cabana e descobrirem que estava vazia? Será que ela e Joshua conseguiriam atravessar os campos até o bosque? Será que seriam vistos à luz do luar?

Ela puxou Joshua para perto e sussurrou em seu ouvido:

– Atrás do barco.

Ele assentiu e os dois entraram furtivamente no anexo. Ainda não havia sinal do russo. Talvez tivesse andado um pouco mais para encontrar o carro. Joshua correu para o barco. A lona pendia do alto, quase cobrindo os suportes de madeira que mantinham o barco no lugar. No canto havia alguns caixotes de madeira e Joshua os moveu um a um para deixar um espaço para poderem se arrastar sob o casco e dar a volta pelo outro lado junto à parede. Ele fez Rose ir na frente e depois a seguiu. O espaço no canto era pequeno, mas, quando Joshua puxou a lona para baixo, eles ficaram escondidos. Rose foi o mais para trás que pôde no canto.

Estava apavorada.

Podia sentir a respiração de Joshua como fogo em seu pescoço. Ele estava com os braços para a frente, e ela procurou uma das mãos dele e segurou. Joshua colocou a outra mão em cima da dela e apertou suavemente.

Os dois se sentaram e esperaram imóveis e em silêncio.

XXI

O barco tinha cheiro de água salgada, peixe e umidade. A pintura estava descascando, e a madeira, a centímetros do rosto dela, cheia de mofo.

O peito de Rose subia e descia, subia e descia.

Se eles ao menos pudessem continuar ali assim escondidos; a parede atrás deles, o barco camuflando os dois. Provavelmente, os russos achariam que, de algum jeito, Joshua escapara e tinha corrido para o mais longe dali possível. Podiam até desistir e ir embora.

O barulho do motor do SUV se aproximou, até que parecia estar ali do lado de fora, a poucos metros de onde os dois estavam sentados. E parou. Por alguns segundos, ficou tudo em silêncio e as portas do veículo se abriram. Ela ouviu vozes, quase sempre em russo, e o som de passos pelo terreno irregular que levava à porta da frente da cabana.

Então ouviram um grito e muito barulho; passos pesados andando rapidamente de um lado para outro e portas batendo dentro da cabana. Instantes depois, alguém ligou o motor do carro de novo e saiu por ali levantando pedras pelo caminho. Ouviram mais gritos, além de pessoas correndo pelo anexo e voltando. Uma voz veio de longe, talvez da direção dos campos para onde iriam. Em seguida, escutaram a mesma voz como se, quem quer que tivesse ido até lá, agora estivesse voltando.

Rose congelou completamente e parecia uma estátua. A única coisa que se mexia era seu coração batendo. Ele pulsava rapidamente dentro de seu peito, enquanto por fora seu corpo estava imóvel como o de um cadáver. Então, de repente, tudo ficou silencioso lá fora e ela fez força para ouvir o que estava acontecendo. Joshua ficou tenso a seu lado. Será que o melhor era terem se arriscado a correr pelo campo?

Aquele silêncio tinha o peso da expectativa.

Ela ouviu um passo em frente ao anexo. Um único passo. Como se alguém estivesse se movendo furtivamente na direção deles. O cheiro do barco deixava Rose enjoada e ela podia sentir a bile no fundo da garganta.

A porta do anexo se abriu rangendo.

Em apenas alguns minutos, eles os encontrariam.

Ela sentiu ânsia de vômito, mas não fez barulho, soltando a mão de Joshua para cobrir a boca. Sentiu o corpo dele se retesar de tensão e expectativa. Ela abaixou a mão e tocou o chão. Estava viscoso e úmido, e seus dedos sentiram alguma coisa no canto, perto da parede. Era um tipo de corrente. Rose a agarrou.

O som de vozes que falavam rapidamente voltou. Pela lona ela viu a luz de uma lanterna balançando pelas paredes do anexo.

Havia alguma chance de eles apenas olharem dentro do prédio sem procurar? De não pensarem em descobrir o barco? Aquele pensamento logo foi descartado, quando ela viu mãos sobre a lona, e então sentiu uma lufada de ar quando a cobertura foi bruscamente retirada, deixando-os expostos à luz da lanterna para os rostos logo atrás.

Os homens deram uma grande gargalhada.

– Que cheiro! – disse um deles em inglês.

Outra voz, mais baixa e tranquila, falou:

– Tirem eles daqui.

Então Rose sentiu algumas mãos puxarem-na pelos pés e pelas pernas, arrastando-a para fora do esconderijo e atirando-a sem cerimônia no chão do anexo. Joshua caiu logo depois, mas se levantou rápido, endireitando os ombros. O homem que o chutara mais cedo abriu um sorriso como se estivesse ansioso por alguma coisa. Rose ficou zonza.

– Mikey, traga os dois para fora.

Eram três homens. Um tinha saído antes dos outros. Rose sentiu um deles segurar seu braço, colocá-la de pé e obrigá-la a sair em direção à noite lá fora. O outro empurrou Joshua. O SUV estava em frente à cabana, os faróis acesos, iluminando toda a área. O homem a empurrou para a cabana e então a soltou. Ela se apoiou contra a parede, feliz por ter alguma coisa às suas costas. Deu uma olhada em si mesma. Sob a luz, pôde ver que sua calça jeans estava úmida depois de ter se sentado no chão do anexo. Mantinha uma das mãos fechada. Ela ainda segurava a corrente que encontrara no barco. Seu punho parecia fundido, como se nunca fosse se abrir.

Os homens ficaram em silêncio.

– Eu ter mensagem para você.

O homem no SUV falava com autoridade e Rose achou que ele provavelmente era Lev Baranski, o filho do cara da foto.

– Diz a seu pai que nunca vou deixar de procurar por ele.

Todos os homens olhavam para eles.

– Meu pai está morto – disse Joshua.

Lev Baranski balançou a cabeça.

– Eu sabia, todos esses anos, que ele não estava morto. Eu sabia onde você estava, o que andava fazendo. Cuidei para que sempre soubesse. E esperei. Um dia você me procurou. Então percebi que era hora de encontrar você, falar com você. Porque sei que em pouco tempo você vai me mostrar onde seu pai está. Ele não está aqui. Estou vendo. Então, estou só deixando uma mensagem com você e sua namorada. Diz a seu pai que eu vou atrás dele.

– Não posso dizer nada a ele. Não o vejo há cinco anos.

– Você vai ver. Um dia. E não deixe de avisá-lo que não esqueci a morte do meu pai e nunca vou esquecer.

Todos ficaram quietos. A menção a Viktor Baranski pareceu silenciar os homens, que olharam para o chão como se estivessem em algum tipo de cerimônia em memória dele. Então, depois do que pareceu um instante de reflexão, o homem que chutara Joshua mais cedo pegou alguma coisa do bolso e apontou para ele. Rose se assustou quando viu que era uma faca.

– Você querer que eu amansar ele. Machucar ele? – perguntou a Lev Baranski.

Joshua se moveu em direção a Rose. Estendeu um braço como se quisesse protegê-la do que estava acontecendo.

– Só uma mensagem para pai dele? Um olho? Uma orelha?

Lev Baranski encarou os dois. Parecia estar pensando sobre o assunto. As pernas de Rose estavam moles como se pudessem se desmanchar a qualquer instante.

– Não – disse ele. – Não desta vez. Quero que ele vá até o pai dele e diga que Lev Baranski deseja vê-lo. Nem mais, nem menos. Mas na próxima...

Ele fez uma pausa e olhou para Rose pela primeira vez. Ela não desviou o olhar.

– Na próxima, ele não terá tanta sorte.

Ele se virou e entrou no SUV. Os outros homens ficaram ali parados por alguns segundos, olhando ameaçadoramente para Rose e Joshua, e depois um deles entrou no veículo. O outro colocou a mão no bolso, pegou alguma coisa e atirou na direção de Joshua. O objeto deslizou pelo chão e foi parar perto do pé dele. Era um telefone celular. Joshua se abaixou e o pegou. O homem entrou no SUV, deu a ré e manobrou para sair. Com os faróis acesos desta vez, ele seguiu pela pista mais rápido do que tinha vindo, chacoalhando pelo terreno acidentado.

Rose e Joshua ficaram imóveis vendo o carro sair. Só quando os faróis traseiros desapareceram foi que Rose escorregou pela parede, atingindo o chão com força e sendo tomada por um choro convulsivo.

– Rosie, Rosie – sussurrou Joshua, sentando-se a seu lado.

Ela olhou para ele. No escuro, não dava para ver direito o rosto de Joshua, mas estendeu os braços e envolveu-o em um abraço. Ele também a abraçou, fazendo *shh, shh*, para ela se acalmar. Depois de alguns instantes, ela parou de chorar e se apoiou de novo na parede, exausta.

– Temos que sair daqui – disse ele, ainda sussurrando.

– Caso eles mudem de ideia?

– Não acho que isso vá acontecer. Mas você está congelando e eu também.

Ela assentiu e, ainda trêmula, procurou ficar de pé, esfregando os olhos com as mãos. Ele a ajudou e tentou segurar a mão dela que estava firmemente fechada.

– O que é isso?

Ela abriu a mão e mostrou a corrente que tinha pegado atrás do barco. Era pesada, uma pulseira dessas com espaço para se colocar um nome, e faltava metade da corrente. Parecia antiga e tinha alguma coisa gravada, mas ela não conseguia entender a palavra.

– Eu achei – explicou ela.

– Minha mochila está no galpão – disse ele. – Fique aqui que eu vou lá buscar.

– Não, eu vou com você! Depois nós vamos embora, certo?

Ele fez que sim, e ela o seguiu até o galpão. Ela verificou se a porta estava bem aberta e esperou ali fora, sem querer entrar de novo. Ficava toda hora olhando para a pista que levava até ali, atenta a qualquer possível barulho de motor de carro voltando. Joshua se ajoelhou e passou por baixo do casco do barco para chegar aonde tinham se escondido. Ela esperou, seus olhos se adaptando à luminosidade lá de dentro. Uma luz fraca entrava pelo galpão. Joshua estava saindo de baixo do casco quando ela levantou os olhos e viu a lateral do barco, visível agora que os russos tinham tirado a lona.

– Caramba! – disse ela, espantada.

– O quê? – perguntou Joshua.

Os dois ficaram de frente para o barco e viram o que restava do nome que havia sido pintado nele.

A palavra *Borboleta* parecia encará-los de volta.

Joshua ficou sem fala e se aproximou, passando a mão sobre as letras como se não pudesse acreditar no que via. Pegou o telefone e apertou o teclado para acendê-lo, iluminando a pintura, e Rose pôde ver que o barco já fora azul-escuro, e as letras, amarelas.

– Não acredito nisso – disse ele.

Nem ela. O barco, a cabana, os cadernos. Tudo aquilo era demais para Rose. Ainda sentia a corrente em sua mão e pegou o próprio celular para iluminar, lembrando-se de que estava quase sem bateria. Segurou a gravação da pulseira perto do telefone e apertou-o para obter um restinho de luz. As palavras *Mensagem Enviada* apareceram na tela.

Por um segundo, ficou confusa, e então se lembrou da mensagem que tinha escrito para Frank Richards. Tinha tentado pedir ajuda, mas não conseguira enviar. Agora seu celular finalmente tinha sinal e a mensagem havia sido transmitida. Um pouco tarde para ajudar os dois.

Segurou a corrente em frente à tela e apertou mais uma vez, esperando que houvesse bateria suficiente para ler a inscrição na plaquinha. O celular se iluminou por um segundo e depois ficou escuro de novo. Ela apertou mais algumas vezes, mas agora a bateria tinha acabado totalmente. Mas não importava. Conseguiu ver o que estava escrito.

O nome na pulseira era Вайктор.

Um nome russo.

Eles entraram no carro rapidamente, deixando o frio ar noturno do lado de fora. Rose tremia e Joshua soprava as mãos para aquecê-las.

– Vamos sair daqui – disse ele, ligando o carro.

Em alguns instantes, eles estavam indo embora, saindo da pista com a placa de rua escrito *Praia*. Joshua passou pela Rosa Branca e seguiu em frente. Ele dirigia sem falar nada. O aquecedor estava ligado, mas o ar parecia morno. Rose viu a hora: 18h07. Só tinham se passado duas horas desde que saíra da pousada, procurando por Joshua?

Enquanto seguiam em frente, ela pensava nas coisas que tinham acontecido. Lev Baranski achava que Brendan tinha alguma coisa a ver com a morte de seu pai. Skeggsie não tinha dito que o serviço secreto russo matara Viktor Baranski? Será que seus pais tinham se envolvido em uma questão de segurança nacional? Será que tinham fornecido informações para o serviço secreto russo que permitiram que matassem Viktor? Seria por isso que Lev Baranski queria ver Brendan?

Algo lhe ocorreu enquanto pensava a respeito. Lev disse que queria ver Brendan. Lev tinha ficado de olho apenas em Joshua. Seria possível que somente Brendan estivesse envolvido em uma questão de segurança nacional e que sua mãe tivesse sido envolvida em alguma coisa com a qual não tinha nada a ver com isso tudo?

Quando a estrada se alargou, Joshua levou o carro para o acostamento e parou. Tirou o cinto de segurança e ela fez o mesmo. Ele ficou parado por alguns instantes, como se tentasse se acalmar. O motor ainda estava ligado, a temperatura dentro do carro finalmente subia.

– Depois que deixei você na escola, voltei e fechei minha conta na pousada. Estava guardando minhas coisas na mala quando vi um pé-de-cabra. Você conhece o Skeggsie. Ele provavelmente tinha isso ali para proteção ou algo assim. Decidi por impulso ir até a cabana para ver o que havia lá dentro. Cheguei lá, destranquei o cadeado de cima e forcei a porta com o pé-de-cabra. Entrei e dei uma olhada. Você pôde ver que não havia muita coisa por lá. Quando saí, vi aquele SUV chegando e achei que pudesse ser algum morador local. Pensei em fazer algumas perguntas, mas então o cara do restaurante em South Kensington saiu pela porta do passageiro. Levei alguns instantes para perceber quem ele era.

– Ele seguiu você de Londres até aqui?

– Não sei. Acho que sim. Eles devem ter me reconhecido no restaurante e talvez ele tenha vigiado meu apartamento. Ele me viu entrar no carro e me seguiu, sem saber que eu ia para longe. Ele e outro cara. Bem, os dois se aproximaram e me pegaram de surpresa. Tentei lutar, mas levei um soco e caí. Então eles amarraram minhas mãos e meus pés com a fita que também usaram para cobrir minha boca.

– Você deve ter ficado lá por horas.

– Eles ligaram para Lev, e ele precisava chegar a Norfolk. Um deles saiu com o carro um pouco antes de você chegar, provavelmente para buscar Lev.

– O que fazemos com tudo isso que descobrimos? – perguntou ela.

– Não sei. Preciso falar com Skeggs.

Ela ficou momentaneamente irritada. Por que ele não podia conversar com ela?

Joshua pareceu notar o que tinha falado.

– É que preciso dos computadores e do *know-how* do Skeggsie. Depois do que houve, temos muito mais informações para explorar.

Eles ficaram em silêncio, somente o aquecedor fazia um fraco barulho no carro. Do lado de fora, estava escuro como breu. Nenhum outro carro passava por eles já há um bom tempo. Joshua levou a mão aos lábios, envolvendo a pele em volta deles. Rose puxou seu braço e o fez virar o rosto para ela. Havia uma marca vermelha e feia em torno da boca.

– Parece tão dolorida essa ferida.

Ele acenou a mão, como se não fosse nada sério.

Rose ergueu os dedos e tentou tocar a pele dele, mas Joshua se encolheu. Então ela o agarrou pelo moletom e o puxou para mais perto.

– Quando o vi lá amarrado, eu não sabia o que ia acontecer. Achei... Não sei o que achei, estava tão assustada.

– Eu estava tão preocupado, Rosie. Não queria envolvê-la em nada perigoso...

Ele colocou a mão por trás do pescoço dela. Rose se virou na direção dele. O toque de Joshua era quente, os dedos dele acariciando a pele por baixo do seu cabelo. Se algo tivesse acontecido a Joshua, o que ela teria feito? Rose olhou para o rosto dele, para sua expressão preocupada, e foi tomada por uma onda de emoção. Queria beijar delicadamente sua boca ferida, sem machucá-lo. Só de pensar naquilo, sentiu um frio na barriga.

Joshua olhou nos olhos dela e os dois ficaram ali parados pelo que pareceu uma eternidade. Ele ia dizer alguma coisa, mas parou de repente.

– O quê? – sussurrou ela.

Ele balançou a cabeça.

Então desviou os olhos e puxou a mão de volta.

– Desde que você esteja bem, Rosie – disse ele.

Ela assentiu, sua nuca ficou fria onde a mão dele estava antes.

Reclinou-se no banco do passageiro, entorpecida.

– O que fazemos agora?

– Vamos para casa?

Rose fez que sim.

– Mas minhas coisas estão na escola. Precisamos passar lá para buscar.

Ele ligou o carro e dirigiu de volta ao Mary Linton. Ligou o aparelho de CD e a música encheu o carro. Normalmente, isso a teria animado, mas sentia como se o som estivesse retumbando em seus ouvidos e desejava o silêncio lá dos alagadiços. Enquanto passavam pelos portões da escola e seguiam até o prédio, Rose levou a mão à boca e ali sentiu o beijo que não tinha acontecido.

Quando pararam em frente à entrada principal, viu Joshua tocar com cuidado a boca.

– Vamos entrar. Na escola temos um kit de primeiros socorros e consigo alguns analgésicos para você. Também podemos comer um sanduíche ou outra coisa qualquer antes de viajarmos para casa.

Joshua concordou. Desligou o motor, desceu do carro e os dois se dirigiram à entrada. Ele não parecia nada bem, estava ferido por ter apanhado e fraco. Começou a se arrastar atrás dela e, após um minuto, Rose esperou, pegou-o pelo braço e o ajudou a entrar no prédio.

XXII

Martha Harewood não deixou que eles voltassem para Londres daquele jeito.

Ficou toda preocupada e começou a cuidar deles. Pegou o kit de primeiros socorros e tentou limpar o rosto de Joshua. Fez centenas de perguntas, mas Rose só lhe respondeu que eles estavam andando pela trilha costeira, perderam a noção do tempo e acabaram tropeçando e caindo em meio à escuridão. Martha levou os dois até uma das pequenas cozinhas e fez ovos mexidos e torradas. Enxotou de lá as meninas curiosas que queriam saber o que tinha acontecido. Conseguiu um lugar para Joshua nos alojamentos dos funcionários e disse para Rose voltar para seu antigo quarto e se deitar cedo. Rose viu Martha acompanhar Joshua pelo corredor. Não conseguira argumentar com ela e ficou feliz por Martha ter decidido pelos dois.

Queria ir para a cama.

Voltou para o quarto que deixara naquela manhã. Colocou o telefone para carregar e se lembrou por um instante da mensagem que enviara para Frank Richards. Sentiu-se tola por isso e ficou pensando se ele receberia a mensagem e se perguntaria do que se tratava.

Sua roupa de cama ainda estava no chão, onde ela havia deixado. Ela nem se deu ao trabalho de arrumar de novo a cama ou tirar aquela roupa. Colocou os travesseiros de volta no lugar e deitou embaixo do edredom. Seu quadril doía. Devia ter batido no chão quando estava sendo atirada de um lado para outro pelo russo chamado Mikey. Apagou as luzes. Ainda ouvia algum barulho pelos corredores, o som de passos, garotas conversando, rindo.

Aquilo não a incomodou.

Estava cansada demais para ligar e mergulhou em um sono profundo.

Quando acordou, o quarto estava silencioso e escuro, com exceção de uma fraca luz que passava pelas cortinas. Olhou para o relógio. Era meia-noite e sete. Tinha dormido por cerca de quatro horas. Estava sonolenta e sentiu-se oprimida quando os eventos da noite anterior voltaram à sua mente. Por um instante, foi dominada por uma sensação de medo pelo que poderia ter acontecido na cabana. Era como se tivessem estado à beira de um precipício. Lembrou-se de Mikey apontando a faca. *Só uma mensagem para pai dele! Um olho! Uma orelha!* E momentaneamente voltou a se sentir enjoada. Ela se sentou e procurou respirar lentamente.

Tentou se deitar de novo, mas sentiu alguma coisa espetando seu corpo. Levou a mão ao bolso e pegou a pulseira que tinha encontrado. Então contornou com os dedos as letras **Вайктор**.

Por que isso estava ao lado do barco com o nome de *Borboleta*?

Será que o barco e a cabana pertenciam a Brendan? Joshua tinha certeza de que sim. Será que também estava certo ao dizer que sua mãe e Brendan tinham sido transferidos da Divisão de Casos Antigos para a segurança nacional? Em vez de investigar assassinatos antigos e sem solução, agora trabalhavam para o serviço secreto britânico? Seria por isso que Lev Baranski acusava Brendan pela morte de seu pai? *Diga a seu pai que nunca vou deixar de procurar por ele.*

Aquelas coisas ficavam dando voltas em sua cabeça.

Ela não ia conseguir dormir. Levantou-se e caminhou pelo quarto escuro. Esticou os braços e sentiu as juntas estalarem. Foi até a janela e olhou pelo espaço entre as cortinas para a noite lá fora. Com a escuridão, não via direito o gramado, o pátio e o lago. Já ia fechar as cortinas, mas alguma coisa a incomodou. Ela olhou de novo, sem saber ao certo o que era.

Foi então que viu: uma pequena luz se movendo lá embaixo. Rose piscou para ver melhor, mas a luz desapareceu e ela achou que tinha imaginado coisas. Segundos depois, no entanto, a luz estava lá de novo, um brilho fraco na escuridão. Ela observou por alguns instantes e começou a entender o que via. Era uma lanterna. Alguém caminhava pelo terreno da escola.

E seguia em direção ao galpão.

Ela observou com atenção e viu a luz ficar cada vez mais fraca e depois se apagar em algum lugar perto do galpão.

Alguém estava indo ao galpão. Pouco depois da meia-noite.

Ela se sentou na cama.

Não tinha nada com isso se algumas garotas saíam no meio da noite. Mas depois de ficar ali parada, no quarto escuro, por cinco minutos, ela suspirou e se levantou. Não era da sua conta, mas talvez, se alguém tivesse seguido Rachel Bliss, ela podia não ter morrido. Vestiu o casaco, saiu do quarto quietinha e desceu a escada tomando cuidado para não fazer barulho. Não viu movimento algum no térreo, apenas uma ou outra iluminação noturna. Ouviu então o som de um rádio ou televisão que vinha do fundo de um corredor, muito provavelmente alguma supervisora de plantão. Ela seguiu em direção às salas de aula, passou rapidamente pelos laboratórios de idiomas e pelo bloco de ciências e depois virou em um corredor que dizia *Acesso exclusivo dos funcionários.*

Passou pelo bloco da lavanderia e seguiu para a porta lateral que levava a uma das áreas de coleta e entrega. Abriu a porta e foi atingida pelo frio. Virou o trinco para a porta não fechar atrás dela, e então se perguntou por que Rachel precisava de Molly para abrir a porta quando podia ter resolvido isso sozinha? Talvez só quisesse ter uma espectadora para seu romance.

Estava frio, então ela abraçou o casaco para mantê-lo bem fechado. Seguiu contornando o prédio e não atravessou o terreno até chegar ao pátio, que tinha algumas árvores e bancos para lhe darem cobertura. Já no gramado, ela correu em direção ao lago, diminuindo o ritmo ao chegar mais perto.

Seis noites antes, Rachel tinha percorrido aquele mesmo caminho.

Ao se aproximar do galpão, Rose parou perto de uma árvore e olhou com cuidado para o prédio. Viu uma luz fraca saindo de uma das janelas. Mas não ouviu nada. Pensou se era possível que uma das garotas estivesse tentando passar a noite no galpão. Já tinha ouvido falar sobre isso no *verão.*

Atravessou a distância até a parede e se moveu lentamente ao longo dela. Quando chegou perto da janela, parou. Depois se inclinou para a frente e deu uma olhada.

Sentada no chão do galpão, cercada por velas, havia uma garota idêntica a Juliet Baker.

Em choque, Rose baixou a cabeça, saindo da janela.

Quem era ela?

Cruzou os braços e se abraçou. Soprou as mãos para aquecê-las e olhou para o lado. O píer se projetava para dentro do lago. Não conseguia ver a água dali, mas podia imaginá-la parada, como um espelho, uma fina camada de gelo se formando por cima, que racharia e desapareceria ao primeiro sinal de luz do sol e calor.

Ela se inclinou para a frente de novo. Sob a luz bruxuleante das velas, Rose pôde ver que a garota estava coberta de roupas: um casaco comprido e um xale ou um tipo de lenço em volta dos ombros. Seu rosto estava oculto nas sombras, mas mesmo assim havia algo de familiar nela.

Rose deu um passo atrás de novo, sem querer ser vista.

Uma das garotas estava vestida para se parecer com Juliet Baker. Era a explicação mais óbvia. Mas por quê? Qual era o motivo daquele joguinho desagradável?

Rose escutou um barulho; passos, o farfalhar de grama e arbustos. Quando o ruído dos passos ficou mais alto, ela deu a volta no galpão para se esconder. Ouviu uma voz masculina praguejando e, quando olhou, viu Tim Baker entrar no galpão e fechar a porta.

O irmão de Juliet Baker.

Quando teve certeza de que ele não sairia, caminhou junto à parede e olhou mais uma vez pela janela. A garota estava se levantando. Desta vez, parecia diferente. O cabelo escuro da garota tinha sumido. Ou melhor, estava no chão ao lado dela. Uma peruca.

Tania Miller abraçava Tim Baker. Ela o abraçava com força, mas os braços dele estavam abaixados, ao longo do corpo. Tim parecia irritado e falava alguma coisa com ela. Rose não conseguia ouvir o que diziam, mas o tom era de reprovação.

Tania Miller, a antiga amiga de Rachel. Vestida para se parecer com a falecida irmã de Tim Baker. Tim Baker, ex-namorado de Rachel, parte da farsa. Rose se afastou da janela, com um sentimento de repulsa tomando conta de si. Não queria perder seu tempo olhando para os dois.

Rose começou a ir embora quando a porta do galpão se abriu de repente. Ela congelou. Quem quer que saísse dali iria vê-la e ela morreria de vergonha, principalmente diante do desprezível Tim Baker.

Mas ninguém saiu.

As vozes ficaram mais altas e ela se arrastou de volta para a janela. Tim Baker estava parado junto à porta, como se estivesse para sair.

– Você não me ama!

– Eu nunca disse que amava!

– Você me fez usar essas roupas, provocou a morte de uma pessoa e nem ao menos me ama!

– Não obriguei você a fazer nada. E não provocamos a morte de ninguém!

– Só fiz isso porque você disse...

– Você sabia o que estava fazendo.

Rose ouviu Tania fungando e assoando o nariz.

– Ela era minha amiga.

– Vocês já não eram amigas há séculos. Você me disse que não a suportava.

– Isso não significa que eu queria matá-la...

– Você não a matou. Ninguém a matou. Ela caiu no lago. Não é culpa nossa. De qualquer jeito, não lamento nem um pouco. Ela levou minha irmã à morte.

Rose ficou tensa.

– Não consigo parar de pensar nisso.

– Bem, tente!

– E tem essa policial na escola. Ela vem conversando com as amigas de Rachel e tenho medo de que ela queira falar comigo também!

– Por quê? Você não era amiga dela!

– Ela vai me prender!

– Você não cometeu crime algum. Só usou algumas roupas. Era uma brincadeira. Ninguém é preso por fazer uma brincadeira.

– Você não liga.

– Dá um tempo, T. Você está me deixando maluco.

– Queria que a gente não tivesse feito aquilo.

– Ah, até parece, T. Você adorava isso. Não se cansava nunca.

– Fui uma idiota. Só tentei agradá-lo e você nem ao menos me ama.

– Cresça, T. Não vou dizer que amo você toda vez que nos encontrarmos. Não vou mesmo.

De repente, ficaram em silêncio. Rose torceu a boca para o lado, esperando a próxima reposta. Talvez tivessem acabado de discutir. Provavelmente, Tim Baker estava tentando convencer Tania, acalmá-la. Ela não queria nem imaginar a cena.

– Tim! Não vá embora.

– Meu traseiro está congelando aqui. Eu ligo pra você. É melhor voltar para a escola. E tranque a porta antes de ir.

Tim Baker saiu. Rose ficou completamente imóvel. Bastava ele olhar para trás para vê-la, mas ele não se virou – cortou caminho por entre as árvores até a pista e desapareceu. Rose pôde ouvir um choro vindo de dentro do galpão. A luz que saía da janela se apagou e tudo ficou escuro. Rose se abaixou e foi para trás do prédio de novo. Ouviu um barulho, como se Tania estivesse se movimentando lá dentro, e, em meio à escuridão, a silhueta de Tania apareceu à porta. Ela fechou o galpão e Rose ouviu o som de uma chave sendo girada. Controlando o choro, Tania saiu correndo de lá. Rose ainda a viu por alguns segundos, antes que ela mergulhasse na escuridão das árvores.

Tania estava voltando para a Casa Brontë. Sem dúvida, havia alguma porta destrancada por onde poderia entrar no prédio sem ser notada. Rose foi atrás dela e parou para pegar alguma coisa que Tania tinha deixado cair no chão em sua pressa de ir embora. A peruca preta.

Rose ficou segurando aquilo por um instante.

O que Tim Baker tinha dito mesmo? *Ela levou minha irmã à morte.* Rose abaixou os ombros e começou a andar em direção ao prédio principal. Pensou no que Tim queria dizer com aquilo, mas não precisava nem perguntar. Rachel provavelmente tratara Juliet da mesma maneira que fizera com Rose. As circunstâncias podiam ter sido diferentes: as provocações, as mágoas, as crueldades. Rachel não parecia ver a amizade como algo que precisava ser cultivado. Assim que conseguia uma amizade, começava a desmantelar, a destruir tudo. Rose tinha caído fora; talvez Juliet Baker não tivesse conseguido o mesmo.

Tim Baker e Tania tinham resolvido assustar Rachel.

Será que isso havia provocado a morte dela?

Será que eles estavam ali no lago, na segunda à noite, fingindo assombrar Rachel? Será que ela havia saído à procura de um fantasma e encontrara a antiga amiga vestida com as roupas de Juliet? E, além disso, vira Tania com seu ex-namorado?

Isso teria sido a gota d'água? Descobrir que Tim estava saindo com outra pessoa e que, juntos, estavam empenhados em *assustá-la*?

Dez minutos depois, Rose estava de volta a seu quarto. Atirou a peruca em cima da escrivaninha. Pegou o laptop na bolsa e o abriu. Enquanto ligava, ela se sentou na cama e enrolou o edredom em volta da cintura, sentindo o calor voltar para suas mãos. Ajeitou os travesseiros para poder se apoiar de uma maneira confortável.

E digitou um e-mail:

Cara Lauren Clarke, acho que você deveria conversar com Tania Miller e Tim Baker e perguntar aos dois por que tentaram assustar Rachel Bliss nos dias/semanas que antecederam sua morte. Tania usava uma peruca preta (que está comigo) para que, a distância, se parecesse com Juliet Baker. Acho que Tania e Tim estavam lá na noite em que Rachel morreu. E por isso Rachel foi até o lago. Sei tudo isso porque ouvi os dois conversando. Voltarei para Londres de manhã, mas você pode sempre entrar em contato comigo por e-mail. Rose Smith.

Ela releu o texto algumas vezes e depois enviou.

Colocou o laptop no chão ao lado da cama e puxou o edredom para cobrir seu corpo todo. Ainda estava vestida, ainda usava seu casaco e as botas, mas não se importava. Deitou a cabeça no travesseiro e ficou cochilando e acordando, sem conseguir dormir direito.

XXIII

Quando Rose acordou de fato, eram 8h46 da manhã de segunda. As garotas se preparavam para começar a estudar. Ela deve ter caído em um sono profundo, porque não despertou com o sinal de acordar nem com o barulho do corre-corre dos chuveiros e do café da manhã. Afastou o edredom. Seu casaco tinha se embolado todo em volta dela. Girou os pés para fora da cama, pisou no chão e desabotoou o casaco. Levantou-se e olhou para o telefone. Não havia mensagem alguma de Joshua. Será que ainda estava dormindo? Seu laptop estava ao lado da cama. Só tinha recebido um e-mail:

Obrigada, Rose. Vou à escola ao meio-dia. Se puder ir embora mais tarde, gostaria de conversar com você. Lauren Clarke.

Rose bufou. Agora teria que esperar para falar com a policial. *Rose, Rose, por que você não ficou quieta?*

Vasculhou sua bolsa e pegou sua nécessaire. Não tinha roupa limpa para vestir, mas pelo menos podia tomar um banho antes de ir tomar café. Talvez até lá Joshua já tivesse se levantado.

Depois de tomar banho, pegou um chá com torradas e se sentou na pequena cozinha. Joshua chegou. Ela levantou a cabeça, feliz ao vê-lo. O cabelo dele estava molhado, como se tivesse saído do chuveiro há pouco. Seu rosto estava limpo, mas ainda vermelho em volta da boca, por causa da fita.

– Bom dia – disse Joshua, parecendo cansado.

– Você está bem? – perguntou ela, estendendo a mão e tocando o braço dele.

Ele fez que sim.

– Morrendo de fome.

– Ali você vai achar cereal, leite, ovo e pão. Consegue preparar seu café?

– Claro.

– Temos um pequeno problema com relação a ir embora – disse ela.

Ele estava no armário, pegando a comida e procurando uma tigela. Ela lhe mostrou onde ficavam as coisas e, ao mesmo tempo, explicou o que havia acontecido durante a noite. Joshua olhou para ela preocupado.

– Você saiu no meio da noite depois de tudo que passamos em Stiffkey? Por que não chamou um dos funcionários? Sua antiga supervisora?

Ela deu de ombros, mas então ficou pensando por que não tinha feito isso. Porque, no fundo, ainda era uma aluna? E alunas não chamam os funcionários para ajudar caso possam colocar uma colega em apuros?

Joshua estava batendo ovos em uma tigela.

– Que bom que não vamos voltar correndo para Londres – disse ele.

– Por quê?

– Queria voltar à cabana. Dar uma olhada lá com a luz do dia.

– Voltar? – Rose estava desconcertada.

– Ontem à noite, estávamos nervosos. Quero ver se consigo encontrar mais alguma evidência que a gente possa ter deixado passar.

Rose não tinha a menor vontade de voltar à cabana, nem agora nem nunca.

– Rosie – disse Joshua, vendo a expressão no rosto dela. – A porta está aberta. Podemos entrar, dar uma olhada. Talvez haja alguma coisa lá que possa nos ajudar. Quero tirar algumas fotos. Preciso mandar algum material para Skeggsie poder continuar as pesquisas, começar a procurar ligações entre as coisas... E esta é a hora de fazer isso. Podemos passar vinte minutos lá e depois seguir nosso caminho.

Rose cruzou os braços. Não queria voltar à cabana. Mas Joshua estava no fogão elétrico, preparando um omelete, e ela o observava de costas.

– Posso ir sozinho, se você preferir.

– Ah, não – disse ela. – Você não vai lá sozinho. Eu vou junto. Mas serão no máximo vinte minutos. Então eu posso voltar para falar com a policial.

– Ah – disse ele. – Está com a pulseira aí?

Rose a tirou do bolso.

– Skeggsie quer uma foto.

Ela entregou a pulseira, e ele se virou de volta para a comida.

– Vou só comer isso, arrumar minhas coisas e a gente se encontra, OK? Lá no carro em trinta minutos?

Ela resmungou alguma coisa e saiu.

De volta ao quarto, ela ouviu algumas pessoas andando por ali. Era o final do primeiro tempo e, ao olhar pela janela, viu algumas alunas saindo do prédio em direção a várias partes diferentes da escola. Quando os grupos se dispersaram, observou duas figuras solitárias que tinham ficado para trás. Uma era Molly Wallace, sentada em um banco no pátio, usando casaco e chapéu. Parecia triste. Tania Miller era a outra. Ela atravessava o gramado e seguia para a Casa Brontë. O cabelo cortado de Tania fazia a cabeça dela parecer pequena. Ela não usava um casaco, só um cardigã longo sobre o uniforme. Estava com as mãos nos bolsos e olhava para o chão. Rose se perguntou aonde ela estava indo.

Rose saiu da janela, guardou suas coisas e, pelo segundo dia seguido, jogou as roupas de cama no canto. Ela definitivamente não ia voltar para dormir ali de novo. Antes de sair, olhou para a peruca esparramada em sua escrivaninha onde a largara na noite anterior. Vestiu o casaco e guardou a peruca no bolso.

Talvez Tania estivesse doente ou chateada demais para ir às aulas.

Rose desceu com suas coisas e, deixando a bolsa na recepção, saiu para o frio que fazia lá fora. Molly Wallace não estava mais lá e Rose seguiu para a Casa Brontë. Quando entrou, parou para pensar. Não sabia onde ficava o quarto de Tania, mas não devia ser difícil de achar. O bloco era quadrado, com um pequeno pátio com jardim no meio. Os quartos seguiam por um corredor no andar térreo. Rose caminhou por ele, olhando as placas com nome em cada um. O de Tania Miller ficava mais ou menos no meio. Ela bateu. Ninguém respondeu; então, ela bateu com mais força. Rose pôde ouvir um resmungo vindo lá de dentro, e a porta abriu bruscamente. Tania apareceu de cara feia.

– O que você quer?

– Você deixou cair uma coisa ontem à noite.

– O quê?

Rose pegou a peruca no bolso. Tania olhou e pareceu perder a pose. Depois se virou e desabou na cama. Rose entrou e fechou a porta. Jogou a peruca para Tania.

– Você não quer? É sua.

– Onde estava isso? – perguntou Tania com cuidado.

– Na frente do galpão. Peguei depois que você foi embora. Bem, depois que você e seu namorado foram embora.

Tania passou os dedos pelo cabelo e pareceram continuar o gesto, como se tivessem a lembrança de um cabelo maior: o cabelo pesado e brilhante que Rose já invejara.

Isso fez Rose perceber uma coisa de repente.

– Ele fez você cortar o cabelo! Não fez? Para que pudesse colocar e tirar a peruca mais facilmente.

Tania pegou a peruca e jogou-a no canto do quarto.

– Você ouviu a gente conversando ontem à noite? Ouviu como ele me trata? Quando começamos a sair, ele era tão carinhoso, tão legal, e agora está diferente. Para ser honesta, acho que a única razão para ele ter prestado atenção em mim foi achar que eu poderia cooperar com esse plano dele para perturbar a Rachel.

– Você foi amiga dela um dia.

Tania ia começar a falar, mas parou. Depois respirou fundo.

– No começo, era só uma brincadeira. Você sabe como Rachel era. Sabe como ela podia ser má. Tim me disse que ela havia tratado mal a irmã dele. Está convencido de que ela foi a culpada pelo suicídio de Juliet. Então ele queria se vingar. Era só isso. Devia ser apenas uma brincadeira. Eu esperava até tarde da noite, e então ficava parada embaixo das árvores com uma lanterna iluminando meu rosto. Fiz isso algumas vezes.

Qualquer um com um pouco de cérebro veria que era alguém tentando lhe pregar uma peça.

– Molly disse que ela acreditava. Rachel escreveu para mim e parecia mesmo acreditar. Ela também me disse que viu Juliet no quarto dela uma vez.

– Só uma vez. Fui até lá com a peruca apenas uma vez. Ah, por favor, Rose, você sabe como ela era. Rachel era uma vaca.

– Mas não justifica o que vocês fizeram. Meu Deus, Tania, ela está morta!

– Isso não teve nada a ver com a gente. Nada. A última vez que fizemos isso foi na sexta à noite. Três noites antes da morte dela. E foi só. Nós paramos.

– Então você não estava vestida como um fantasma na segunda quando ela morreu?

– Não, mas...

– O quê?

– Tínhamos ido para o galpão e ela nos pegou lá. Não estávamos *fazendo* nada. Só tomando vodca e Tim fumava um baseado. Rachel entrou de repente e ficou uma fera com o Tim. Ela dizia: *Como você pôde trazer essa garota aqui?* Então, acho que já devia ter ficado ali com Tim também. Ele só riu na cara dela. Era como se fosse exatamente o que ele queria. Ele disse a Rachel pra cair fora, e então ela pegou a garrafa de vodca e falou que ia levar para a sra. Abbott e que nós dois estaríamos encrencados. Depois saiu furiosa. Tim também estava. Voltou para o carro dele e me disse pra correr de volta para o meu quarto antes que Rachel contasse a alguém. Então seria a palavra dela contra a nossa. Tranquei a porta e corri de volta para a Brontë. Eu não a vi mais. E na manhã de terça fiquei sabendo que ela estava no lago...

A voz de Tania falhou.

– Isso não teve nada a ver com a gente. Achamos que Rachel tinha ido até o prédio principal para acordar a sra. Abbott. Ela levou nossa vodca junto. Esperei o resto da noite que a sra. Abbott fosse aparecer no meu quarto e, quando vi que ela não foi, imaginei que Rachel tinha perdido a coragem. Ela não era santa e só sabia do galpão porque tinha estado lá com ele semanas antes.

– Por que você não contou isso à polícia?

– Ah, claro, como você é boazinha, né? Até parece que eu ia confessar que estava me encontrando com um cara no galpão no meio da noite. Você consegue imaginar a cara da minha mãe?

Rose olhou para Tania com desprezo. Rachel estava morta e ela só conseguia pensar que a mãe ia ficar furiosa com ela.

– Bem – disse Rose, pegando a peruca do chão do quarto de Tania –, acredito que sua mãe não vá ficar muito satisfeita quando souber que você se vestia como uma garota morta e ficava parada no terreno da escola tarde da noite para deixar uma colega apavorada.

– O quê?

– Contei para a policial que encontrei vocês ontem à noite. Acho que ela vai procurar os dois para conversar alguma hora hoje.

Rose saiu do quarto de Tania.

Segundos depois, ela ouviu a porta do quarto bater com força.

Saiu então da Casa Brontë e viu Molly Wallace na entrada.

– Oi, Molly.

Atrás de Molly, Joshua esperava por ela no Mini de Skeggsie.

– Rose, sabe quando falamos sobre o fantasma?

– Na verdade, não tenho tempo para conversar agora, Molly. Estou de saída. Volto em mais ou menos uma hora.

Molly colocou a mão no braço de Rose.

– Tudo o que eu disse era verdade. Rachel ficou *mesmo* assustada com o fantasma, mas no domingo à noite ela foi até o meu quarto e estava muito nervosa. Disse que passava pela Casa Brontë quando viu uma coisa que a deixou completamente chocada. Ela olhou para o quarto de Tania e a viu parada em frente ao espelho usando uma peruca que a deixava a cara de Juliet. Então entendeu o que tinha acontecido. Sabia que alguém estava aprontando com ela.

Joshua acenava para Rose. Ela acenou de volta distraidamente.

– Rachel sabia que Tania estava se vestindo como Juliet?

Molly fez que sim.

– Você contou isso à polícia?

– Não.

– Molly! – disse Rose, exasperada. – Esses detalhes são importantes. Olha, a policial está vindo pra cá ao meio-dia. Você precisa falar com ela. E conte tudo o que me disse.

– Eu estava guardando um segredo. Rachel me pediu para não contar a ninguém. Disse que já se sentia idiota o bastante.

– Rachel está morta, Molly – disse ela de um jeito brusco. – Fale com a policial quando ela vier. Olha, preciso ir.

E saiu em direção a Joshua. Na metade do gramado, ela parou. Será que tinha sido muito dura com Molly? Então se virou, mas não viu mais sinal dela. Já tinha ido embora.

Rose seguiu em frente, apressando o passo para chegar ao carro.

XXIV

No carro, ela contou a Joshua que tinha ido falar com Tania. Ele fez algumas perguntas, mas Rose sentia que sua mente não estava exatamente ali. Ele ainda pensava na cabana. Joshua deu a ré rapidamente e depois fez o caminho até o portão em silêncio. Ela o observou com atenção. Seu rosto estava tenso e ele franzia ligeiramente a testa. A noite anterior tinha sido horrível, até pior para Joshua, mas ainda assim ele estava determinado a continuar o que tinha começado. Ao visitar o restaurante em Kensington, mexera em um ninho de vespas, mas ele não ligava – queria seguir em frente com sua investigação.

Como ela era diferente. Só queria ir para casa tentar esquecer aquilo tudo. Mesmo que tivesse alguma ligação com sua mãe e Brendan.

No entanto, tinha ido falar com Tania quando não havia a menor necessidade. Já tinha dado a informação à policial Lauren Clarke, que, sem dúvida, conversaria com Tania quando fosse à escola mais tarde naquele dia. Por que Rose fizera aquilo? Para ouvir o que Tania tinha a dizer? Para ver se ela lamentava? Puxou as pontas de suas meias rosa para deixá-las bem esticadas. No fim das contas, talvez não fosse tão diferente de Joshua.

Eles passaram por Stiffkey, e Rose deu uma olhada nas cabanas e na Rosa Branca. Pegaram a estrada para a praia e pararam no pequeno estacionamento, deserto como nas vezes anteriores. Joshua puxou o freio de mão, fazendo um rangido sombrio.

– Precisamos mesmo fazer isso? – indagou ela. – Por que não vamos à polícia? O que aconteceu aqui foi bem real. Temos o nome desse russo. Podemos identificar o cara que amarrou você. Talvez seja possível descobrir alguma coisa pelos canais oficiais.

Joshua balançava a cabeça.

– Rosie – disse ele com carinho, pegando a mão dela. – Preciso fazer isso. Lev falou o nome do meu pai. E o ameaçou. O pai dele é a chave de tudo isso. Não posso parar agora e entregar tudo para a polícia. Eles vão só registrar o que houve em seus arquivos e nunca mais ouviremos palavra alguma sobre o assunto.

Rose não respondeu. Joshua esfregava a mão dela distraidamente. Ela ficou bem parada, sentindo os dedos dele fazerem círculos em sua pele. Aquilo provocou um arrepio em seu braço e seu peito. Ela lembrou da noite anterior, no carro, quando sentira vontade de beijá-lo.

– Como está sua boca? – perguntou ela.

Joshua pegou a mão dela, levou-a até seu rosto e passou os dedos dela por sua pele.

– Parece um pouco melhor – disse ele.

A garganta de Rose ficou seca. A pele dele estava áspera e irritada, o rosto, quente. Ela olhou para os alagadiços, tudo quieto e em silêncio, e se perguntou se estava acontecendo alguma coisa entre eles.

– Devíamos ir – sussurrou ela.

Instantes depois, ele abriu a porta, deixando uma rajada de ar frio entrar no carro. Rose saiu e abraçou o corpo. O ar da manhã era revigorante em sua pele. Tinha deixado as luvas para trás de novo. Puxou os punhos bem para baixo, cobrindo seus pulsos, e começou a andar.

Joshua perguntou mais sobre Rachel Bliss enquanto seguiam pelo caminho. Rose respondia observando a imensidão do céu e as revoadas de pássaros rodopiando, mergulhando e flutuando pelas correntes de ar. A certa altura, ela parou, inclinando-se para trás para ver um pequeno avião quilômetros acima, deixando uma trilha de vapor. Joshua olhou para ela.

– Bombardeiros. Muitas missões da RAF passam por aqui.

Não havia mais ninguém por perto. Os alagadiços se estendiam a distância. Ela pensou na noite anterior, o som do carro vindo de longe em sua direção, o ronco sinistro do motor enquanto deslizava oculto pela escuridão.

– Skeggsie está se sentindo melhor – disse Joshua. – Falei com ele pelo Skype hoje de manhã. Ele ainda parece meio mal, mas está ansioso para seguir em frente. Ele me disse que teve uma ideia sobre o código do livro *O Projeto Borboleta*. Já pode ter alguma coisa para nos mostrar esta tarde.

Códigos, espiões e o serviço secreto russo. Rose começava a se sentir como se tivesse voltado no tempo para algum filme de James Bond em que as pessoas tinham palavras-código e facas que saíam da frente de seus sapatos. Uma parte dela queria rir, debochar de tudo, mas sabia que Joshua não ia gostar nada disso. Ele estava sério; ela nunca mais cometeria esse erro. Só tinha que esperar e torcer para que toda aquela história de segurança nacional esfriasse. Talvez houvesse alguma outra explicação para Lev Baranski seguir Joshua até Norfolk.

– Vamos dar uma olhada na casa primeiro, depois no galpão... – sugeriu Joshua. – Vou tirar umas fotos.

Seguiram pela pista que levava à cabana. Olhando para baixo, Rose notou as marcas recentes de pneus do SUV. O chão estava cheio de sulcos e ela se perguntava quantas vezes exatamente o carro tinha ido até a cabana e voltado. De repente, algo terrível lhe ocorreu.

– Você não acha que Lev Baranski pode estar na cabana de novo, não é? Algumas dessas marcas de pneus parecem bem frescas.

– Não, ele fez o que queria fazer. Já deu seu recado. Se ele quisesse mais alguma coisa, teria feito ontem à noite.

– Mas não me lembro de tantas marcas assim no chão.

– Estava escuro.

Ela assentiu. Provavelmente nem tinha olhado direito para o chão; só sentido com seus pés como era irregular. Mais à frente, ela viu alguma coisa branca. A cabana já entrava em seu campo de visão e, segundos depois, ficou aliviada em ver que não havia nenhum SUV estacionado ali. Estava tudo igual ao dia anterior. Deserto.

Joshua acelerou o passo. Foi na frente e parou bruscamente como se tivesse sido detido por uma parede invisível.

– O que houve? – perguntou ela.

– Eu não sei. Acho que tem algo errado, diferente.

– O que você quer dizer?

Rose ficou ao lado dele e olhou em volta. A cabana parecia a mesma, a porta meio torta onde tinha sido arrombada na tarde anterior. Rose olhou para a terra atrás dela. Estava tudo quieto, um pássaro cantando melodicamente em alguma árvore distante.

Ainda assim, havia alguma coisa diferente.

Ela olhou para o chão. O caminho cheio de sulcos tinha sido alisado; estava mais plano do que ela se lembrava. Joshua começou a andar enquanto ela estava concentrada no chão em frente à cabana – era como se alguém o tivesse batido, como areia que havia sido nivelada.

– Olha.

Ela seguiu Joshua para dentro da cabana.

Ele estava parado no meio da sala de estar.

O lugar estava vazio. Não havia mais nenhum móvel ali.

– Minha nossa – disse ela.

– Alguém tirou tudo daqui.

Os dois olhavam sem conseguir acreditar.

Na parte de trás da cabana, ficava a janela em que ela havia aberto um buraco na madeira. Agora a madeira tinha sumido e havia somente um espaço, o vidro quebrado deixando o vento frio entrar. Ela chegou mais perto e viu que as tábuas tinham sido arrancadas e jogadas onde um dia fora o jardim dos fundos.

– Quem fez isso?

– Baranski?

Joshua balançou a cabeça.

– Isso só pode ter sido feito ontem à noite ou hoje de manhã. Não entendo – disse Rose.

– O barco? – indagou Joshua.

E saiu em direção ao anexo. Rose foi atrás dele, passando pelo pátio alisado e o seguindo até o interior escuro. Ela parou de repente, olhando para o espaço vazio.

O barco tinha desaparecido.

O anexo estava vazio, como se nunca tivesse havido um barco lá. O barco, os suportes em que ficava, a lona que o cobria, tudo tinha sumido. Ela caminhou até o lugar onde ele ficava amarrado, a parede em que se apoiara sentada, o canto que tinha tateado e onde encontrara a pulseira. Não havia nem sinal dele, nenhum arranhão, nenhuma madeira esfarelando, nenhuma poeira. Não restara sequer o cheiro forte de água salgada que tinha grudado em suas narinas na noite anterior.

– Alguém veio aqui e esvaziou o lugar. Devem ter feito isso à noite ou hoje de manhã cedo. Mas quem?

Rose pensou na noite anterior e se lembrou da mensagem que enviara pelo celular.

– Entrei em contato com Frank Richards.

– O quê?

– Liguei para o número que ele me deu. Isso acabou fugindo da minha cabeça com tudo o que aconteceu. Eu estava em pânico, só tinha um restinho de bateria no meu telefone e não sabia para quem ligar.

– Você falou com ele?

– Mandei uma mensagem.

– O que você disse?

Ela pegou o telefone no bolso e procurou a última mensagem que tinha enviado: **Estou em perigo. Baranski prendeu Josh na cabana em Stiffkey. Me ajude.**

– Tentei mandar, mas não havia sinal, então me esqueci disso e só depois que eles foram embora e estávamos voltando para o carro é que a mensagem foi enviada. Aí, pensei: *Ah, um pouco tarde para ajudar.*

Joshua estava com o telefone de Rose na mão e começou a andar para a frente e para trás, como se tivesse molas nos pés.

– Não está vendo? – perguntou ele, falando alto de tanta empolgação. – Isso significa que este lugar é importante. Tão importante que alguém, não só uma pessoa, uma *equipe* esteve aqui para limpar, tirar tudo daqui. Eles sabem que estivemos aqui. Sabem por meio daquele número de telefone, por meio de Frank Richards. Não se trata apenas do meu pai, de Kathy e de Frank Richards. É mais do que isso. Deve ter algo a ver com a segurança nacional. Nenhuma outra organização teria recursos tão imediatos para limpar este lugar. Estamos perto de alguma coisa, Rose.

Rose sentiu-se apreensiva. Algo importante tinha acontecido. Ela estendeu a mão para pegar o telefone e leu de novo a mensagem. Primeiro, sua mãe e Brendan desapareceram. Depois, Frank Richards estava ligado a isso. Então, os russos. Agora, ela imaginava homens em roupas escuras, vans, caminhões, um trailer para barcos, todos passando pelos alagadiços no meio da noite para limpar a cabana caso dois adolescentes voltassem para descobrir mais alguma coisa a respeito. Tinham até alisado o chão em frente à cabana para apagar seus rastros.

Tinham levado o barco chamado *Borboleta* antes que ela e Joshua tivessem a chance de olhar dentro dele. Rose saiu do anexo e foi para a frente da cabana. Olhou em volta e depois para o alto. Alguém em algum lugar soubera que eles tinham estado lá e se apressara em retirar qualquer prova que os dois pudessem encontrar.

Joshua estava certo. Estava acontecendo alguma coisa maior do que sua mãe e Brendan.

Ouviram um bipe. Joshua pegou seu celular. Havia uma mensagem.

– Skeggsie – disse ele. Depois leu o que estava escrito.

– O que foi? – perguntou ela, vendo que ele abria um sorriso.

– Você não vai acreditar. O nome na pulseira. A palavra russa impronunciável. O equivalente quer dizer *Viktor*.

Viktor Baranski, cujo corpo tinha sido encontrado perto do píer de Cromer.

– O que vamos fazer? – perguntou ela.

– Vamos encontrar meu pai e Kathy.

Ela assentiu. Acreditava mesmo nisso.

XXV

– Preciso conversar com a policial – disse Rose, deixando Joshua na recepção. – Então, pego as minhas coisas e vamos embora.

Joshua assentiu, mas já tinha aberto o laptop.

– Vou ficar aqui e mandar essas fotos por e-mail para o Skeggsie.

Rose sorriu. Então, saiu animada como não se sentia há dias. Não demoraria para estarem a caminho de Londres. Quando voltassem, poderiam continuar sua investigação. Skeggsie dissera que podia ter encontrado a solução para alguns códigos do *Projeto Borboleta*. Pela primeira vez, ela se sentia realmente interessada no velho livro empoeirado e nos cadernos de Frank Richards. E Joshua tinha razão. Estava acontecendo alguma coisa maior do que sua mãe e Brendan. Eles eram parte de alguma coisa. Podia ter algo a ver com a segurança nacional? Será que sua mãe e Brendan tinham se deparado com alguma coisa ligada à morte de Viktor Baranski que fizera com que precisassem fugir?

Ela seguiu para os aposentos da sra. Abbott. Parecia que era uma aluna de novo, andando de um lado para outro, como se a escola fosse uma espécie de segundo lar para ela. Pensou em Anna, que devia chegar a Belsize Park mais tarde naquele dia. E se perguntou se, depois de as duas terem passado o fim de semana fora, tomariam um café na cozinha. Ela se sentia cada vez melhor a respeito de tudo aquilo porque, se estivessem mesmo perto de descobrir a verdade, então Anna se arrependeria dos comentários que tinha feito sobre Brendan.

Talvez as coisas fossem melhorar.

Ao chegar à sala da sra. Abbott, sentiu seu estado de espírito vacilar. O suicídio de Rachel Bliss ainda tinha acontecido. A vida de uma garota tinha acabado.

A policial Lauren Clarke estava na sala de conferências da sra. Abbott de novo.

– Rose, obrigada por esperar para me ver – disse ela rapidamente, como se também estivesse com pressa. – Devo dizer que você parece ter uma habilidade para descobrir as coisas. Já pensou em entrar para a polícia?

– Não.

– Mas devia. Existem vários bons cursos de graduação...

Rose tirou a peruca preta do bolso e colocou-a na mesa. Lauren Clarke pegou um saco plástico e guardou a peruca dentro.

– Obrigada.

– Falei com Tania Miller. Ela disse que foi ideia de Tim Baker assustar Rachel.

– Achei que eu fosse fazer as perguntas – disse Lauren Clarke, com um sorriso discreto no rosto.

– Eu estava aqui. Vi que ela andava sozinha, fora da sala de aula. Era uma oportunidade boa demais para ser perdida. Tania me disse também que ela e Tim estavam no galpão na segunda à noite, e que Rachel viu os dois juntos...

Lauren Clarke parecia irritada, mas Rose seguiu em frente:

– Tim Baker tem uma chave da época em que o pai dele trabalhava aqui, e eles costumavam ir ao galpão. Aparentemente, quando Rachel era namorada dele, os dois também iam até lá.

– Obrigada, Rose. Poderemos verificar esses detalhes quando dermos prosseguimento às *nossas* investigações.

Rose bufou demonstrando sua irritação. As palavras da policial a transtornaram. Ela se lembrou de quando já ouvira frases parecidas: *Estamos acompanhando as investigações. Já estamos investigando. Nossas investigações estão em andamento.*

– Tenho que lhe dizer que você é uma garota bem ousada, Rose.

– Se faço isso é porque já conversei com policiais como você muitas vezes. Sempre que eu perguntava a algum deles sobre minha mãe, nunca tinha uma resposta direta. E não sei o que é pior – disse Rose, desabafando como se aquela mulher representasse cada policial com quem já tinha falado –, eles esconderem o que sabem, isto é, mentirem, ou realmente não fazerem a menor ideia do que está acontecendo.

Lauren Clarke agora olhava para ela preocupada.

– Falei com Tania Miller porque não queria esperar e perguntar a você o que ela disse e ser enrolada com *Estamos dando prosseguimento às nossas investigações.*

– Entendo. Foi isso que aconteceu no sábado? Eu enrolei você naquele dia?

– Não, mas precisei insistir muito para conseguir algumas respostas.

– OK, vamos parar com isso. Mesmo que a gente não goste que as pessoas saiam por aí resolvendo as coisas sozinhas, você me ajudou e fico feliz por ter me passado as informações assim que as conseguiu. Agora vou revelar algumas coisas para você, mas preciso que saiba que são confidenciais.

– É claro – disse Rose, da forma mais gentil que pôde.

– De fato, Tim Baker me contou que ele e a namorada estavam no galpão e Rachel os encontrou. Isso você já sabe. A informação nova é que Tim Baker tem uma razão muito especial para não gostar de Rachel. Ele a culpa pelo suicídio de sua irmã.

– Eu sei.

Lauren Clarke levantou um dedo no ar para fazer Rose ficar quieta.

– Ao que parece, Tim Baker estava ajudando a esvaziar o quarto da irmã no verão e encontrou um caderno, um tipo de diário que Juliet fazia. Ela escrevera coisas que Rachel Bliss dissera sobre seu pai, que tinha perdido o emprego na escola. Ele trabalhou aqui como jardineiro por sete meses, então foi despedido. Aparentemente, Rachel dissera a Juliet que o pai dela tinha sido mandado embora porque tocara uma das garotas de forma inadequada. Conduta sexual imprópria. Mas não é verdade, é claro. Verifiquei a informação com a sra. Abbott. Mas Juliet acreditou nisso.

Rose soltou o ar através dos dentes. O que havia de errado com Rachel Bliss? Por que contava tantas mentiras? Provavelmente, para colocá-la no centro de todos os conflitos; para parecer que ela sabia de tudo o que havia para saber. E não teria nenhum problema se não fosse sempre às custas de outras pessoas.

– A segunda coisa que descobri veio do relatório da autópsia. Foi confirmado que Rachel tinha altos níveis de álcool em seu sangue. Falei sobre isso com você no outro dia. Também foi confirmado, e isso eu não tinha lhe falado, que Rachel tinha um ferimento na cabeça.

– Minha nossa. Alguém a acertou?

Rose ficou surpresa com aquela informação. Todas as vezes em que tinha pensado no assunto, nunca havia considerado a possibilidade de que alguém tivesse deliberadamente *matado* Rachel.

– Não necessariamente. Um golpe na cabeça pode ter sido causado por uma arma ou um acidente. Ela foi encontrada perto do píer. Vamos supor que, de fato, ela tenha caído de lá. Ela pode ter batido a cabeça na beirada da passarela e depois caído na água. Ou alguém pode ter acertado a cabeça dela com um objeto. Uma garrafa, talvez. De acordo com a autópsia, não parece ter sido o golpe o que a matou. Rachel com certeza se afogou, mas o ferimento, junto ao álcool, pode ter sido responsável por ela não ter condições de nadar ou subir no píer, nem se salvar de nenhuma outra maneira.

– Quem sabe Tim Baker... Talvez depois de Tania voltar para a escola ele tenha ficado por ali e encontrado Rachel com a vodca. Ele pode ter tomado dela a garrafa e a acertado com isso.

Rose se sentia agitada. Aquilo fazia sentido. Também era uma ideia bastante possível que o cretino do Tim Baker pudesse ter sido responsável pela morte de Rachel.

– Ele nega. Ele me contou que viu Rachel na segunda à noite assim que me viu. Ele me fez um relato completo e insiste que, quando deixou o galpão, foi direto para o carro e nunca mais colocou os olhos nela.

– Ele odiava a Rachel!

– Eu sei. Vou entrevistar Tania e Tim de novo e, quem sabe, a história deles mude. E não se esqueça: no fim das contas, pode ter sido apenas um acidente.

Rose se recostou. Estava cansada – a noite anterior parecia pesar sobre ela. A euforia que havia sentido na cabana e no caminho de volta à escola já tinha perdido a força.

– Mas obrigada por sua ajuda. Sua intervenção ajudou a esclarecer uma série de coisas e, por isso, sugeri que você devia pensar em seguir carreira na polícia. Sua mãe achava que era uma boa profissão.

– Foi por minha mãe ser da polícia que eu a perdi. E meu padrasto.

– Brendan Johnson.

Rose fez que sim.

– Você sabia, por acaso, que Rachel Bliss fez várias pesquisas sobre sua mãe e o companheiro? Encontramos vários arquivos sobre isso no laptop dela.

Rose assentiu.

– Assim que nos tornamos amigas, ela ficou fascinada por essa história.

– Sim, ela fez algumas pesquisas nessa época, mas também passou muito tempo se dedicando ao caso seis meses atrás. Como se seu interesse tivesse se renovado. Você sabe por quê?

Rose não respondeu. Lembrou-se de Rachel indo falar com ela no pátio depois de uma prova e contando que tinha visto a mãe de Rose no píer em Cromer. Até mesmo agora aquilo lhe provocava uma leve dor no peito. Rachel usando cada mentira que podia para envolver Rose. E, no final, tudo o que restara de Rachel eram seus passos virtuais, vagando de site em site. Ela não contaria mais mentira a ninguém.

– A pesquisa dela me deu mais detalhes sobre o caso.

– Isso não aparece nos arquivos da polícia?

– Procurei no sábado, depois que conversamos, mas a informação é confidencial. Eles devem ter sido pessoas importantes, Rose. Um arquivo confidencial significa que eles tiveram a maior atenção, então você não precisa se preocupar que sua mãe e seu padrasto tenham sido esquecidos.

Arquivos confidenciais. Escondidos. Para o acesso exclusivo de algumas pessoas.

– Enfim, não quero prendê-la mais. Faça uma boa viagem de volta a Londres.

Rose se levantou.

– Obrigada. Me desculpe se fui um pouco...

– Chata?

– Obrigada, de qualquer jeito.

– Imagine. Cuide-se bem, Rose.

A sra. Abbott esperava do lado de fora. A diretora tinha um olhar ansioso e levou Rose até seu escritório.

– Me falaram que você ficou conosco mais uma noite, Rose. Espero que seu amigo tenha se recuperado da queda.

Rose teve de pensar por um instante. Então se lembrou da história que tinha contado a Martha Harewood.

– Melhorou sim. Obrigada por ter me deixado ficar. E meu amigo também.

– Tenho algo para você. O sr. e a sra. Bliss me entregaram. Eles encontraram nas coisas da Rachel.

A sra. Abbott estendeu um envelope tamanho A4 forrado com plástico-bolha. Rose o pegou. Na frente, havia seu nome e seu endereço em Belsize Park. Era a letra de Rachel. O envelope estava cheio de selos.

– Acredito que Rachel pretendia enviar isso para você. Não chegou a mandar, mas o sr. e a sra. Bliss queriam muito que ficasse com isso.

– Obrigada.

– Você vai voltar para Londres agora?

– Vou. Obrigada mais uma vez por me deixar ficar.

– Estamos passando por um período muito difícil. Você precisa voltar para nos visitar quando as coisas estiverem mais calmas. Quando você veio morar aqui, estava muito triste. Com toda razão, é claro. Espero que nós tenhamos conseguido ajudá-la um pouquinho.

De repente, Rose sentiu vontade de chorar. É claro que tinham ajudado. Tinham sido uma espécie de família para ela, quando não tinha nenhuma. Tinham lhe dado carinho, afeição e apoio quando ela mais precisava. Queria dizer isso à sra. Abbott, mas não conseguiu falar. Em vez disso, só assentiu com firmeza, constrangida por ter sido tomada pela emoção.

– Que bom! Cuidado na estrada, principalmente quando escurecer.

Rose fechou a porta da sra. Abbott, colocou o envelope embaixo do braço e foi se encontrar com Joshua na recepção.

XXVI

Rose e Joshua levaram suas mochilas até o carro. Eram quase duas da tarde. O dia já havia ido embora e eles ainda tinham um longo caminho a percorrer. Enquanto guardavam as coisas na mala, Rose viu Amanda se aproximar.

– Está indo embora? – perguntou Amanda.

– Estou.

– Acabei de ver a Tania. Ela disse que a polícia interrogou Tim Baker. Falou que alguém acertou Rachel na cabeça com uma garrafa e que a polícia estava fazendo perguntas a Tim a esse respeito!

– Ouvi falar sobre isso, mas não há nada certo. Pode ter sido um acidente – disse Rose, sem querer entregar muito o que sabia. – Mas parece que Tim Baker não é uma pessoa nada legal. Sem dúvida alguma, vai terminar com Tania e procurar outra pessoa. Não deixe ele ficar com ninguém que você conheça.

Algumas garotas vinham na direção delas. E gritaram de longe para Rose e Amanda.

– Você vem? – perguntou Joshua educadamente.

– Não vai me apresentar, Rose?

Amanda olhou para Joshua com clara admiração. Rose hesitou.

– Esse é meu... meu amigo Josh.

– Você já está na faculdade? – perguntou Amanda.

Joshua assentiu.

– Engenharia. No Queen Mary College.

– Acho que vou tentar entrar para a Universidade de Londres. Ouvi falar que a vida noturna lá é ótima.

Rose interrompeu:

– Onde está a Molly? Não pude falar direito com ela mais cedo.

– Não a vi o dia inteiro. Ela não estava na aula de Francês nem na de História. A boa notícia é que a mãe dela vem buscá-la hoje.

As outras garotas os alcançaram. Eram Moira e Sandy, que também haviam sido colegas de Rose. As duas tinham expressões bobas no rosto e olhavam o tempo todo para Joshua.

– Vocês viram a Molly? – perguntou Amanda.

– Eu a vi há mais ou menos meia hora, logo depois do almoço, seguindo em direção ao lago. Não sei direito por que ela estava indo lá, a não ser que seja o lance da Rachel de novo.

O lance da Rachel. É assim que vai ser?, perguntou-se Rose. Aquelas palavras, *o lance da Rachel*, iriam resumir os eventos da última semana. O corpo de uma garota sendo arrastado para fora do lago da escola. Um corpo pálido deitado no píer enquanto o encarregado pelo gramado e o jardineiro tentavam ressuscitá-la. Uma garota infeliz que espalhava sua tristeza entre as outras pessoas. Agora ela se fora e tudo seria lembrado como *o lance da Rachel*.

– Vamos indo? – chamou Joshua.

– Tchau, meninas. A gente se vê.

Todas elas foram até Rose para lhe dar um beijo. Mesmo sem jeito com a demonstração de amizade, Rose ofereceu o rosto.

– Lembre-se do que eu disse sobre Tim Baker! – gritou ela, entrando no carro e colocando o cinto de segurança.

Joshua deu marcha a ré e então se afastaram do prédio da escola e seguiram lentamente pelo caminho serpeante, passando por quebra-molas e parando para deixar algumas alunas atravessarem na frente deles. Alguns metros adiante, Rose olhou para trás e as garotas já tinham ido embora. Virou-se de volta e viu, à sua esquerda, o lago e o galpão. Uma das garotas dissera que Molly tinha ido até lá. Lembrou-se de como tinha sido brusca com ela e se sentiu mal. Molly era a única pessoa que parecia se importar com a morte de Rachel. Molly, que tinha perdido uma amiga. Por que diabos Rose não fora um pouco mais gentil com ela e lhe dera alguns minutos extras de seu tempo?

– Joshua?

– Oi?

– Você se importa de virarmos à esquerda na próxima entrada e darmos um pulo no galpão? Preciso me despedir de alguém.

– Mais uma parada?

– Ah, por favor. Voltei lá na cabana com você. São só dez minutos. Não mais do que isso. A garota com quem quero falar talvez nem esteja lá, mas pelo menos terei tentado.

A entrada se aproximava e Rose sorriu quando viu Joshua dar seta.

– Obrigada.

Molly estava na ponta do píer. Rose a viu assim que dobrou a esquina do galpão. Ela estava sentada, as costas apoiadas na parede, olhando para o lago. Rose acenou para ela e sorriu, mas Molly não a cumprimentou. Por um instante, Rose se perguntou se Molly não a vira ou se estava chateada porque Rose tinha sido meio rude com ela mais cedo.

Olhou de volta para Joshua sentado no banco da frente do carro. Ele tinha estacionado junto a um dos micro-ônibus do Colégio Mary Linton e falava ao telefone. Sem dúvida, mais uma conversa com Skeggsie sobre o que tinha acontecido e o que fariam agora.

Ela deu a volta no galpão e seguiu para o píer. O lago estava frio e calmo, com uma pequena névoa se formando na superfície. Seus passos ressoavam na madeira e ela manteve o sorriso no rosto, com a esperança de que Molly se alegrasse quando chegasse mais perto.

– Oi – disse Rose, quando a alcançou.

– Ah, oi – respondeu Molly como se tivesse acabado de notar que Rose estava ali.

O cabelo de Molly estava preso para trás e ela usava uma jaqueta escura sobre o uniforme, meia-calça grossa e botas na altura dos joelhos. Pelo menos desta vez não estava com nenhuma presilha boba no cabelo.

– Descansando? – indagou Rose, olhando para ela.

Molly fez que sim.

– Quis ficar um pouco longe de todo mundo falando sobre a Rachel?

Ela assentiu de novo.

Rose se sentiu meio estranha ali, de pé. Puxou a jaqueta para baixo, para ficar mais confortável se sentar nas tábuas, então cruzou as pernas e se recostou na parede. Sentiu imediatamente o frio e se perguntou há quanto tempo Molly estava ali sentada.

– Olha, Molly, fui um pouco rude com você mais cedo quando me contou que Rachel viu Tania vestida e...

Rose percebeu então que não tinha contado essa parte para Lauren Clarke. Com todas as informações novas que ficara sabendo, esqueceu-se completamente disso. Talvez não fosse muito importante.

– Está tudo bem, Rose, sei que não fez por mal.

– Acho que a polícia está começando a juntar as peças do que aconteceu. Eles sabem que Rachel veio até aqui na segunda à noite e encontrou Tim e Tania juntos no galpão. Rachel e Tim brigaram, e ela saiu furiosa com a garrafa de vodca deles. Ela ameaçou contar para a sra. Abbott, mas acho que acabou ficando sentada por aqui, tomando vodca sozinha.

Molly assentiu.

– Então logo tudo estará acabado – disse Rose, com uma voz gentil, passando a mão pelo braço de Molly.

– Não sou criança, Rose, não me trate como se fosse uma – disse Molly, puxando o braço.

– Eu não...

– Todo mundo me trata como se eu fosse criança. Mas não sou. Eu tenho cérebro. Tenho sentimentos. É por isso que eu gostava de ser amiga da Rachel. Ela não me tratava como uma criança.

– Mas ela era uma pessoa difícil.

– Sei disso. Sei como ela era. Eu costumava vê-la por aí todos esses anos. Quando *nós* nos aproximamos, ela parecia diferente. Costumávamos passar muito tempo no quarto dela conversando. Ela me perguntava tudo sobre a minha vida e me contava sobre a dela.

Rose pensou se Rachel contara a Molly a verdade ou tinha simplesmente inventado outra vida: novos pais, novos irmãos, novos problemas. Tremeu de frio. Aquela não era a hora de estragar as lembranças que Molly tinha da amiga morta.

– Você não está com frio?

Molly balançou a cabeça.

– Eu ajudei Rachel. Fui uma boa amiga para ela.

– Eu sei.

– Sempre que ela precisava de alguém, sabia que podia confiar em mim. Quando ela estava ficando com Tim Baker e saía escondida à noite, sabia que podia contar comigo para abrir a porta quando voltasse para a escola. Eu deixava meu telefone perto do travesseiro e, quando ela mandava uma mensagem, descia e abria a porta para ela. Ninguém nunca descobriu o que Rachel estava fazendo graças a mim.

Rose se lembrou de quando tinha saído pela porta da lavanderia naquela manhã bem cedo e que bastava virar o trinco para impedir que ela batesse.

– Mas nas últimas semanas ela estava bem diferente. Triste. Disse que estava sendo assombrada e isso a deixava mal-humorada e cruel. Sentia muito por ela. Tentei fazê-la esquecer tudo isso. Não achei por um minuto que fosse mesmo um fantasma, mas ela realmente acreditava. É por isso que ela ficou tão irritada quando viu Tania vestida para se parecer com Juliet Baker. Ela veio até meu quarto. Pela primeira vez! Veio até o meu quarto e estava furiosa.

Rose instintivamente levantou a mão para tocar o braço de Molly, mas se deteve. Molly estava exaltada, falando sem parar. Os olhos de Rose correram na direção do galpão e do estacionamento atrás. Será que Joshua estava ficando impaciente? Ele teria que esperar.

– Ela ficou no meu quarto a noite toda e parecia a Rachel do começo da nossa amizade. Mas, no dia seguinte, estava irritada de novo. Ficava me mandando ir embora. E me disse algumas coisas bem cruéis. *Você é só uma criança. Vê se cresce. Me deixa em paz. Para de me seguir para todo lado.* Ela falou que eu parecia um cachorrinho.

Rose sentiu uma pontada de culpa. Tinha feito parte de uma conversa assim uma vez.

– Ela não respondia minhas mensagens de texto e eu não a vi por aí. Então, depois do jantar, fui para meu quarto. Eu me deitei e, por volta da meia-noite, recebi esta mensagem. Dá uma olhada, eu não apaguei.

Molly pegou o telefone no bolso do casaco e começou a mexer nele. Rose esfregou as mãos congeladas para aquecê-las. Molly lhe entregou o celular. Rose leu a mensagem de Rachel: **Acabei de ver Tania sair com a lanterna. Será que está tentando se passar por fantasma de novo??? Vou segui-la. Mando uma mensagem quando precisar que você abra a porta.**

– Mesmo sem ter se preocupado comigo o dia todo, ela ainda queria que eu abrisse a porta para ela.

O rosto de Molly mostrava como ela estava sofrendo.

– Molly, meu amigo está no carro dele logo ali. Por que não vamos até lá e a gente leva você de volta para a Casa Eliot? Sua mãe deve ter chegado.

– Eu não quero!

– Olhe – Rose se viu ficando irritada –, Rachel Bliss era uma pessoa realmente difícil. Você nem imagina o que ela aprontou comigo quando éramos amigas. Como ela... como ela me magoou, mentiu pra mim, feriu meus sentimentos. Ela nunca foi uma boa amiga pra mim e a verdade é que nunca seria uma boa amiga pra ninguém.

Rose pôde ver os olhos de Molly se enchendo de lágrimas.

– Mas morrer afogada?

— É horrível — disse Rose. — Mas isso não desculpa a forma como ela tratou você, ou como me tratou. Ou tratou Juliet Baker. E talvez tenha sido um acidente ou talvez ela tenha tirado Tim Baker do sério e ele acabou perdendo a cabeça com ela...

— Não, Tim Baker não estava nem aqui.

— O quê?

— Tim Baker não estava aqui. Quando cheguei, Rachel estava sozinha.

— Você esteve *aqui*? Na segunda à noite?

— Fiquei esperando a mensagem. Para abrir a porta. Quando deu uma hora e ela não tinha entrado em contato comigo, fiquei preocupada. Então me vesti e vim aqui fora. Tive que colocar uma caixa para segurar a porta. Eu estava apavorada. Tinha certeza de que alguém passaria pela lavanderia e seríamos pegas. Segui para o galpão. Estava escuro quando cheguei lá e eu não sabia o que tinha acontecido. Caminhei até o píer e então a vi ali sentada. Bebendo direto de uma garrafa.

Rose nem respirava.

— Ela se levantou quando me viu e veio em minha direção. Cambaleava para todo lado. Bêbada. Dava para sentir o cheiro do álcool. Fazia muito frio, e o casaco dela estava aberto. Peguei a mão dela e disse que devia voltar comigo e dormir um pouco para melhorar. Ela começou a falar sobre o Tim e a Tania e chamar a Tania de umas coisas terríveis. Tentei acalmá-la, mas ela estava furiosa e então voltou sua raiva contra mim. Ela disse: *O que você está fazendo aqui? Me deixe em paz. Estou cansada de ver você.* Rachel estava completamente trôpega. Eu falei para ela tomar cuidado, que ia acabar caindo, e ela riu de mim. É melhor você entrar, *menininha*, ela disse.

Rose ouvia tudo em total silêncio. Uma sensação horrível tomava conta dela. Queria cobrir os ouvidos com as mãos para não escutar mais nada.

– Ela veio tropeçando em minha direção e estendeu a garrafa para mim. *Bebe um pouco*, disse ela. *Ah, não, me esqueci que você é só uma garotinha. Você não pode beber...*

Rose segurou firme a mão de Molly, preparada para vencer sua resistência se precisasse. Mas a mão de Molly estava fria e largada.

– Eu a empurrei. Rachel andou para trás e perdeu o equilíbrio. Então, só ouvi o barulho da água e ela desapareceu.

– Ah, Molly.

– Desci os degraus, gritei. Esperava vê-la sair da água, mas não ouvi mais nada. Estava tudo escuro e não havia nenhum movimento, nada.

– Por que você não chamou alguém?

– Eu só voltei correndo para a escola e subi para o meu quarto. Pensei que, de algum jeito, ela teria saído. Sabe, que ela teria ficado quieta para me assustar e que, quando fui embora, ela teria nadado até a margem e saído de lá, e meio que esperava vê-la na manhã seguinte.

Rose viu Joshua na outra ponta do píer. Ela ajudou Molly a se levantar.

– Venha comigo, vamos para o carro. Vou ligar para Lauren Clarke, a policial. Você precisa lhe contar o que me falou. Sabe disso, não é, Molly?

– Não sou criança. Sei o que tenho que fazer.

Rose pegou o braço de Molly e as duas começaram a andar na direção do galpão.

XXVII

A viagem de volta a Londres começou quase uma hora depois do que tinham planejado. Na primeira parte do caminho, Rose ficou só olhando pela janela, vendo a estrada passar rapidamente. O dia estava claro, mas chovia um pouco e gotas atingiam o vidro, fazendo-o brilhar por um instante antes de se apagar sob o sol do fim da tarde. Parecia frio. Eles passavam por pessoas que fechavam bem seus casacos. Dentro do carro estava quente. Rose já tinha tirado o casaco.

Depois que Lauren Clarke fora até o estacionamento do galpão e levara Molly Wallace, Rose e Joshua se sentaram no carro enquanto ela explicava. Ele ficara surpreso. Fizera várias perguntas, mas nenhuma delas tinha sido fácil de responder porque ele não conhecera Molly como ela e também não conhecera Rachel. Um cansaço se abatera sobre Rose e ela dissera que não queria mais falar sobre aquilo. Só queria voltar para Londres.

Os dois seguiram pelas ruas secundárias até pegarem a estrada principal. Joshua mantinha um ritmo constante e não demorou muito para verem placas para Swaffham. O tráfego ficou mais lento e Rose via diferentes uniformes de escola enquanto pais e alunos se misturavam nas calçadas. Os adolescentes andavam em grupos e ela observava suas bocas abrindo e fechando: a fofoca do dia, uma história após outra sobre uma aula, uma amizade. Então, entravam em algum ônibus e seguiam para casa.

No Mary Linton, a maioria das alunas não ia para casa. As alegrias e tristezas do dia continuavam com elas durante a noite. Juliet Baker *levara* seus problemas para casa com ela. Por que nunca contara à família o que Rachel havia falado sobre seu pai? Tinha mantido aquilo guardado dentro do peito, até que se voltou contra ela; uma farpa maliciosa que Rachel colocara ali e que causara um grande dano depois. Molly também ficara isolada e suas mágoas tinham crescido até explodirem naquela noite no píer, e Rachel acabou sendo empurrada para o lago.

Molly disse que tudo ficou em silêncio quando ela caiu na água. Será que Rachel bateu a cabeça no píer e já entrou no lago inconsciente? Será que foi por isso que ela afundou sem lutar? Um objeto inerte que mergulhou para o fundo do lago, depois flutuou de volta para a superfície e foi encontrado pelo encarregado pelo gramado quando nasceu o dia. Ela fechou os olhos. Sentia o peso do cansaço ou da tristeza ou dos dois. Rachel Bliss, uma garota problemática e *perigosa* que tinha mexido com a vida das pessoas. Molly Wallace, uma garota solitária que as pessoas costumavam ignorar em razão de sua suposta imaturidade. A vida de Molly nunca mais seria a mesma.

Que confusão.

Quando saíram da cidade, a estrada parecia uma fita pálida entrelaçando-se pelos campos. Seguia em direção ao anoitecer e os olhos de Rose procuravam a luz cada vez mais fraca. Logo estaria tudo escuro. Ela havia feito aquela viagem várias vezes com Anna, mas o carro da avó era maior e ela ficava mais alta. O Mini de Skeggsie era baixo e, toda vez que outro carro passava por eles, Rose sentia como se estivesse trepidando pela pista. Ela não tinha notado esse desconforto na viagem até a escola três dias antes. Parecia que já fazia tanto tempo.

Joshua colocou uma música e depois estendeu o braço e apertou a mão de Rose. Ela olhou para o rosto dele e ficou pensando sobre a proximidade entre os dois nos últimos dias. Teria sido apenas o carinho de um tipo de irmão? Ou havia mais alguma coisa acontecendo? Será que os sentimentos dele por ela estavam mudando? Ou ela estava vendo coisa demais onde não existia? Projetando nele o desejo que sentia porque era como queria que fosse?

Ela não sabia e não ia perguntar.

Quando escureceu, a chuva caiu de verdade e parecia se jogar contra o para-brisa, embaçando a visão por uma fração de segundo antes que o limpador a clareasse. Outros carros vinham em direção a eles com um halo de luz que ofuscava por um instante, depois diminuía à medida que passavam. Rose fechou os olhos. Ela podia ouvir a música, o ronco do motor e o barulho da água caindo enquanto seguiam pelas estradas molhadas.

Em Brandon, ela se endireitou no banco quando o carro cruzou uma passagem de nível. Um trem passou depressa; apenas um vagão, iluminado como um desses brinquedos que giram rápido em um parque de diversões. Eles seguiram pela cidade andando e parando, o tráfego noturno estava muito pesado. Rose olhou para Joshua, que parecia cansado.

– Você está bem para dirigir?

Rose se virou para pegar uma água em sua bolsa no banco de trás do carro. Então viu o envelope forrado com plástico-bolha e o pegou.

– Estou – disse Joshua, olhando para ela. – O que é isso?

O envelope parecia antigo, as pontas amassadas como se tivesse ficado guardado por um tempo.

– A sra. Abbott me entregou. Estava com os pais de Rachel. Eles encontraram em meio às coisas dela. Devia ter sido enviado para mim, mas ela não chegou a mandar.

– Você abriu?

– Não. Ainda não – respondeu ela. – Talvez quando eu chegar em casa.

Então o colocou de volta no banco de trás.

– Está se sentindo melhor?

– Um pouco. Quanto mais nos afastamos da escola, melhor eu me sinto.

– Falta mais ou menos uma hora para chegarmos em Londres.

E continuaram atravessando as estradas escuras como breu do campo. Passado algum tempo, pegaram uma estrada com pista dupla onde o trânsito estava mais pesado e depois a via expressa em direção a Londres. A chuva caía com força e os carros que passavam jogavam água em cima deles. Rose esticou os braços e mexeu a cabeça de um lado para outro para desenferrujar um pouco.

– Não falta muito agora – disse Joshua. – Quando sua vó chega?

Rose se pegou rindo da palavra *vó* usada por Joshua. Passava a ideia de uma pessoa completamente diferente de Anna. Alguém acessível, fácil de lidar, alguém que fazia as pessoas sorrirem e que chamava a neta por um apelido carinhoso, como *Querida*, *Docinho*, *Amor* ou até mesmo *Rosie*, como Joshua a chamava.

– Ela chega esta noite, acho que é quando devo vê-la. Posso ficar um pouco na sua casa?

– Claro. Vamos comprar comida para viagem. Temos muito o que conversar com Skeggsie. Tem certeza de que quer fazer isso esta noite? Depois de tudo o que aconteceu?

– Eu preciso fazer isso esta noite. Preciso tirar todas essas outras coisas da minha cabeça.

– Está bem.

Joshua procurou um lugar para estacionar. Depois de algum tempo, eles encontraram uma vaga a uma curta distância a pé do apartamento, então desceram e pegaram as mochilas. Passaram por calçadas cheias de gente e tiveram que andar um atrás do outro quando dobraram na Camden High Street, seguindo em direção ao Alface e Companhia e à porta do apartamento.

– Vamos deixar as coisas lá e depois eu saio para comprar comida.

Rose fez que sim, parando em frente à porta de Joshua, ansiosa para ver Skeggsie com seus óculos de armação preta e grossa, blusas abotoadas até em cima e a sala cheia de computadores. Tinham informações a trocar e coisas a fazer. Depois de se ver envolvida nos detalhes das últimas horas de Rachel, Rose ficava feliz por estar longe, mergulhada em meio ao barulho e às aglomerações de Camden, e ansiosa para entrar de cabeça no projeto dos Cadernos. A porta do apartamento se abriu. Rose esperava ouvir os ferrolhos sendo puxados, mas então se lembrou de que Skeggsie tinha parado de se trancar lá dentro.

Ele apareceu na porta com uma expressão estranha no rosto.

– O que houve, Skeggs? – perguntou Joshua, passando por ele e subindo a escada de dois em dois degraus.

– Oi, Skeggsie – disse Rose, entrando.

Joshua já estava lá no alto.

– Vocês têm visita – disse Skeggsie. – Mas não se preocupem. Todas as coisas dos cadernos estão muito bem trancadas.

– Visita?

Rose começou a subir a escada. Podia ouvir a voz de Joshua lá em cima. Quando ela chegou no alto, viu um homem parado no meio do corredor. Ele usava um casaco Crombie. Parecia familiar, mas ela não conseguia se lembrar de onde o conhecia.

– Rose Smith. Já faz tanto tempo. Cinco anos, eu acho.

Ela estreitou os olhos. Seu quadril ainda estava dolorido em razão do jeito rude com que tinham sido tratados na noite de domingo. E ela ainda sentia o corpo meio duro depois de passar tanto tempo sentada no carro. Conhecia aquele homem. Tinha alguma coisa no jeito dele... Então se lembrou.

– Inspetor-chefe Munroe.

Ele sorriu.

– Ex-inspetor-chefe. Deixei a força policial há alguns anos. Sou funcionário público agora. Daí as roupas comuns.

Ele tinha uma expressão sorridente no rosto, como se fosse um vendedor. Ela se lembrava de vê-lo sentado do outro lado da mesa de centro na sala de estar de Anna, dizendo-lhe que a polícia não deixaria de procurar a verdade e que eles descobririam o que tinha acontecido com sua mãe e Brendan. Ela se virou para Joshua. Ele parecia confuso. Não conhecia o inspetor-chefe Munroe.

– O que você quer? – perguntou Joshua abruptamente.

– Podemos nos sentar em algum lugar para conversar melhor? Seu colega de apartamento me fez esperar em pé no corredor pelos últimos dez minutos.

Joshua abriu a porta da cozinha. James Munroe entrou na frente deles. Desabotoou seu Crombie, mas não tirou. Sentou-se, o casaco arrastando no chão.

– O que você quer? – perguntou Joshua.

Skeggsie estava parado na entrada. James Munroe olhou para ele.

– É um assunto confidencial.

– Ele fica – disse Joshua. – É da família.

– Certo.

Skeggsie entrou e puxou uma cadeira para se sentar. James Munroe o ignorou, olhando para Joshua e depois Rose, e então de volta para Joshua.

– Acredito que estejam voltando agora de Norfolk. Mais precisamente de Stiffkey e que foram à cabana quando estavam lá. Com certeza estão surpresos que eu saiba onde vocês estiveram. Parece que tem muita coisa que preciso explicar aos dois e é por isso que estou aqui. Preciso que venham comigo amanhã. Vamos para Childerley Waters, em Cambridgeshire, onde existe uma extensão da Divisão de Casos Antigos.

– Por quê?

– Acho que já está na hora de vocês dois saberem um pouco mais sobre o que aconteceu com seus pais. Se vocês soubessem de tudo, então a cena em Stiffkey poderia ter sido evitada.

– Você está falando de Lev Baranski?

– Lev Baranski é um jovem que perdeu o pai. Você perdeu o pai. É certo que haveria algum tipo de conflito.

Rose estreitou os olhos para James Munroe. Ele falava como se só Brendan estivesse envolvido. E quanto à sua mãe, Kathy Smith? James Munroe não lhe falara que conhecera sua mãe quando ela entrara para a força policial? Ele não tinha nada a dizer sobre ela?

– Foram vocês que esvaziaram a cabana? – perguntou Joshua. – Que tiraram o barco de lá?

– Não podemos deixar que algo assim aconteça de novo. Vocês dois precisam saber toda a verdade e é por isso que virão comigo amanhã até Childerley Waters. Já falei com sua avó, Rose. Vou mandar um carro buscar você e depois ele passa aqui para pegar o Joshua.

– Não – disse Joshua. – Vamos no nosso carro. Está tudo bem, Skeggs?

Skeggsie assentiu. James Munroe suspirou.

– Você tem GPS? Posso lhe passar as coordenadas.

Ele pegou um bloco do bolso e anotou um CEP.

– Procurem no Google Maps. É um lugar meio isolado, o que é bom para um centro de investigação e pesquisa. Podemos nos encontrar lá, digamos, às onze horas? Fica a cerca de uma hora de carro daqui, dependendo do trânsito. Aqui está meu cartão. Meu celular está aí. Eu já tenho o seu, Rose.

– Você recebeu minha mensagem? E o Frank Richards?

– Ah, o Frank. Isso já é outra história. Vocês vão ficar sabendo de tudo amanhã. E poderão ver as provas. Rose, Joshua, finalmente temos condições de lhes contar o que sabemos. Onze horas.

Ele se levantou.

– Até amanhã. Vocês não precisam me acompanhar.

Munroe saiu da cozinha. Rose ficou parada. Joshua foi atrás dele.

– Ele chegou aqui uns dez minutos antes de vocês – disse Skeggsie. – Como se soubesse que estavam para chegar. Eu o fiz esperar no corredor e escondi todas as nossas coisas. Ele não viu nada. Nada mesmo.

A porta da frente bateu, e então ouviram Joshua subindo a escada.

– E isso agora? Com certeza estamos chegando a algum lugar. Um policial veterano vai nos *contar a verdade.*

– Eu não teria tanta certeza – disse Skeggsie.

Mas Rose viu no rosto de Joshua que ele estava completamente extasiado. Ela não se sentia da mesma forma. Tinha um mau pressentimento. Cinco anos atrás, o inspetor-chefe James Munroe lhe contara a verdade. *Acreditamos que seus pais estejam mortos, assassinados por alguém pago pelo crime organizado.*

Agora, mesmo não trabalhando mais como policial, ele tinha alguma outra coisa para lhes dizer. Uma nova verdade.

Ela não confiava nele.

XXVIII

A viagem para Childerley Waters levou pouco mais de uma hora. Eles chegaram cedo e se viram a alguns quilômetros de um vilarejo, no perímetro – delimitado por uma cerca – de um lugar chamado Centro Cambridge. Era um prédio quadrado de tijolos de um andar, mais ou menos do tamanho de uma quadra de tênis. Em frente a ele havia uma área de estacionamento, as faixas de cada vaga pintadas precisamente. O asfalto era liso, nenhum mato, nenhum sulco. Sua aparência era impecável – como se ninguém nunca tivesse passado de carro por ali. As janelas do prédio tinham persianas verticais novas e elegantes. As portas de entrada estavam fechadas.

Não havia sinal algum de vida.

A cerca era bem sólida e a única maneira de entrar era através de um portão acima do qual havia uma câmera de sistema de circuito interno. Ao lado do portão, aproximadamente na altura de um motorista, havia um comunicador. Uma luz vermelha ficava piscando. Era o único sinal de atividade em todo o lugar.

Eles estacionaram do outro lado da rua, se sentaram e esperaram. A tensão no carro era palpável. A mistura de ansiedade e agitação que sentiram na noite anterior tinha diminuído durante a viagem. Skeggsie havia dirigido e o GPS os guiara até ali. Skeggsie tossia de vez em quando, alternando com a voz monótona que lhes dizia: *Siga em frente, Entre na via expressa* ou *Pegue a terceira saída na rotatória*. Joshua era o único que tinha muito o que falar. Contou que passara a noite anterior toda pensando sobre os cadernos e falava sobre segurança nacional, espiões e terrorismo internacional. O fato de James Munroe não ser mais um policial tinha alimentado suas teorias.

– Ele é um funcionário público! – dizia repetidas vezes. – Isso é um código para serviço secreto. Espiões.

Rose tinha passado a maior parte da noite anterior pensando em sua mãe e Brendan e no repentino aparecimento do ex-policial. Vez por outra seus pensamentos eram interrompidos por eventos relacionados à morte de Rachel Bliss. Ficou pensando no que tinha acontecido com Molly. A ideia de que ela pudesse ser presa parecia injusta e cruel, mas ela *havia* empurrado Rachel para a água. Ela *era* a causadora da morte de Rachel. Imaginou todas as garotas na hora do almoço da mesma forma como as vira na sexta anterior quando chegara. A notícia sobre Molly Wallace seria o principal assunto da conversa. Elas todas olhariam para Molly de um jeito diferente, espantadas com o que ela fizera e chocadas com os resultados de suas ações.

Sua avó, Anna, passara algum tempo com ela, contando-lhe sobre a ligação do ex-inspetor-chefe Munroe e seu desejo de informar a todos eles o que havia acontecido com Kathy Smith e Brendan Johnson. Rose e Joshua seriam os primeiros a saber. Munroe dissera a Anna que depois, então, ele iria à sua casa e lhe passaria as informações relevantes sobre sua filha. Anna estava ligeiramente irritada por não ser incluída na viagem a

Childerley Waters, mas dissera que tinha paciência e esperaria. Finalmente, ela saberia o que tinha acontecido com Kathy.

Rose estava apreensiva quanto ao que James Munroe lhes diria.

Naquela manhã, quando ela esperava Skeggsie ir buscá-la, sentiu medo. Não queria ir. Os dias anteriores já tinham esgotado suas energias e ela não sabia se queria passar por mais um turbilhão emocional. Quando o carro parou, ela se despediu de Anna e saiu, colocando seu casaco cinza e uma touca preta de lã.

Agora estava sentada no Mini, esperando por James Munroe, e Joshua e Skeggsie tinham se calado. Faltavam ainda uns dez minutos para a hora do encontro. Rose estava atrás e olhava pela janela para o Centro Cambridge e se perguntava que história estavam prestes a descobrir. A última coisa que tinham ouvido de Frank Richards era que sua mãe e o pai de Joshua estavam vivos. Rose tinha a terrível sensação de que isso não seria confirmado ali naquele dia. Ela olhou para o prédio, seus olhos tentando apreender alguma coisa. Tudo parecia imóvel, como se nada nunca tivesse acontecido ali. A rua estava em silêncio; nenhum carro tinha passado desde que estacionaram. As árvores estavam estáticas, nenhum sopro de vento em lugar algum. O clima era de funeral. Até Joshua parecia deprimido.

Skeggsie usava um inalador azul para levar algum remédio a seus pulmões quando um carro preto se aproximou lentamente.

– Ele chegou – disse Joshua, endireitando-se no banco.

O carro preto passou por eles e Rose esperou que virasse para a entrada do Centro Cambridge. Em vez disso, parou na frente deles, e James Munroe desceu do banco de motorista e seguiu em direção ao Mini. Ele ignorou Skeggsie e foi até a janela do passageiro, que Joshua abriu.

– Vocês precisam me seguir. Fica a cinco minutos de carro daqui. Depois iremos conversar.

James Munroe não esperou a resposta. Voltou para o carro e saiu lentamente. Skeggsie o seguiu.

A expectativa era grande no carro. Rose esticava o pescoço para ver aonde iam. Ela tirou o cinto de segurança e ficou no meio do banco de trás para ver melhor. Achou um envelope em seu caminho e o pegou. Era a carta que tinha recebido dos avós de Rachel Bliss. Havia esquecido de tirá-la do carro na noite anterior. Empurrou-o para o lado no banco e se inclinou para frente entre Joshua e Skeggsie, tentando ver para onde se dirigiam.

Apesar de seus pensamentos sombrios anteriores, sentiu uma empolgação em seu peito. Segurou o ombro de Joshua. Ele, então, colocou a mão sobre a dela, em um aperto firme e quente. Ao olhar para o espelho retrovisor, ela viu que Skeggsie a observava. Ele manteve o olhar fixo nela por alguns segundos. Skeggsie tinha um ar meio onisciente, como se já tivesse lido as emoções dela e soubesse que os sentimentos que tinha por Joshua haviam saído de controle. Ela puxou a mão e viu que o carro preto dava seta e saía da estrada em direção a uma trilha.

– Lembrem-se do que conversamos a noite passada. Não importa o que ele diga, não vamos falar sobre *O Projeto Borboleta*, nem os cadernos. Podemos falar sobre Frank Richards e os russos, porque ele provavelmente já sabe sobre isso, mas guardamos o restante para nós mesmos.

Ninguém falou nada. Não era preciso. Já tinham acertado isso tudo na noite anterior.

Quando saíram da estrada, passaram pela placa de uma trilha pública de pedestres e por outra que dizia *Childerley Waters*. Embaixo estava escrito: *Estação de Água do Sudeste. Por favor, mantenha-se nas trilhas.*

– Estamos indo para uma represa? – indagou Joshua.

– Não – disse Skeggsie. – São algumas minas calcárias antigas que foram preenchidas com água. O lugar serve para prática de esportes, uso de barcos e também para treino de mergulho. Eu pesquisei.

Rose viu o carro da frente se virar de novo, lentamente, saindo para uma pista ainda mais estreita, onde havia uma densa folhagem, os galhos das árvores atingindo o veículo.

Minas calcárias antigas que tinham sido enchidas com água. Uma sensação terrível tomou conta de Rose. Ela não gostava da ideia de que aquele lugar estivesse, de alguma maneira, associado à sua mãe e Brendan. Ela se recostou no banco, não mais ansiosa para ver aonde estavam indo. Parecia que uma grande poça tinha se formado no fundo de sua garganta e ela engoliu algumas vezes.

O carro preto parou.

Skeggsie levou o Mini para o canto da pista e estacionou.

Eles saíram; Rose logo depois que Skeggsie empurrou seu banco para a frente. Já fora do carro, os três olharam para a direita. Ali havia uma grande área cheia de água, como uma lagoa. As beiradas eram cinza e rochosas, sem a folhagem verde que cercava o lago dos barcos no Mary Linton. Parecia meio lúgubre, a água escura e parada. Longe dali, do outro lado, dava para ver algumas canoas e um grande barco a motor puxando um esquiador.

– O que é isso? – perguntou Joshua.

James Munroe segurava uma pasta de arquivo marrom. Rose olhou de lado e viu a palavra *Confidencial* escrita nela. Lembrou-se então do que Lauren Clarke dissera no dia anterior: *Eles devem ter sido pessoas importantes, Rose.* Só agora percebia que a policial tinha falado no passado. *Devem ter sido;* passado; já não mais.

– Por que vocês não entram no meu carro? Está mais quente lá.

– Skeggs está vindo – disse Joshua, indicando o amigo com o polegar.

James Munroe assentiu.

De algum jeito, Rose foi parar na frente, ao lado do ex-inspetor-chefe. Ela se sentou meio de lado para poder ver Joshua e Skeggsie. Quando olhou de novo para a frente, tudo o que viu foi uma superfície plana de água que se estendia até o horizonte. Nos alagadiços de Norfolk, eles não tinham visto água, mesmo estando perto do mar. Ali, no meio do país, havia água até onde a vista alcançava.

– Sei que nos últimos meses você, Joshua e seu amigo têm pesquisado sobre o desaparecimento de seus pais. Na verdade, isso é uma grande coincidência. Recentemente, alguns mistérios sobre o desaparecimento dos dois foram resolvidos. Mas eu não queria de maneira alguma passar essas informações para vocês antes de ter absoluta certeza.

– E o que isso tem a ver com você? – perguntou Joshua. – Achei que não fosse mais da polícia.

– Não trabalho mais na parte operacional. Sou um funcionário público responsável por alguns aspectos ligados à segurança.

– Segurança nacional? Relações exteriores? Espiões?

Joshua não conseguia esperar. Teve que jogar todas as suas cartas na mesa. De uma só vez.

James Munroe balançou a cabeça.

– Se me deixar falar, vou lhes contar o que descobrimos. Os detalhes estão neste arquivo. Levem o tempo que precisarem para examinar o que tem aqui. Meu número no Ministério dos Negócios Interiores está aí, caso queiram entrar em contato comigo. Estarei pronto para conversar com vocês. É uma linha direta para falar comigo.

Joshua parecia querer dizer mais alguma coisa, mas não falou nada. Rose olhava para além de James Munroe, em direção à água atrás dele, que se estendia como seda, como se alguém pudesse cortá-la com uma tesoura.

– Seus pais trabalhavam no caso não resolvido de cinco garotas adolescentes que foram sufocadas na parte de trás de uma daquelas carretas de carregar contêiner, em 2003. Essas garotas faziam parte de um esquema de tráfico de pessoas e tinham entre treze e dezesseis anos. Vinham do Quirguistão, Usbequistão e Bielorrússia. Duas delas não foram sequer dadas como desaparecidas. Nenhum pai apareceu, ninguém ligado a elas. Essas duas acabaram sendo enterradas em um cemitério em Whitechapel.

Rose ouvia com atenção. Esperava ansiosa pelo desfecho da história.

– Seus pais ligaram este caso a Viktor Baranski, um suposto homem de negócios russo, que morava em Kensington com a família. Respeitável. Trabalhara na Marinha russa e diziam que tinha vendido segredos para o governo britânico. Tudo bobagem, pensávamos. Uma fachada. Ele era um bandido que traficava jovens e as vendia no Reino Unido e por toda a Europa pelo máximo que conseguisse ganhar. Em 2006, parecia que tínhamos já um bom caso contra Baranski. Havia muita coisa com a Promotoria Britânica. Tínhamos que ter certeza de que o pegaríamos, mas, de repente, ele desapareceu e dias depois foi encontrado no mar, em Cromer.

O carro estava no mais absoluto silêncio.

– O problema é que Baranski devia dinheiro para uns bandidos da pesada. Alemães. Dois milhões de libras. Quando o corpo de Baranski apareceu na praia, os alemães acharam que Kathy e Brendan tinham deliberadamente passado informações sobre ele para o serviço secreto russo para poderem colocar as mãos no dinheiro de Baranski. Os alemães queriam seu dinheiro de volta. Queriam Kathy e Brendan.

Dois milhões de libras. Parecia coisa de Banco Imobiliário. Rose imaginou o dinheiro empilhado na mesa, perto do tabuleiro.

– Então eles precisavam sumir do mapa. Tinha que parecer que haviam deixado o país, que tinham fugido com o dinheiro. E por isso precisavam deixar vocês dois para trás. Ninguém acharia que era um negócio maquinado se deixassem os filhos para trás. Três ou quatro semanas... Esse era o tempo que pensávamos que levaríamos para eliminar esses bandidos. Era um caso realmente importante. A vida dos seus pais estava em perigo e, na verdade, a de vocês também estaria se não tivéssemos conseguido chegar às pessoas para quem Baranski devia dinheiro. Nós nos unimos à polícia alemã e preparamos armadilhas para pegar as pessoas envolvidas na organização. Enquanto isso, Brendan e Kathy voltaram de Varsóvia com nomes falsos e ficaram na cabana em Stiffkey. Nós lhes dávamos assistência. Três semanas se passaram e a operação alemã foi concluída com sucesso. Estávamos para tirá-los da clandestinidade quando...

– O quê?

– Eles desapareceram.

Rose fez um barulho com a garganta. Um tipo de exclamação infantil. Ouvir pela segunda vez que eles tinham desaparecido foi demais. Demais para uma filha aguentar.

– Nós os procuramos por toda parte. Em todos os lugares que podíamos. Não havia restado nada do império Baranski, só o filho, a família e o restaurante. A parte alemã da operação tinha sido concluída e ficamos com uma cabana vazia e duas crianças sem pai nem mãe. Foi um dia lamentável.

– Então vocês não sabem onde nossos pais estão ou o que aconteceu com eles? – perguntou Joshua, olhando para os nós dos dedos.

– Eles tinham acesso a um carro, um Audi prata, que não ficava na cabana, mas em uma garagem em Holt. Quando fomos verificar, o carro tinha sumido. Continuamos procurando por eles. Nunca deixamos de procurar.

– Frank Richards disse que eles estão vivos.

James Munroe balançou a cabeça irritadamente.

– Frank era nossa pessoa de apoio em Stiffkey. Ele cuidou de seus pais por três semanas. E nunca mais os viu desde então. Ele é uma pessoa imprevisível, um dissidente. Não sabe do que está falando.

– Por que estamos aqui? Por que nos trouxe aqui?

– Quero lhes mostrar uma coisa. Venham comigo. Aqui, guarde isso em seu carro, por segurança.

Ele entregou a pasta *Confidencial* para Skeggsie. Eles desceram do carro e esperaram enquanto Skeggsie colocava a pasta no Mini. Então, todos eles seguiram pela trilha em direção à água. Isso levou mais ou menos uns cinco minutos. Havia marcas de pneus até a beira da água. Joshua as observou atento.

– As pessoas trazem seus veleiros para cá. Em um dia *de vento* – disse James Munroe, como se já esperasse uma pergunta. – E vocês podem ver como este lugar fica perto do Centro Cambridge, uma das sedes da Divisão de Casos Antigos. Tudo o que acontece aqui pode ser considerado uma mensagem direta para a equipe deles. *Olhe só o que podemos fazer bem aqui na sua porta.*

Rose sentiu uma pressão em seu braço. Olhou para baixo e viu que era sua própria mão.

Eles chegaram à margem da água e ficaram olhando. A superfície escura e lisa parecia sólida como um gel. Rose pensou qual seria sua profundidade. Quase perguntou, mas não pôde, porque sabia que ia chorar.

– Quatro semanas atrás, um mergulhador localizou um carro no fundo da mina. Era um Audi prata, e o número de registro batia com o carro a que seus pais tinham acesso. Dentro do carro, foram encontrados os restos de dois corpos. Homem e mulher. Ainda estão sendo feitos testes de DNA para identificar as pessoas e descobrir a causa de suas mortes.

Rose se virou para o outro lado. Sentia como se o chão corresse embaixo de seus pés.

Em seu coração, costumava acreditar que eles tinham morrido há cinco anos. Mas as últimas semanas tinham lançado dúvidas reais e ela começara a ter esperanças de novo. Agora, era como se tivesse voltado a ser aquela garota de doze anos e James Munroe estivesse na sala de estar de Anna, do outro lado da mesinha de centro, dizendo-lhe para ser corajosa.

Tinha perdido sua mãe uma vez. Isso partira seu coração.

Agora estava acontecendo tudo de novo.

XXIX

O apartamento em Camden parecia frio e vazio. Pela primeira vez, desde que se reaproximara de Joshua, queria ir embora e voltar para a casa de Anna. Mas não podia. James Munroe ia falar com sua avó e ela não queria estar lá quando ele fosse. Ela o imaginou vestido de preto, com uma cartola; a pessoa que ia à frente do funeral. Em sua mente, ele sempre estaria associado à morte. Há cinco anos, ele lhe dissera para receber a notícia como uma garota crescida. Agora que ela já era crescida, a recebia como se fosse uma criança de cinco anos.

Anna se sentaria em uma de suas poltronas na sala de estar e ouviria o que ele havia lhes contado mais cedo. Suas pernas estariam elegantemente cruzadas e os dedos entrelaçados, as unhas pintadas brilhando como joias.

Talvez Anna chorasse. Rose não queria estar lá e presenciar isso.

No carro, na viagem de volta de Childerley Waters, Joshua estava completamente calado. Rose chorava ruidosamente. Ela fungava, assoava o nariz e limpava a garganta toda hora. Quando já não tinha mais o que chorar, ficou olhando a paisagem pela janela. De vez em quando, seu corpo tremia involuntariamente, um abalo causado por tanta tristeza.

— Não acreditem nele só porque já foi um policial — dissera Skeggsie, que ainda tossia um pouco.

Mas a visão que Skeggsie tinha dos policiais havia sido corrompida. Seu pai fizera parte da força e ele era cético em razão de todas as histórias que já tinha ouvido.

Rose voltou a chorar. Sua pele estava úmida, os olhos, inchados, e ela não conseguia parar. Quando chegaram a Camden, sua cabeça parecia pesada, maior do que o normal, e suas pálpebras estavam doloridas. Foi direto ao banheiro e abriu a água fria na pia. Sentou-se na ponta da banheira e encheu as mãos de água, segurando-a contra os olhos. Depois que secou o rosto, encontrou Skeggsie e Joshua sentados à mesa da cozinha. No centro da mesa estava a pasta *Confidencial*. Lembrava uma das pastas que ela usava para os trabalhos do colégio. Dentro dela estava a verdade nua e crua que quiseram saber por cinco anos. *Se ao menos soubéssemos a verdade,* eles tinham dito repetidas vezes. *Só queremos saber o que aconteceu,* costumavam dizer.

Agora sabiam e isso não era um conforto.

As análises forenses não podiam determinar o tempo exato que o Audi prata ficou dentro d'água. A estimativa dizia entre quatro e cinco anos. A investigação ainda estava em andamento, mas James Munroe achava que Kathy e Brendan tinham sido levados da cabana em Stiffkey e assassinados logo depois.

A pasta continha as anotações detalhadas, mas ainda assim permanecia intocada na mesa. Joshua, que tinha sido o mais empenhado na busca por seus pais, não pegou a pasta, não abriu, não estava interessado. Skeggsie parecia que queria abrir, mas se deteve. Era Rose quem teria que pegar a pasta. Rose, que tinha relutado em se envolver na investigação sobre os pais deles, que tinha procurado um jeito de lidar com sua dor e queria deixar os mortos em paz. Mas ela acabara se deixando seduzir pelo entusiasmo de Joshua. Tinha sido envolvida, apesar de relutar, só para descobrir que teria que passar pelo processo de sofrimento e perda novamente. Ela abriu a pasta e tirou de lá um monte de papéis. No alto, havia a fotografia do carro. Rose chegou a ficar sem ar quando a viu. Havia sido tirada no lugar em que tinham estado horas antes, Childerley Waters.

A fotografia tinha sido feita a distância. O carro prata estava sendo tirado da água. Rose pensou em Rachel Bliss sendo tirada do lago pelo jardineiro e pelo encarregado pelo gramado. A foto em sua mão mostrava um reboque grande. Havia polias presas à traseira do Audi e ele estava sendo puxado para fora de onde ficara por tanto tempo. E havia pessoas em volta: um mergulhador, um policial, o homem que operava a máquina.

Ela colocou a foto na mesa à vista de todos, mas Joshua não a pegou.

– Vai haver um funeral? – indagou ela de repente.

Ninguém respondeu.

Ela queria voltar para a casa de Anna. Queria estar em qualquer outro lugar que não ali.

– Vou sair para comprar comida – disse Skeggsie, se levantando. – É melhor a gente comer alguma coisa.

– Vou com você – disse ela.

Joshua se levantou e saiu da cozinha. Rose ouviu a porta dele se fechar. Ela franziu as sobrancelhas e já ia atrás de Joshua quando Skeggsie segurou seu braço.

– É melhor deixá-lo um pouco sozinho.

Eles saíram pelas ruas de Camden comprando o que queriam: pão, salada, frango cozido. Skeggsie comprou também frutas, batatas fritas e um saco de donuts.

– Comida para trazer um pouco de conforto.

– Você não acredita mesmo na história do policial? – perguntou Rose enquanto levavam as coisas para o apartamento.

– Não sei – disse Skeggsie. – Só sei pelo que meu pai me falava que acontece muita coisa que as pessoas não ficam sabendo. E esse tal de James Munroe? Por que ele não é mais policial? Por que ele não falou nada para você e o Joshua até os dois irem à cabana? São muitas perguntas sem resposta.

– Mas eles estão mortos? Minha mãe e o Brendan? Você acha agora que isso é verdade?

– Talvez. Mas isso não responde nenhuma das perguntas importantes.

– Não estou interessada nas perguntas importantes. Só quero saber se minha mãe está viva. E Brendan também.

– E quanto a Frank Richards e os cadernos? Você sabe, eu descobri um dos códigos. São os números de uma página, de uma linha e de uma letra. Se o código é 892, por exemplo, então é a página 8, linha 9, letra número 2. Vamos dizer que essa letra seja um "A". O problema é que, na próxima vez em que houver um "A", o número será diferente. Entende? Coloquei o computador para fazer isso, mas a cada poucas palavras a coisa se transforma em algo ininteligível, o que significa que a ordem foi alterada. Então 892 se torna página 2, linha 9, letra número 8, que descubro ser um "P" ou outra coisa. Até agora decifrei meia página, e é tudo sobre Stiffkey e marés, blá, blá, blá...

Eles voltavam para o apartamento e Rose bufou, soltando o ar através dos dentes. Skeggsie achava mesmo que ela queria ouvir aquelas coisas agora? Será que percebia o que ela e Joshua estavam sentindo? A questão é que o envolvimento dele com os cadernos sempre tinha sido acadêmico, nunca emocional. Ele olhava para aquilo tudo como uma espécie de quebra-cabeça matemático. Isso a surpreendia um pouco porque ele estudava artes. Ela achava que aquelas coisas deviam tê-lo *afetado* mais. Joshua era seu melhor amigo, mas ainda assim ele parecia viver tudo aquilo de maneira isenta. A arte de Skeggsie era um pouco assim. Não havia pinturas ou esculturas por perto. Sua arte estava em seu computador: animação, filmes, fotografia, instalações.

Passaram pelo Mini, onde o haviam estacionado mais cedo.

– Eu realmente me importo com tudo isso – comentou Skeggsie, como se lesse seus pensamentos.

Ela deu de ombros. Skeggsie parou junto ao carro.

– O que é isso? – perguntou ele, pegando as chaves e abrindo a porta do Mini.

Ele se inclinou até a parte de trás do carro e pegou o envelope que Rose tinha deixado lá no dia anterior. Rose estalou a língua quando o viu. Tinha esquecido ali de novo. Pegou o envelope da mão de Skeggsie, dobrou-o ao meio e guardou-o dentro de uma das sacolas de compras.

Voltaram para o apartamento. A cozinha ainda estava vazia. Rose foi até o quarto de Joshua e abriu um pouco a porta. Ele estava deitado de lado na cama, os olhos fechados.

– Vamos preparar o almoço. Ele vai acordar logo – disse Skeggsie do fim do corredor.

Eles andaram pela cozinha sem fazer barulho. Skeggsie passou o frango para uma assadeira, cobriu com papel alumínio e colocou no forno. Rose pegou a salada e cortou alguns pães. Abriu a batata, colocou em uma tigela no meio da mesa e arrumou os pratos. Aquela atividade a fez se sentir melhor. Ouviu uma movimentação no outro cômodo e se animou um pouco. Quando Joshua se levantasse, poderiam comer. Talvez pudessem recomeçar e deixar aquela coisa horrível para trás. Seguir com suas vidas. É claro que Rose queria que sua mãe estivesse viva, mas, se realmente não estava, precisava seguir em frente e deixar para trás a tristeza profunda que carregara por todos aqueles anos. A esperança que tinham sentido agora parecia uma piada de mau gosto. Frank Richards tinha sido como uma sereia que os atraíra para as rochas.

Ela pegou a pasta *Confidencial* e levou até o quarto de Skeggsie. Colocou-a na mesa, onde costumavam deixar as coisas ligadas aos cadernos, embora agora estivesse vazia; os cadernos e impressões escondidos por Skeggsie quando James Munroe chegara.

Ela voltou à cozinha e pegou o envelope de Rachel Bliss. Não queria abrir, mas sabia que faria isso. Se tivesse levado as outras cartas a sério, talvez pudesse ter ajudado Rachel. Em vez disso, seu ódio pela garota a fez ignorar os pedidos dela de ajuda. Se ia mesmo seguir em frente e deixar para trás o que acontecera nos últimos meses, então precisava saber o que dizia a mensagem de Rachel. Ela puxou a ponta e rasgou a aba do envelope. Enfiou a mão lá dentro e tirou algumas fotos. Havia também um bilhete, que ela leu rapidamente:

Querida Rose, tirei estas fotos hoje para provar a você que estava dizendo a verdade. Rachel.

Era breve – para uma mensagem de Rachel –, nada do histrionismo a que Rose tinha se acostumado. Olhou para as fotos. À primeira vista, pareciam de alguém segurando um jornal. Três fotos A4 do alto ou do canto de um jornal, com pessoas no fundo.

O que era aquilo?

– Isso é estranho – disse ela em voz alta.

Então olhou de novo para o bilhete e viu uma data no alto. Dez de junho.

– Isso foi escrito para mim em 10 de junho. Há cinco meses. O que é isso? Não consigo entender.

Joshua tinha entrado na cozinha, esticando os braços no ar, o cabelo meio bagunçado. Parecia um pouco melhor, *mais sereno*, depois de dormir um pouco.

– Rachel Bliss quis me mandar isso há cinco meses, mas não chegou a enviar. São umas fotos estranhas de pessoas à beira-mar, com esse jornal na parte de baixo de cada uma, como se ela não tivesse enquadrado a foto direito.

– Me deixa dar uma olhada – pediu Skeggsie.

Skeggsie pegou as fotos. Rose leu o bilhete de novo. *Tirei essas fotos hoje para provar a você que estava dizendo a verdade.* Dez de junho. Logo depois das provas, alguns dias depois que ela deixara o Mary Linton. Rose se lembrou do dia em que Rachel se sentou ao lado dela no pátio e lhe contou que tinha visto sua mãe e seu padrasto no píer em Cromer. Era só mais uma das mentiras de Rachel e Rose não lhe dera atenção.

– O jornal deve ter sido colocado deliberadamente na foto para mostrar a data. Como fazem em vídeos de sequestro. Para provar que a pessoa sequestrada ainda está viva naquela data. Prova de vida? – disse Skeggsie.

– Vídeos de sequestro. Você tem assistido a muitos filmes ultimamente – disse Joshua, de um jeito amargo.

Rose pegou as fotos de volta com Skeggsie e colocou-as separadas sobre a mesa. Depois tirou os pratos, a salada e a batata do caminho.

– Você tem uma lupa? – perguntou ela.

Skeggsie assentiu.

– Pode me emprestar? – pediu ela com voz estridente.

– Um *por favor* cairia bem – resmungou Skeggsie.

Ela olhou a primeira foto com atenção. Depois as outras. E ficou sem ar quando os viu. Eles estavam em espreguiçadeiras, junto aos degraus que subiam da praia para o calçadão. O homem estava sentado, lendo um jornal. Usava óculos escuros e um chapéu de aba larga, mas ainda assim Rose sabia quem era.

– Me dê a lupa, depressa.

– O que você está fazendo, Rosie? – perguntou Joshua.

Ela segurou a lupa sobre o rosto do homem e arfou quando confirmou quem era.

O rosto da mulher estava ainda mais claro. Na primeira foto, ela puxava o cabelo para prender atrás. Na segunda, ela estava de pé, tirando areia da frente do corpo. Na terceira, ela olhava para o mar, o rosto pensativo. Rose não precisava da lupa para saber quem era, mas usou de qualquer forma. O rosto de sua mãe pareceu pular da foto em direção a ela. Sua mãe, sentada com Brendan na praia de Cromer, cinco meses atrás.

– Rosie, você está chorando? O que foi? – perguntou Joshua, parecendo preocupado.

Ela se afastou e entregou a lupa para Joshua. Suas lágrimas se misturavam a um sorriso extasiado.

– Dá uma olhada – disse ela. – Veja você mesmo!

Skeggsie parecia confuso. Joshua pegou a lupa. Depois de alguns instantes, ele parecia falar direto com as fotografias, seus dedos correndo pelas imagens como se pudesse realmente tocar as pessoas que estavam ali.

– Pai – disse ele.

Depois de todas as mentiras que Rachel contara, ela finalmente tinha dito a verdade. Rose fechou os olhos.

– Obrigada – disse ela carinhosamente.

XXX

Não houve funeral, apenas uma cerimônia em memória de sua mãe em uma pequena igreja em Hampstead.

Anna organizou tudo e Rose teve de comparecer. Era uma cerimônia íntima para alguns poucos amigos mais próximos, uma chance de Anna dizer adeus formalmente à sua filha, Katherine. Hesitantemente, Anna perguntou a Rose se ela se importaria que houvesse uma foto e flores dedicadas a *Katherine Christie*, nome que tinha dado à filha. Rose não se opôs. E lhe deu apoio. Joshua argumentou que seria a coisa certa a fazer nas atuais circunstâncias. James Munroe ajudara Anna a organizar a cerimônia. Ele lhe dissera que tinha que ser algo discreto e reservado porque as investigações ainda estavam em andamento. E explicara que os corpos não podiam ser liberados porque ainda faziam parte do caso.

Anna parecera animada com o evento e conversara com Rose algumas vezes sobre sua filha. No passado, ela dissera coisas ruins a respeito de Katherine ter saído de casa, mudado de nome, dedicado-se a uma carreira comum e tido um bebê. Falara sobre como ela rejeitava o estilo de vida de Anna e fazia só o que queria. Anna via isso como uma traição e costumava parecer mais aborrecida com isso do que com o fato de Katherine estar desaparecida há cinco anos.

Ela até culpara Brendan Johnson, sugerindo que ele tinha assassinado Katherine e depois fugido para se esconder. Rose nunca contara isso a Joshua e foi um choque quando, alguns dias depois da visita a Childerley Waters, Anna desceu até o jardim, foi ao estúdio de Rose e bateu na porta uma hora que Joshua estava lá com ela.

Nesse dia, Anna apertou a mão de Joshua e falou: *Sinto muito pela sua perda.*

Também disse a Rose que podia convidá-lo para ir à sua casa sempre que quisesse.

Ao aceitar a história de Munroe sobre a morte de Kathy e Brendan, Anna não via mais Joshua como o filho de um assassino.

Mas era tudo uma grande mentira. A história sobre o carro e as pessoas era falsa. Aquilo incomodara muito Rose nos primeiros dias depois de terem visto as fotos de Rachel Bliss. Custava a acreditar que o ex-inspetor-chefe James Munroe tivesse mesmo mentido para eles.

– Pode ter sido um engano?

– DNA – respondeu Skeggsie diretamente.

Nenhum engano tinha sido cometido, nenhum erro. Era uma história armada. Rose e Joshua sabiam disso porque tinham visto três fotografias de seus pais na praia de Cromer há cinco meses, quatro anos e meio depois de supostamente terem morrido afogados dentro de um carro em Childerley Waters. Munroe era um mentiroso.

Na manhã da cerimônia em memória de Katherine, Joshua foi até a porta da casa de Anna, e Rose o deixou entrar, levando-o até seu escritório no andar de cima.

– Só não acho que devia ter deixado isso seguir em frente – disse Rose.

Joshua se sentou na poltrona. Olhou em volta do quarto, admirando-o.

– Eu devia ter contado a verdade a Anna. Ela está passando por tudo isso, quando, na verdade, é uma grande farsa.

– Lembre-se do que conversamos. Temos que fazer Munroe achar que acreditamos em cada palavra que ele disse. Ele é a chave desse mistério.

– Mas Anna está de luto pela minha mãe...

– Rosie, temos que manter a cabeça no lugar. Nós topamos com alguma coisa muito importante para Munroe, algo que tem a ver com nossos pais, Viktor Baranski e a polícia britânica. Achamos a cabana e o barco, e acabamos envolvendo Lev Baranski na história. Frank Richards disse que estava tomando conta de você, então lhe deu aquele número de telefone, que você usou e acabou provocando uma série de reações. A pasta *Confidencial*? É uma obra de ficção. Mas pelo menos agora nós sabemos. Isso não tem nada a ver com o serviço secreto ou a segurança nacional. Tem a ver com a polícia. Se você contar à sua avó, ela vai fazer um escândalo e Munroe vai ficar sabendo. Ele vai se esconder e não vamos descobrir mais nada sobre o que aconteceu com eles.

Suas esperanças pareciam se sustentar por uma linha tênue. Um livro de borboletas que era a chave para decifrarem os cadernos que pegaram de Frank Richards. Cada caderno estava relacionado a um assassinato: um adolescente chamado Ricky Harris e um homem de negócios russo, Viktor Baranski.

– Temos que nos controlar agora, Rosie.

Rose fez que sim. Era a coisa certa a fazer, mas parecia errado.

Quando chegaram à pequena igreja, uns dez amigos de Anna já estavam lá sentados. Rose e Joshua ficaram algumas filas atrás. Lá na frente, havia uma foto de sua mãe que não tinha visto antes. De quando era uma adolescente, não muito mais velha do que Rose. Anna mandara ampliar. Era Katherine, a jovem que Rose nunca conhecera. Seu cabelo era volumoso e estava todo arrumado. Ela usava batom e se parecia um pouco com Anna. Rose se perguntou se ela estava usando roupas da Bond Street. Um pouco depois da época daquela foto, Katherine deixara a casa da mãe e se tornara Kathy Smith.

A porta da igreja se abriu, e Rose e Joshua olharam para trás. Era James Munroe, usando seu casaco Crombie e carregando um pequeno buquê de flores. Rose sentiu Joshua ficar tenso a seu lado. Munroe caminhou pela nave da igreja e acenou com a cabeça, cumprimentando-os. Então, sentou-se em um banco, do outro lado.

A cerimônia foi curta com uma mistura de orações e leituras da Bíblia e de Shakespeare. Às vezes, Rose sentia os olhos arderem, como se estivesse para chorar. Procurava se concentrar na foto da mãe no altar. Katherine Christie era alguém que ela nunca conhecera. Em sua bolsa, Rose tinha uma foto quadrada, cortada de uma maior. Sua mãe, Kathy Smith, olhando para o mar em uma praia em Cromer, cinco meses atrás. Viva.

À medida que a cerimônia se desenrolava, ela viu Munroe deixando discretamente o banco em que estava e seguindo para o outro lado da igreja. Enquanto o observava sair furtivamente, ela sentiu Joshua pegar sua mão e segurá-la firme. Ele se aproximou de seu ouvido e sussurrou:

– Vamos encontrá-los.

Rose se virou para ele, assentindo, um soluço querendo sair de sua boca. Ela passou o braço pelo pescoço de Joshua e o abraçou com força. Ele estava certo. Continuariam a procurá-los até encontrarem.

Impresso na Gráfica JPA Ltda., Rio de Janeiro – RJ.